gelesen

Hely

HANS ERNST

WOLKEN ÜBER DEM TROGGLERHOF

HANS ERNST

Wolken über dem Trogglerhof

Roman

TITANIA-VERLAG STUTTGART

Umschlag-Foto: Bildarchiv Huber
Druck und Einband:
Ueberreuter - Korneuburg/Austria
Verlags-Nr. 9458
ISBN 3 7996 9458 7
Set: ISBN 3 7996 9459 5

Mit brennendem Glanz liegt die Sonne über den Bergen. Keine Wolke ist am Himmel, kein Laut in der Stille des Nachmittags. Nur das melodische Glockenläuten der Kühe des Trogglerbauern von Gröd ist zu hören, die in der Mulde einer großen Bergwiese weiden.

Oberhalb dieser Mulde sitzen im Schatten sieben mächtiger Eichenbäume zwei junge Menschen, der Troggler Kilian und die Klinger Agnes. Der Bursche ist den ganzen Sommer über auf der Hochalm gewesen. Erst vorige Woche ist er mit der Herde heruntergezogen, damit die Kühe hier um den Hof herum das fette Drittgras noch abfressen, in dem viel mehr Kraft steckt als in dem niedrigen Büschelgras, das droben auf dem harten Steinboden wuchert.

Darum also sitzt Kilian jetzt hier und muß Kühe hüten. Eigentlich wäre es gar nicht nötig, denn drunten fließt der Bach, über den sie nicht springen können, südwärts grenzt der Hochwald die Wiese ab, nur nach Osten hin könnten sie ausbrechen auf fremden Grund. Es soll eben keinen Ärger mit den Nachbarn geben. Eigenlich bräuchte man nur ein paar Dutzend Pfähle einzuschlagen und Stacheldraht zu ziehen, dann müßte er nicht hier sitzen und Hüter spielen, ein Amt, für das er doch schon zu alt ist.

Er hat die Hände um die aufgezogenen Knie geschlungen und wippt einen Grashalm zwischen den Lippen. Kurz und semmelblond liegt sein Haar über der Stirn.

Seine Augen sind ein wenig zusammengekniffen, so, als ob ihn die Sonne blende. Die Nase ist schmal und von oben her ein wenig gebogen. Auch das Kinn mit dem Grübchen drin ist kräftig und durchaus männlich. Nur der Mund ist noch knabenhaft schmal und die Stimme ein wenig unfertig. Manchmal piepst sie noch ganz hell, und dann klingt sie wieder dunkel und melodisch. Kilian ist noch mitten im Stimmbruch.

Das Mädchen an seiner Seite stammt aus dem Dorf Meiling, das man in der Tiefe liegen sieht. Sie ist das Kind einer Witwe und war im Wald, dürres Reisig zu sammeln. Neben ihr liegt ein großes Bündel davon, mit einer Schnur fest zusammengeschnürt, und eine kleine Ledertasche, in der eine leere Limonadenflasche steckt.

Die Agnes ist ein hübsches, schmalaufgeschossenes Geschöpf. Dunkle Zöpfe hängen ihr weit über die Brust. Ihr Gesicht ist schmal und braun, mit einem leicht aufgeworfenen Schmollmund. Die Augen schillern grünlich und stehen ein wenig schräg unter der makellosen Stirn. Aber sie sind von langen Wimpern umschattet, und die Brauen wölben sich wie kleine Sicheln darüber.

Der Tag ist schön, und die Welt liegt vor den beiden jungen Menschen, so herrlich und neu, als hätte Gott sie erst gestern geschaffen. Ganz neu ist Agnes auch, was Kilian ihr heute alles zu sagen hat. Der Bursche ist ein Träumer, das weiß sie, aber heute redet er ein so konfuses Zeug daher, daß sie sich doch wundert. Trotzdem lauscht sie ihm gerne und fragt sich nur, woher er diese wunderlichen Weisheiten bezieht.

„Das ist nämlich so“, sagt Kilian jetzt und nimmt den Grashalm aus dem Mund. „Das Weib muß dem Mann untertänig sein. So steht es doch in der Bibel. Aber das allein langt noch nicht. Sie muß ihm auch das Herz vor die Füß' legen. Der Mann muß auf einem Sockel stehn, und sie soll zu ihm aufschaun. Und sie soll sich nur nicht einfallen lassen, daß sie ihn vielleicht doch zu sich herunterziehn könnt'."

„Aha", sagt die Agnes, und es zuckt ein bißchen Spott um ihre Mundwinkel. Sie ist in dieser Hinsicht ein bißchen aufgeklärter. „Und sie darf auch gar nicht zu ihm hinaufsteigen?"

„Das kommt ganz drauf an."

„Auf was kommt es an?"

„Wie gern sich die zwei haben."

„So gern, daß sie sich küssen möchten?"

Sie sehen dabei einander nicht an, reden ihre Lebensphilosophie in den blauen Himmel hinauf.

Kilian ist siebzehn und die Agnes sechzehn. Der Himmel, zu dem sie hinaufschauen, ist Milliarden Jahre alt. Aber der Himmel schweigt. Er wird auch weiterhin schweigen. Die Antwort muß aus ihnen selber kommen.

„Ich sag das ja alles bloß zu dir", meint Kilian nach einer Weile. „Weil ich mir denk', daß du mich verstehst."

„Nicht ganz, Kilian. Aber allweil noch besser als deine Mutter, die manchmal sagt, daß du spinnst."

Die Stirn des Burschen umwölkt sich. Dann senkt er den Kopf.

„Sie meint es nicht so wörtlich", verteidigt er seine Mutter. „Manchmal sagt sie auch: Träum nicht soviel, Kilian."

„Aber träumen ist schön, Kilian. Wer nie eine Minute

übrig hat, um sie an einen schönen Traum zu verschwenden, wie arm ist der! Das hab ich kürzlich wo gelesen."

„Ganghofer sagt das."

„Woher weißt du das?"

„Weil ich's auch gelesen hab."

Langsam verliert die Sonne ihren brennenden Glanz. Ein paar kleine Wolken, die über den Grat der Berge hinziehen, bekommen eine gelbliche Färbung. Ein sachter Windhauch geht über die alten Eichen hin, und in die Blätter kommt ein feines Rauschen.

„Ich träum zum Beispiel auch manchmal", sagt Agnes in die Stille hinein.

„So? Was denn? Vielleicht gar von mir?"

„Manchmal auch von dir." Die Agnes schaut ihn so nachdrücklich und lange an, als ob sie sich für den nächsten Traum sein Gesicht ganz genau einprägen möchte. Dann wirft sie mit der ihr eigenen Geste den Kopf zurück und sagt: „Ich träume auch oft davon, daß ich einmal die eiserne Tür da droben zu der Felsenhöhle in der Göschnerwand finden könnt', wo der goldene Schatz versteckt ist."

„Den findest du nie", sagt er schnell.

„Ja, weil ein Mädl allein nicht in die Wand einsteigen kann."

„Ja, auch deswegen. Aber man sagt, wenn einer wirklich das Eisentor findet und aufbringt und dann in die Höhle hineingeht, tritt er auf einen Mechanismus, und die Eisentür schlägt hinter ihm zu. Unsere alte Monika sagt, daß schon fünf Totengerippe in der Höhle liegen."

„Da krieg ich ja gleich eine Gänsehaut", sagt die Agnes und fährt sich über den nackten Arm. „Ich hab g'meint, es sind bloß drei. Aber das ist ja wurscht. Man müßt halt an der Seite vorbeischlüpfen, weißt, daß man nicht auf den Mechanismus tritt. Dann bliebe die Tür offen."

Nun sieht Kilian das Mädchen etwas länger an. Vielleicht geht es ihm zum erstenmal auf, daß sie eine kleine Schönheit ist. Ganz tief versinkt er in das Licht ihrer Augen.

„Vorausgesetzt, daß es die Höhle überhaupt gibt. D' Mutter sagt allweil, das wär bloß eine überlieferte Sage, von Jahrtausenden her. Aber gesetzt den Fall, es wäre wahr? Was tät'st denn du mit dem vielen Geld?"

Agnes hat den Kopf auf die aufgezogenen Knie gelegt und schaut ihn schräg von unten herauf an. In ihrem Blick glimmt etwas Unbestimmtes, ein Hunger nach Zärtlichkeiten vielleicht oder der Wunsch, diesen Kilian betören zu können. Aber dann lächelt sie schon wieder. Ihre Zähne schimmern perlmutterweiß, und in den Wangen stehn zwei zauberhafte Grübchen. Das gibt ihrem Lächeln einen ganz eigentümlichen Reiz.

„Ich gäbe dir ganz sicher auch einen Klumpen davon. Vielleicht würdest du mich dann küssen?"

Über seine Stirn huscht eine dunkle Röte, und es fällt ihm ein, wie oft er sich schon gewünscht hat, ein Mädchen zu küssen. Nun wird es ihm angeboten, und das findet er nicht schön. Er will nichts Angebotenes, er will sich eine erobern. Ausgerechnet er, der noch rot wird, der mit wachen Augen träumt, auch wenn er seine lehrreichen Vorträge hält, wie hoch ein Mann auf dem Sockel stehen soll und wie lammfromm eine Frau aufzuschauen habe!

Aber in seinen geheimsten Wünschen hat er schon immer davon geträumt, von so brennroten Lippen, so schimmernden Zähnen, wie die Agnes sie hat. An sie könnte er sich vielleicht anschmiegen, ganz nah an ihre Brust, weil ihm gerade das Lied einfällt: ‚Ich möcht gern dein Herz klopfen hör'n . . .'

Ganz allein sind sie. Nur das Rauschen der alten Bäume ist um sie, und im Westen bekommt der Himmel schon rötlichen Glanz. Es ist gar nicht so einfach für Kilian. In ihm ist etwas wie der brausende Frühling. Eine Lawine scheint auf ihn zuzukommen, und er neigt sich weit vor. Die Agnes neigt sich auch vor und lächelt schon erwartungsvoll. Da gibt es ihm einen Ruck, und er kann die Lawine gerade noch abbremsen.

„Was dir nicht einfällt", sagt er und setzt sich steif zurück. „Mit einem Goldklumpen einen Kuß kaufen."

Da steht die Agnes auf und streift ihr Röckl glatt, wirft die Zöpfe hinter den Rücken, schiebt die Unterlippe ein wenig vor und seufzt tief durch.

„Freiwillig wär's freilich schöner. Aber du traust dich ja nicht."

Da springt Kilian auf die Beine.

„Wer sagt dir denn das?"

Er kann jetzt nicht mehr gut zurück. Wenigstens ohne Blamage nicht. So tritt er ganz nah an sie hin.

„Ich trau mich nicht, sagst du. Das werd ich dir gleich zeig'n."

Er nimmt sie an den Armen und zieht sie zu sich her. Aber auf einmal hat er wieder Angst, ist unsicher und stolz zugleich. Es wäre ihm am liebsten gewesen, wenn sie jetzt davonliefe.

Doch daran denkt die Agnes überhaupt nicht. Sie hat den Kopf schon zurückgeworfen, fast waagrecht, und macht den Mund ein wenig auf, schließt endlich die Augen, weil das auch dazugehört, wie sie meint.

Nein, er kann jetzt wirklich nicht mehr zurück. Es ist wie ein sanfter Zwang. Er verschenkt seinen ersten Kuß. Seine Lippen sind kühl und weich, wie zarte Baumrinde. Die Agnes öffnet ihren Mund noch weiter und will ihm beibringen, wie man beim Küssen atmen kann, ohne daß man Mund von Mund löst. Doch in diesem Augenblick läßt er sie los, ist hochrot im Gesicht und stößt hervor:

„Jetzt hast es, weil du g'meint hast, ich trau mich nicht."

„Ich hab mich halt 'täuscht in dir", sagt die Agnes.

„Bist jetzt beleidigt?"

Sie schaut ihn verständnislos an und schüttelt den Kopf.

„Höchstens, weil es so kurz war. Aber warum sollt ich denn beleidigt sein? Ich hab mir doch allweil schon gewünscht, daß wir uns busseln. Und jetzt ist es halt g'schehn."

„Ja, jetzt ist's g'schehn", antwortet er dumpf, wie in leiser Resignation, gerade so, als ob er es bereuen würde.

Ihre Hand streicht langsam über seinen Arm, legt sich an seine Wange, und dann zärtelt sie mit den Fingerspitzen über seine Oberlippe hin, auf der ganz feiner, dunkler Flaum sprießt.

„Mach dir nichts draus, Kilian. Einmal hat es ja doch sein müssen."

Nichts mehr ist da von seiner großartigen Überlegenheit, von wegen Sockel und so. Im Gegenteil, recht kleinlaut steht er vor ihr. Er spürt ihre Überlegenheit, und das macht ihn unsicher, und auf einmal erfüllt es ihn auch mit Mißtrauen.

„Sag einmal, woher weißt du denn überhaupt, daß man

so küßt?“ fragt er. „Ich bin doch bei dir nicht der erste?“

„Doch, der erste, den ich lieb hab. Aber geküßt hat mich vor dir der junge Sallern, der Student, weißt schon.“

Zwischen seinen Brauen bildet sich eine scharfe Falte. Er fragt mit inquisitorischer Hartnäckigkeit:

„Wann war das und wie oft?“

„Heuer im Sommer, wie er in Ferien da war. Und wie oft? Zweimal höchstens. Er hat g'sagt, mein Mund wäre ein Kußmund, und er könnte sich's nie im Leben verzeihn, wenn er ihn nicht geküßt hätt'.“

„Ah so? Deswegen bloß. Nicht aus Lieb?“

„Nein, nicht aus Lieb. Warum auch? Jetzt kann ich's dir ja sagen, Kilian. Du bist meinem Herzen immer recht nah gewesen. Und bei dir war es jetzt auch ganz anders. Dein Bußl ist mir durch den ganz'n Körper g'fahrn, als wenn mich was elektrisiert hätt'.“

Er hätte ihr gerne gestanden, daß es bei ihm genau so gewesen war. Aber er nickt nur. Über ihren Scheitel hinweg schaut er zum Himmel hinauf, der sich im Westen immer röter färbt. Als kleiner schwarzer Punkt kreist hoch über den Eichen ein Sperber. Drunten webt schon die Dämmerung, und die Kühe ziehen langsam, mit bimmelnden Glocken, zu den Eichen her.

„Und wenn er zu Weihnachten wieder in den Ferien heimkommt, dann wird er sich's halt wieder nicht verzeihen können, wenn er dich nicht geküßt hat“, höhnt Kilian, und seine Stimme schwingt dabei wieder ein paarmal aus dem Stimmbruch heraus.

Erschrocken läßt sie ihre Hand fallen. Ihre Augen bekommen einen traurigen Schimmer.

„Daß du mir das zutraust, Kilian! Wir gehn doch jetzt miteinander."

„Wie gehn?" fragt er perplex.

„Du weißt schon, wie ich's mein und daß ich jetzt dein Schatz bin."

Er blickt auf ihren Scheitel nieder, und es ist ihm ganz wunderlich dabei zumute. Ist sie nicht rührend in ihrer Unkompliziertheit? Er hat dabei das Gefühl, daß immer alles von ihr ausgehen wird. Sie spielt bloß so erwachsen, aber eigentlich ist sie noch ein großes Kind mit einer drängenden Seele, die sich nach Wärme sehnt und nach ein bißchen Liebe.

Da fragt sie auch schon:

„Bist morg'n am Nachmittag wieder da?"

„Morgen und die ganze Woch' noch."

„Dann geh ich morgen wieder ins Holz."

Andernfalls hätte er vielleicht gesagt: ‚Tu, was du nicht lass'n kannst.' Aber das kann er jetzt nicht mehr. In ihm ist etwas aufgewacht. Er ist unruhig und voller Sehnen.

„Ja, komm nur morgen wieder."

„Aber bloß, wenn es dich freut."

„Komm nur, es freut mich schon."

Die Kühe sind mittlerweile ganz nah herangekommen. Die Bläß mit der schweren Glocke um den Hals läßt sich geduldig von Agnes streicheln. »Dann geh ich halt jetzt", sagt sie nur und wartet noch eine kleine Weile, ob Kilian sie vielleicht zurückhalten wird. Aber er sagt nichts dergleichen, und so bückt sie sich nach ihrem Holzbündel. Sie nimmt es nicht auf die Schulter, sondern legt den ziemlich umfangreichen Packen auf den Kopf. Es sieht schwierig aus, doch für Agnes ist es ein Kinderspiel. Ganz ruhig und im Gleichgewicht liegt das Bündel auf ihrem Scheitel. Sie streckt Kilian beide Hände hin.

„Vielleicht denkst du heut noch ein bißl an mich?"

„Darauf kannst dich verlassen."

„Vor'm Einschlafen noch?"

„Das weiß ich nicht." Er hält ihre Hände eine Weile ganz fest und sucht in ihren Augen etwas, das ihm verraten könnte, wieviel Verborgenes in ihrem Herzen für ihn ist. Aber davon versteht er noch zu wenig, und dann fallen die beiden Hände auseinander.

Unter gesenkten Brauen schaut er ihr nach, wie sie langsam talwärts geht, ganz aufrecht und geradezu königlich in der Haltung. Das weite Röckl schwingt bei jedem Schritt um ihre schlanken Beine. Ganz vom Abendrot ist sie umflossen, bis sie hinter einer Hügelwelle verschwindet.

*

Inzwischen ist es auch für Kilian Zeit geworden, mit der Herde heimzuziehen. Sie steht nun vollzählig um ihn versammelt. Bevor er geht, bückt er sich und zieht aus den Stauden ein kleines Bündel hervor. Es ist eine graue Dekke, die er immer mitnimmt, falls ihn einmal Regen überraschen sollte. In diese Decke ist ein Stück Lindenholz gewickelt, an dem er gearbeitet hat, bis Agnes gekommen ist. Niemand weiß etwas von seiner geheimen Leidenschaft, der er mit Leib und Seele verfallen ist. Droben auf der Hochalm liegen in einer Kiste auf dem Heuboden versteckt wohl an die hundert Dinge, die er geschnitzt hat. Schafe und Kühe, Christus und den Teufel, Fratzen von

Menschen, die er nie gesehn hatte. Unter seiner geschickten Hand bekommt alles Form, und er ist in der Wahl des Materials unbedenklich. Es muß nicht unbedingt Lindenholz sein. Eine abgesprengte Baumwurzel tut es auch, ein Eichenast oder ein abgebrochenes Zugscheit. Er weiß, daß man solches Tun in seiner Familie lächerlich fände, und darum verbirgt er alles, Schnitzmesser und Holz und sein eigenes Ich.

Wie lautlos auf einmal die Schatten gewachsen sind. Nur über den Bergspitzen ist noch ein letztes, purpurnes Flimmern.

Vom Schatten umflossen ist auch der Weiler Gröd, mit seinen vier oder fünf Häusern und der Kapelle, die zum Trogglerhof gehört. Der Hof liegt oberhalb des Bergbaches Lindlach. Er ist ganz aus Holz gebaut, das von der Hitze vieler Sommer schon beinahe schwarzgebrannt aussieht. Nur die Einfassungen der Fenster und Türen sind weiß gestrichen und heben sich beinahe prunkvoll aus dem Dunkel heraus. Ebenso der kunstvoll geschnitzte Balkon, der neueren Datums ist und noch ganz hell im Holz. Dieser Balkon zieht sich um das ganze Haus bis zur Stallmauer und ist in seiner ganzen Länge mit Fuchsien, Geranien und Hortensien geschmückt. Das alles hebt sich wie ein leuchtendes Wunder ab. Über der Haustüre ist ein Schild angebracht:

Trogglerhof
erbaut im Jahre 1789
von Hans u. Martha Troggler.
Renoviert im Jahre 1908 von
Pius u. Margarete März.

Fast zu laut dröhnt das Glockengeläut der heimkehrenden Herde durch den stillen Abend. Kilian geht voraus, ziemlich schnell sogar, und die Kühe folgen ihm mit prallgefüllten Eutern.

Die Stalltüren stehen bereits weit offen. Eine Magd und Marille, die zweiundzwanzigjährige Tochter, warten schon mit den Melkkübeln. Auf dem Vorplatz des Hofes aber, neben dem Brunnen, steht die Trogglerin, die Bäuerin Margret März, die Mutter zweier Buben und einer Tochter.

Es ist, als sei eine leise Ungeduld in ihren Augen, weil Kilian heute die Herde etwas später heimbringt. Mit den Fingerspitzen streicht sie ein paar Strähnen des kupferbraunen Haares zurück, das ihr in die Stirn gefallen war. In diesem immer noch voll leuchtenden Haar glänzt ein kaum fingerbreiter silberner Streifen über der Stirn. Niemand weiß zu sagen, wann dieser silberne Streifen aufgetaucht ist. Er ist ganz einfach dagewesen, wie nach einem Schock oder einer übergroßen, schrecklichen Angst.

Ihr Gesicht ist ebenmäßig, kein Fältchen hat sich noch darin eingegraben. Die Augen sind von einem tiefen Blau, der Mund, schön geschwungen, deutet trotzdem etwas von Strenge an. Ihre Gestalt ist groß und schlank, und man kann bei ihr nicht sagen: Die muß in ihrer Jugend einmal schön gewesen sein! Denn sie ist es heute noch. Auf achtunddreißig könnte man sie schätzen. Siebenundvierzig ist sie.

Vor langen Jahren hat man einmal viel über sie geredet, weil niemand so recht verstehen konnte, daß sie, die bildhübsche Margret Bodemer, hinter der die Burschen ergebnislos hergeseufzt hatten, diesen Pius März vom

Trogglerhof heiratete. Es mußte wohl mehr der schöne Hof mit seinen dreihundert Tagwerk an Wiesen, Feldern, Wäldern und Almwirtschaften gewesen sein, der ihr Herz bewegte. Der Mann konnte es kaum gewesen sein.

Sie geht jetzt, nachdem das Vieh schon angekettet ist und mit der Melkarbeit begonnen wird, hinter den Hof, wo die Lindlach über ein Zweimetergefälle stürzt und so etwas wie einen kleinen Wasserfall ergibt, von dem herauf es rauscht und plätschert und kleine Fontänen aufspringen. Danach fließt der Bach wieder ruhig und flimmernd dahin.

Auf der andern Seite des Baches steht das Leitnerhäusl, ein kleines Anwesen, das nur für zwei Kühe Futter zu bieten hat. Weiter droben gibt es noch ein paar Höfe, ‚beim Niedermaier' nennt man den einen, und ‚beim Schorer' den andern. Über den Bach führt eine Holzbrücke, gerade breit genug, um ein Fuhrwerk durchzulassen.

Beim Niedermaier wird jetzt kreischend ein Stadeltor geschlossen, und dann heult einmal ein Hund auf, als habe ihn ein Fußtritt getroffen.

Die Trogglerin steht ganz still und schaut zu dem alten Nußbaum auf, in dem im Sommer die Amseln so schön gesungen haben. Kein Vogelsingen mehr in der weiten Runde, die Jahreszeit ist schon zu nah an den Winter herangerückt. Die Morgennebel heben sich oft erst um elf Uhr vormittags, und die Abende werden schon recht kühl.

Vom Leitnerhäusl her kommt jetzt die alte Leitnerin über die Brücke und geht hinter dem Trogglerhof den steilen Fußweg hinauf zur Kapelle. Sie verschwindet durch die schmale Bogentür. Wahrscheinlich betet sie jetzt und klagt dem Herrn aller Dinge ihre kleinen Nöte. Die Trogglerin steht immer noch unbeweglich unter dem Nußbaum. Auch dann noch, als die Nandl den Glockenstrang zieht. Hell bimmelt das Glöcklein durch die Luke des Sattelturms in den späten Abend hinaus.

Dann verschwindet die Nandl wieder, so lautlos wie sie gekommen ist, ohne die Trogglerin am Nußbaum gesehen zu haben.

Die Stube im Trogglerhof ist mächtig groß. Sie wirkt nur etwas niedrig durch die schweren Balken unter der Decke. Die Fenster sind klein und haben Butzenscheiben. Die Einrichtung ist aus Lärchenholz mit herrlicher Maserung. Über dem großen, viereckigen Tisch brennt unter einem grünen Schirm eine Lampe, die nur die nächste Umgebung erhellt. Im hinteren Winkel, wo das lederne Kanapee neben dem wuchtigen Kachelofen steht, herrscht fast Dämmerung.

Die Trogglerleute sitzen um den Tisch beim Abendbrot. Es sind sieben Personen. Seit die Kinder groß sind, braucht man auf dem Hof kein Gesinde mehr. Nur die alte Monika ist noch da und der Adam. Adam ist siebzig und die Monika fünfundsechzig.

Urban, der älteste Sohn, ist fünfundzwanzig. Marille zählt zweiundzwanzig Lenze. Beide sind kleingewachsen, dunkel und hellhäutig wie der Troggler. Nur der Kilian hat helles Haar und scheint überhaupt ein wenig aus der Art geschlagen zu sein. Im Februar des darauffolgenden Jahres wird er achtzehn. Und doch überragt er seine Geschwister bereits um einen halben Kopf. Er sieht weder dem Vater noch der Mutter ähnlich. Die Trogglerin sagt immer, er gliche ihrem Bruder, der blutjung 1914 auf den Höhen von Langemarck gefallen sei.

Schweigsam wird gegessen. Vor jedem steht eine Schüssel voll heißer Milch, in die das dunkle, selbstgebackene Brot hineingebrockt wird. Am schweigsamsten von allen ist der Troggler. Das Licht der Lampe fällt auf sein bereits recht spärliches Haar, das schon einen grauen Schimmer zeigt. Man könnte sagen, er ist der unscheinbarste von allen am Tisch, denn selbst der alte Adam sitzt noch mit ungebeugten Schultern da. Aber Adam ist ja auch nur ein Knecht, im Dienst des Hofes altgeworden, doch nie von einer schweren Verantwortung geplagt. Zeitlebens ist er ohne schwere Bedrückung durchs Leben gegangen. Es sei denn, es hat ihm einmal Kummer bereitet, daß die Monika immer ihre Kammertür vor ihm verriegelt hat. Nun, da sie vor ihm nicht mehr verriegelt ist, hat er die Lust verloren.

Ja, Adam ist fast ein Riese gegen den schmächtigen Troggler, dessen Gesicht schmal ist und von kränklicher Farbe. Die Frau dagegen sitzt neben ihm wie ein junger, starker Baum, der seinem Nebengewächs das Licht wegnimmt, das es brauche würde, um sich auch entfalten zu können.

Und doch geht von diesem schmächtigen Mann eine merkwürdige Strahlkraft aus. Die hellen Augen zwingen einen in ihren Bann. Die nun schon erwachsenen Kinder haben Respekt vor dem Vater. Nie wäre es jemand in der Familie eingefallen, ihm zu widersprechen. In den Augen des Trogglers leuchtet es manchmal so sonderbar wissend auf, und wenn er über etwas spricht, ist ihm wunderbar zuzuhören, obwohl seine Worte so langsam fallen wie die Nebeltropfen im Herbst von den Bäumen.

Immer wieder hebt Frau Margret an diesem Abend die Augen und schaut flüchtig den Kilian an. Ihr ist, als spüre sie eine Veränderung, die in ihm vorgegangen ist. Bei der Morgensuppe hatte er noch ein anderes Gesicht. Jetzt ist es ganz verschlossen, doch wenn sie genau hinsieht, meint sie in seinen Augen etwas Frohes leuchten zu sehn. Gleichzeitig steigt auch wieder Unwille in ihr hoch, und kaum daß fertig gegessen worden ist, sagt sie:

„Zu Lichtmeß müssen wir schaun, daß wir einen Buben einstellen können. Kilian ist doch schon zu erwachsen, um noch die Kühe zu hüten. Das ist ja bloß ein Faulenzerposten.“

Der Troggler lehnt sich zurück und streicht sich mit dem Zeigefinger die Bartspitzen aus den Mundwinkeln.

„Wie soll denn ein Bub droben die Alm bewirtschaften können?“ fragt er und greift dabei hinter sich, wo auf dem Fensterbrett Pfeife und Tabak liegen.

„Ich hab nicht von der Alm geredet, sondern daß er hier herunten im Herbst immer noch die Kühe hütet. Das ist doch wirklich keine Arbeit für einen Siebzehnjährigen! Und überhaupt, was die Alm betrifft, im Vorjahr hab ich schon gemeint, daß auch die Marille ’naufgehen könnt.“

Der Troggler hat seine halblange Pfeife umständlich gestopft. Bevor er sie anzündet, schaut er seine Frau noch an, und in seiner Stimme ist bereits das leise Grollen, das sie alle kennen.

„Und was hab ich darauf geantwortet?“

„Ja, ich weiß schon.“

„Die Marille kommt mir nicht auf die Alm.“

„Man darf doch nicht allweil gleich das Schlechteste denken.“

„Soll man wenigstens nicht. Da hast du recht. Aber – wir haben schon drei oder gar vier Mägde auf die Alm als

Sennerinnen geschickt. Und wie sind sie heimgekommen?"

„Ja, wie denn?" fragte die Marille.

„Ums Bäumeausschlagen im März oder April, da haben sie was Kleines kriegt."

„Wann, bitte, hätt' ich was Kleines kriegt?" verwehrt sich die alte Monika, und ihr drolliges Faltengesicht färbt sich rot.

„Ja du", lächelte der Troggler und stößt den Rauch seiner Pfeife gegen die Decke. „Du warst ja auch eine rühmliche Ausnahme. Du hast ja auch deine Tür allweil verriegelt."

„Heut nimmer", sagt Adam trocken und schlägt sich eine Prise Schnupftabak auf den Handrücken.

„Trotzdem", sagt die Trogglerin, „trotzdem bleib ich dabei, daß der Kilian fürs Kühehüten schon zu erwachsen ist. Das kann auch ein Schulbub mach'n." Sie übersieht dabei das Stirnrunzeln des Trogglers, der sich zu ärgern scheint, daß ihm widersprochen wird. Dann steht sie auf und geht hinaus.

Kilian erschrickt etwas über den hartnäckigen Standpunkt der Mutter, denn es fällt ihm sofort die Agnes ein, die dann nie mehr so bei ihm sitzen würde wie heute. Aber dann tröstet er sich sofort wieder, denn die Mutter hat ja vom nächsten Jahr gesprochen. Da ist er schon wieder um ein Jahr älter geworden und – reifer. Ist er denn nicht heute schon reifer geworden? Spürt er nicht den Drang nach Widerspruch und eine Auflehnung gegen die Unterstellung, daß Kühehüten ein Faulenzerposten sei? Hat die Mutter vergessen, daß so ein Sommer auf der Hochalm hart ist, voller Entbehrungen und voller Verantwortung? Warum will sie ihm die paar Wochen Ruhe auf den Herbstwiesen hier unten nicht gönnen?

Aber wann hat jemand in diesem Haus es schon gewagt, außer dem Vater, ihr zu widersprechen? Urban tat es einmal, als er gerade volljährig geworden war. Und sie hatte blitzschnell und hart zugeschlagen. Auch Kilian weiß, wie hart ihre Hand ist und hütet sich stets, gegen sie aufzubegehren. Aber wäre es für ihn denn kein Glück, wenn sie einen Buben einstellen würden zu Lichtmeß? Dann könnte er selbst herauskommen aus den Winkeln, in die man ihn immer schiebt, weil er der Jüngste ist, dem jeder nur anschafft. Dann könnte er sich endlich einmal den älteren Geschwistern gleichstellen, und die Mutter würde keinen Grund mehr haben zu sagen: ‚Aus dir wird nie was Rechtes im Leben.'

Dieser Vorwurf drückt wie eine schwere Last auf seine Schultern und nagt an seiner Seele. Oft verzehrt ihn ein brennender Ehrgeiz; er möchte genauso sein wie seine Geschwister, aus dem gleichen Holz geschnitzt. Aber wenn er dann seinen Bruder Urban so sieht, der zwar kleiner und schmächtiger ist, in dem aber eine ungeheure Kraft steckt, wird er ganz mutlos. Mit einem Augenzwinkern kann der alles Unangenehme abschütteln. Die Schwester ist nicht viel anders. Sie haben einfach eine andere Seele als er. Die seine ist verträumter, lichter, anders eben. Ihn trifft alles so hart, er stößt sich an den Kanten des Lebens, wo die andern mit einem Achselzucken vorbeigehn.

Ist nicht die Mutter auch so? Niemals hat er es erlebt, daß sie den Kopf hätte sinken lassen. Aus ihr strömt so ein starker Wille. Nie in seinem Leben wird er vergessen, wie sie das Kind gerettet hat, als die Lindlach vor fünf Jahren das große Hochwasser geführt und so wild getan und über die Ufer getreten ist, daß es ausgeschaut hat, als wolle sie den ganzen Weiler mit sich in die Tiefe reißen. Das Lechnerhäusl ist dem Bach am nächsten gestanden, und kopflos, wie sie alle gewesen waren, hatten sie vergessen, daß droben im Giebelzimmer des Häusels die kleine Franziska noch lag, bis man sie jämmerlich um Hilfe schreien hörte.

Beim Troggler waren sie alle auf dem rechten Ufer gestanden, weil hier ja keine Gefahr gedroht hatte. Und als sie das Kind schreien hörten, da hatte die Mutter zuerst den Urban angeschaut und dann den Adam, weil der Troggler selber an diesem Tag nach Miesbach zum großen Viehmarkt gefahren war. Beide hatten gewußt, was sie mit ihren Blicken von ihnen forderte. Aber die Lindlach hatte so wild getan, hatte Holztrümmer und Felsbrocken mit sich gerissen, und die Nacht war rabenschwarz.

Als keiner der Männer, auch keiner von denen, die am andern Ufer drüben standen, Anstalten gemacht hatte, sich ins eiskalte Wasser zu stürzen, sprang die Trogglerin in die reißende Flut und rettete drüben das Kind aus seiner großen Not, gerade noch rechtzeitig, bevor das Häusel zusammenbrach und mitgerissen wurde.

Im Licht einer schaukelnden Lampe war sie dann gestanden, das Kind auf dem Arm, die klatschnassen Kleider um den schlanken Körper. Wie die Muttergottes war sie dagestanden, so hoch und so schön.

Dieses Bild hat Kilian nie mehr aus seinen Erinnerungen verloren. Unzählige Male schon hat er versucht, es in Holz zu schnitzen. Aber so weit hat sein Können nie gereicht. Doch jetzt, in der letzten Zeit, spürt er, daß seine Hände williger werden, daß sich ihm das Holz ergibt und alles mehr Gestalt und Leben gewinnt. Schon manche seiner Figuren tragen die Züge der Mutter, aber er kommt doch noch nicht ganz heran, es gelingt ihm einfach noch nicht, die klassische Linie der hohen Stirn zu formen, die leichte Einbuchtung an den Schläfen und den schönen Schwung des Mundes. Vielleicht, wenn sie einmal still vor ihm sitzen würde. Aber sie mag nicht, sie bespöttelt sein Tun, und darum schnitzt er immer heimlich, denn ihr Spott tut weh, ist viel schmerzhafter als ein Schlag ihrer Hand ins Gesicht.

Die Trogglerin hat soeben die Fensterläden geschlossen. Jetzt kommt sie wieder herein, zieht die Gewichte der hohen Standuhr hoch. Die Marille und die Monika hantieren noch in der Küche, Adam sitzt hinten beim Ofen, hat die schweren Arbeitshände im Schoß gefaltet. Mit ihren hohen Adernstraßen, Schwielen und Schrunden sehen sich diese alten Knechtshände an wie die Wurzeln eines Fichtenbaumes. Urban sitzt neben ihm, hat den Rücken an die warmen Kacheln gelehnt, raucht eine Zigarette und tut so, als sähe er es nicht, wie die Mutter unwillig die Nasenflügel hebt. Sie hat es nicht gern, daß er Zigaretten raucht, und es ist früher schon manchmal vorgekommen, daß sie ihm den Glimmstengel einfach aus der Hand genommen und in den Ofen geworfen hat. In letzter Zeit tut sie das nicht mehr, seit Urban sie am Handgelenk gefaßt, ihr die Zigarette wieder aus der Hand genommen und gesagt hat:

„Tu das in Zukunft nimmer. Ich bin kein kleiner Bub mehr."

„Nein, aber ein großer Flegel", hat sie darauf gesagt, und in ihren Augen ist dabei etwas merkwürdig Dunkles aufgeglüht.

Der Troggler sitzt vorne am Tisch, hat eine randlose Brille über der Nase und liest im landwirtschaftlichen Wochenblatt, in dem nicht selten auch von ihm ein Artikel steht. Seine Schultern sind dabei tief nach vorne gesunken, und manchmal sieht es aus, als nicke er ein. Die Frau streift ihn im Vorübergehn mit einem kleinen Lächeln, das wie Spott aussieht. Dann schiebt sie das kleine Guckfenster, das zur Küche hinausführt, zurück und sagt:

„Den Tee für den Troggler.“

Ja, das ist auch merkwürdig. Sie sagt nur ganz selten Mann oder Vater oder gar Pius, in Gegenwart anderer. Immer nur Troggler. Das könnte in der Bauernwelt ein Ausdruck der Hochachtung sein oder der Ehrfurcht. Aber bei ihr weiß man nie, ob es Spott ist oder einfach Gewohnheit, oder doch vielleicht noch ein Rest von Dankbarkeit, weil dieser reiche Bauer von der Einöde Gröd um sie gefreit und sie aus ihrer Armut herusgeholt hat. Das ist jetzt schon achtundzwanzig Jahre her, und sie weiß es kaum mehr, wie arm sie einmal gewesen ist und daß es bei ihm doch eine ehrhafte, große Liebe gewesen sein muß, die ihn bewogen hat, sie zu dem zu machen, wonach andere Mädchen, reiche Bauerntöchter sogar, sich vergeblich gesehnt hatten, nämlich zur Trogglerin von Gröd.

Der Tee, den der Troggler jeden Abend zu trinken pflegt, soll seiner kranken Leber helfen. Wenn sie auch nicht mehr ganz zu heilen ist, so kann sie doch in einem Zustand erhalten werden, der ihn noch ein paar Jahre leben läßt. Er trinkt ihn, weil alle es wollen und weil er immerzu Durst hat. Dieses immerwährende Durstgefühl ist wohl das sicherste Anzeichen, wie weit es mit seiner Leber schon ist.

Aber das sagt er niemandem. Er ist seit Jahren zu einem Schweiger geworden. Ein Schweiger aus Hochmut, sagen die Leute. Oder trägt er ein Geheimnis in sich, eine Erkenntnis, die ihn zu einem Schweiger werden ließ? Soll niemand wissen, was er tief in seinem Innern vergraben hat, was in ihm nagt wie ein Herzwurm? Wie hätte ein Außenstehender ihn auch deuten können. Es hat doch auch niemand gewußt, mit welch dürstender Leidenschaft er diese Frau Margret einst begehrt hat, wie er ihr beinahe hörig gewesen war vor Liebe. Seit Jahren aber begehrt er sie nicht mehr, es ist etwas gestorben in ihm, und nur wegen des Leutgeredes hat nicht jedes seine eigene Schlafkammer. Das mag bei reichen Stadtleuten so Brauch sein, im Bauernleben fände sowas kein Verständnis. Man trägt eine eheliche Entfremdung mit Verbissenheit und wildem Trotz, auch wenn man wie ein Stück Holz neben einer Frau lebt, die man einmal sehr begehrt hat.

Nein, er begehrt sie nicht mehr. Und wenn er manchmal so vor sich hinschaut, ganz verloren, einen fremden Schimmer in den Augen, könnte man sich fast ängstigen vor dem Geheimnisvollen, das in ihm verborgen liegt.

Diese Abende haben es noch nicht so in sich. Dazu muß es erst noch ein paar Monate später sein. Wenn sie beginnen, in den Advent hineinzukriechen und es um fünf Uhr draußen schon zu nachten beginnt, dann hebt die wunderbare Geborgenheit an, die man in der warmen Stube empfindet, wenn die Bratäpfel in der Ofenröhre duften und draußen der Schnee bei jedem Schritt aufschreit.

Aber das hat noch Zeit. Morgen wird Kilian wieder die Kühe auf die hohe Leiten treiben, und dann wird das Mädchen Agnes wieder bei ihm sitzen, und sie wird nicht mehr sagen, daß er sich nicht traut, sie zu küssen, denn er hat ihr ja heute bewiesen, daß er den Mut dazu hat. Er wird sie morgen nur ganz anders küssen, so wie er sich's den ganzen Abend schon vorgestellt hat. Viel verwegener, männlicher, fordernder. Er will ja in seinem Können nicht hinter ihr zurückstehen, und sie soll dann keine Vergleiche mehr anstellen dürfen, zwischen ihm und dem jungen von Sallern . . .

Der Troggler steht jetzt auf, legt die Zeitung pedantisch genau zusammen und steckt sie zu den andern im Zeitungshalter unter dem Spiegel. Dann zieht er die Taschenuhr auf und vergleicht sie mit der Standuhr.

„Geht um fünf Minuten nach", sagt die Trogglerin und nimmt die leere Tasse vom Tisch. „Dem Radio nach wenigstens." Sie hebt die Hand vor den Mund, um zu gähnen. Dann sieht sie aus schmalen Augen dem Mann nach, der in seinen Filzpantoffeln auf die Schlafkammertür zuschlürft und dahinter verschwindet.

So nach und nach verschwindet alles aus der Stube. Kilian zuerst. Es wird still im Haus, nachdem ein paar Türen geschlagen worden sind. Nur die Trogglerin geht noch mal in den Stall hinaus, richtet hinter den Kühen die Streu, streicht im Vorbeigehen den beiden Goldfüchsen über die Nüstern und sieht nach, ob alles abgeschlossen ist. Da hat die Marille wirklich vergessen, die hintere Stalltür abzuriegeln. Ein Kreuz ist es schon, wenn man sich nicht einmal mehr auf die eigenen Leute verlassen kann. Oder hat sie die Tür vielleicht absichtlich nicht zugeriegelt? Sinnend steht die Trogglerin eine Weile. Sie vergißt immer wieder, daß ihre Tochter Marille zweiundzwanzig ist und wahrscheinlich auch schon mit der Liebe ihre Not hat.

Die Trogglerin öffnet die Stalltür und tritt hinaus. Die Nacht ist voller Sterne, und ein schmaler Herbstmond gibt dem Wasser des Baches einen bleiernen Glanz. Der Wind flüstert im alten Nußbaum, zuweilen gaukelt ein müdes Blatt zur Erde. Der Wasserfall rauscht sein monotones Lied. Die Luft riecht nach frischgepflügten Äckern und halbverbrannten Kartoffelfeuern. Vom Wald herunter kommt der langezogene Ruf eines Nachtvogels. Es hört sich an, als weine irgendwo ein Mensch in seiner Verlassenheit.

Eine ganze Weile steht die Trogglerin so neben dem Wasserfall, die Arme über der Brust verschränkt, den Kopf weit zurückgelegt, schaut sie zu den flirrenden Sternen hinauf, als lausche sie einer fernen Stimme. Dann geht sie langsam wieder zurück und schiebt mit klirrendem Geräusch den Riegel an der Stalltür vor und weiß nicht, daß eine Stunde später der junge Gsotlechner Martin ganz gräßlich fluchen wird, weil die Tür verschlossen ist.

*

Kilian steht auf dem Balkon hinter den noch immer blühenden Geranien und sieht die Mutter zurückkommen. Gleich darauf werden unten die Fenster dunkel. Einmal hört man von unten herauf die Kette eines Rindes rasseln, dann wird es ganz still, so still, daß man meint, den Wind unter den Sternen sausen zu hören. Kilian blickt zum Mond hinauf. Ein junger Mond, denkt er. Ein Kind noch, das wachsen wird und groß wird, so wie er gewachsen ist. Heute sogar mit einem Schlag über sich selber hinaus.

‚Wer lange in den Mond schaut, dem wird das Herz

schwer‘, sagt der Vater immer. Und das ist nur einer seiner Sprüche, an denen man rumrätseln kann.

Aber Kilians Herz ist nicht schwer. Es schlägt und hüpft nur so drängend in seiner Brust. Es schlägt in einem ganz neuen Rhythmus. Und wie eine Fata Morgana erscheint wieder das Mädchen Agnes vor ihm, ihr schwanenschlanker Hals, ihre leuchtenden Augen, ihr feuchter roter Mund, den er geküßt hat. Und dabei regt sich in ihm etwas, das er bisher nicht gekannt hat. Eifersucht ist es. Der Gedanke, daß sie vor ihm dieser Ewigkeitsstudent Volkmar von Sallern schon geküßt hat, treibt ihm das Blut in die Stirn. Morgen wird er ihr klipp und klar sagen, daß sie nie mehr einen andern küssen dürfe. Ernst und Schärfe wird er in seine Stimme legen und wird ihr sagen:

„Du mußt dich entscheiden. Entweder ich ganz allein, oder wir fangen erst gar nicht an.“

Wenn er sich weiter vorbeugt, kann er die erleuchteten Fenster von Meiling drunten sehn. Eins von diesen Lichtern wird in der kleinen Stube scheinen, in der Agnes mit ihrer Mutter jetzt sitzt. Oder schläft sie schon? Wird das Erlebnis des Nachmittags in ihren Träumen sein?

Es fällt ihm ein, daß er eigentlich recht wenig von ihr weiß. Er weiß nur, daß er ihr manchmal einen Apfel geschenkt hat oder eine Birne, als er noch zur Schule gegangen ist. Er erinnert sich auch, daß er im Winter manchmal mit ihr über das steile Kirchbergel gerodelt ist, und wie sie gejauchzt hat, wenn der Schlitten sich einmal überschlagen und sie beide in den Schnee gepurzelt sind. Dann hat er sie, weil er ja aus der Schule gekommen ist, mehr und mehr aus den Augen verloren, bis sie heuer plötzlich einmal auf der

Hochalm aufgekreuzt ist und nun heute nachmittag auf der Kuppenwiese droben.

Kilian tritt jetzt ins Zimmer zurück und schließt die Balkontür. Dann zieht er einen Schlüssel aus der Hosentasche und öffnet den Schrank, wo er im hintersten Winkel ein Schnitzwerk versteckt hat. Er nimmt es heraus und betrachtet es lange und wie in Andacht. Es ist ungefähr achtzig Zentimeter hoch und trägt bereits unverkennbar die Züge der Trogglerin. Es ist Birnbaumholz, und das Licht der Lampe glänzt darauf als sei es brauner Marmor.

Ein Kunstkenner hätte wahrscheinlich einen erstaunten Ruf ausgestoßen, hätte von Proportionen und Linienführung gesprochen, hätte da und dort vielleicht auf etwas Unvollendetes hingedeutet, aber immerhin, er hätte gestaunt, was eine ungeschulte Hand aus einem Stück Holz herausarbeiten kann.

Kilian aber weiß nicht, ob es schön ist. Das heißt, er weiß nicht, ob es anderen gefallen könnte. Ihm selber jedenfalls ist es kostbar. Kritisch vertieft er sich in die feinen Gesichtszüge. Leise streicht sein Finger um den Mund und um die Augen. Es ist die Trogglerin wie sie leibt und lebt. Die Haltung des Kopfes ist geradezu klassisch herausgearbeitet. So sieht er sie manchmal auf dem Vorplatz stehen, wenn sie den weißen Wolken nachschaut, die über den Grat der Berge ziehen. Er legt seine Stirn auf das kühle Holz und spürt dabei eine schwere Traurigkeit, weil er fühlt, wie wenig nahe gerade er dem Herzen der Mutter steht, obwohl in ihm selber alles zu ihr hindrängt. Er weiß nicht, was es ist, er spürt nur, zwischen ihm und der Mutter ist eine Kluft, ein tiefer Graben, über den keine Brücke führt. Vielleicht hat sie ihn gar nicht mehr haben wollen.

Hat sie ihn gar unerwünscht unter dem Herzen getragen, weil sie ihn in einer zornigen Stunde einmal angeschrien hat: „Du bist mir ja grad noch abgegangen!"

Schließlich stellt er die Figur wieder zurück in den Schrank und sperrt ihn ab. Es ist ein Glück, daß er ein Zimmer allein hat und nicht mit dem Bruder zusammen schlafen muß. Zimmer hat ja dieses Haus genug. Der Bruder wie die Schwester, sie hätten ihn wahrscheinlich auch nur einen Narren geheißen, wenn sie um seine geheime Leidenschaft des Schnitzens gewußt hätten.

Lange findet er in dieser Nacht keinen Schlaf. Immer wieder fällt ihm das Erlebnis vom Nachmittag ein, das er nun nachträglich nach allen Richtungen hin auszuschmücken beginnt.

Er hört von Meiling herauf noch die Mitternachtsstunde schlagen, dann schläft er endlich ein.

*

Der Winter fällt heuer sehr früh ins Land und gleich mit aller Strenge. Kilian hat eine Fuhre schon gespaltenes und kleingeschnittenes Buchenholz in den Pfarrhof nach Meiling zu bringen. Am Dorfeingang hält er die Pferde an und wirft ein paar ordentliche Arme voll von diesem gut ausgetrocknetem Holz über den Gartenzaun des Häusels am Ortseingang, in dem die Agnes mit ihrer Mutter wohnt. Auf einen Husch erscheint am Fenster ein Mädchengesicht. Dann wird die Haustür aufgerissen.

„Kilian? Was machst denn da?"

„Räum das Holz gleich hinein. Es braucht niemand zu

sehn. Das andere g'hört dem Pfarrer, der wird die paar Scheitln nicht gleich spür'n."

„Paar Scheitln ist gut. Soweit ich's verstehe, ist das schon, du weißt ja . . ."

„Ja und? Es geht ja schließlich auf mein Seelenheil."

„Kommst hernach ein bißl rein, Kilian? D' Mutter ist nicht da."

Kilian nickt und greift nach den Zügeln.

„Auf eine halbe Stunde vielleicht."

„Ja, dann koch ich inzwischen Tee."

Die Schellen an den Pferdegeschirren bimmeln hell, als Kilian weiterfährt ins Dorf hinein. Der Schnee knirscht unter den Schlittenkufen. Die Höfe beiderseits der Straße sind wie ausgestorben. Nur beim Hanneder hacken ein paar dickvermummte Weiber Fichtenzweige. Sie halten einen Moment in ihrer Arbeit inne und schauen dem Gefährt nach. Es ist so selten, daß man noch so ein schönes Schlittengespann sieht. Die Bauern von Meiling haben schon längst alle einen Traktor. Nur der steilen Gründe wegen, die mit einem Traktor schlecht zu bearbeiten sind, hält sich der Troggler noch ein paar Pferde.

Ja, schön sind sie, diese zwei Goldfüchse mit ihren hellen Mähnen und Schweifen. Wie rassig sie den Kopf heben! Kilian hat Mühe, die Zügel straff zu halten, denn am liebsten hätten die beiden Füchse einen Trab angeschlagen. So übermütig sind sie vom langen Stallstehen.

„Der Kilian ist ein sauberes Bürscherl geworden", sagt die Hanneder Ursula zu ihrer Schwester Babett. Es sind die zwei Töchter des Hannederhofes, überständige Jungfrauen, so um die Vierzig herum, an denen die Liebe vorbeigegangen ist, soweit man es große Liebe hätte nennen können.

„Ja", bestätigt die Babett und holt einen tiefen Seufzer aus ihrer Brust. „Sowas ist uns nicht übern Weg g'lauf'n, als wir noch jung g'wesen sind."

„Mir schon", sagt die Ursula und wischt sich mit dem Handschuh ein Nasentröpferl weg. „Aber du bist mir ja allweil nicht von der Seit'n gangen, wenn einmal einer bei mir anbissen hätt'."

„Jetzt sowas! Wer hätt' denn bei dir schon anbissen. Auf sowas kann ich mich überhaupt nicht erinnern."

„Was war denn damals, mit'n Herrnberger Seppi? Der hätt' mich g'heirat', hat er g'sagt. Aber du hast uns ja keine Minut'n allein lassen."

„Weil d' Mutter g'sagt hat, ich soll auf dei' Unschuld aufpassen."

„Und zu mir hat's g'sagt, ich soll auf die deine aufpassen."

„Und durch den Blödsinn haben wir sie alle beide nicht verlieren können."

„Ich bin froh, daß ich sie noch hab, meine Unschuld."

„Einbilden brauch'n wir uns zwar nichts darauf, aber was man hat, das hat man. – Schau hin, beim Pfarrhof lad't er jetzt die Scheitln ab."

„Aber vorhin hat er doch bei der Klingerin Holz übern Gartenzaun g'worfen."

„Für die Agnes halt, daß sie nicht friert. Mei' Liebe – die zwei fangen auch schon ganz früh an."

„Der Kilian und die Agnes, meinst", tut die Babett ganz erstaunt. „Im Herbst, wie er da droben d'Küh g'hütet hat, der Kilian, da hab ich sie ein paarmal g'sehn, wie sie beieinandergehockt sind. Ganz nah, weißt. Und pussiert haben 's, daß man g'meint hat, sie fressen einander."

„Geh, was du nicht sagst! Die jungen Leut hab'n halt keine Moral nicht mehr."

„Mir haben zuviel g'habt, drum hat keiner recht anbissen bei uns. Und jetzt – jetzt hab'n wir's übersehn."

Sie hacken wieder weiter, recht emsig, und stampfen dabei mit den Füßen, weil es vom Boden her kalt raufzieht. Nach einer Weile seufzt die Ursula wieder und meint:

„Wenn jetzt noch einer käm, jetzt wär ich nimmer so z'ruckhalterisch wegen der Moral."

„Ich auch nimmer. Aber es kommt keiner mehr, Ursula. Mir g'hör'n schon zum alten Eisen."

„No, sag des net, Babett. Bei der Hochzeit von der Antretter Mirl, da hat der Hauser Bartl mindestens fünfmal mit mir tanzt. Und zum Wein hat er mich auch 'nunterg'führt."

„Was willst denn mit dem Hauser Bartl! Der sauft ja wie ein Loch."

„Das könnt' man ihm schon austreib'n", meint die Babett seufzend und denkt dabei an diesen Hauser Bartl, diesen Hansdampf in allen Gassen, der sich wahrscheinlich nur in Weinlaune zu der zweiundvierzigjährigen Babett verirrt hat, um sie am andern Tag schon wieder zu vergessen.

Nach einer längeren Zeit kommt Kilian mit seinem Gespann vom Pfarrhof zurück. Er steht auf dem leeren Schlitten und schnalzt mit der Peitsche einen Triangel herunter, daß es in der kalten Luft nur so hallt.

„Nicht zu fleißig sein", schreit er den beiden Hannederfrauen lachend zu, die in ihrer Arbeit innehalten und den jungen Kilian anschaun, als wär er der Gott ihrer Träume.

„Sowas wär halt recht g'wesen", jammert die Ursula, und die Babett pflichtet ihr mit eifrigem Kopfnicken bei. Sie schaun dem Gefährt noch nach, das sich in flotten Trab gesetzt hat, um dann tatsächlich vor dem Klingeranwesen wieder zu halten.

Kilian führt die Pferde hinter die schützende Mauer des Stadels, wirft ihnen wollene Decken über und stampft sich dann vor der Haustür die schweren Nagelschuhe ab.

*

Die niedere Stube ist warm geheizt. Sie ist ärmlich eingerichtet, aber lieb und gemütlich. An der Wand, gleich neben dem Spiegel, hängt die Fotografie eines Mannes in mittlerem Alter. Ein sauberes Mannsgesicht, mit aufgezwirbeltem Schnurrbart und hellen, klaren Augen. Unter der Krempe des Hutes ringeln sich ein paar Locken in die Stirn hinein. Um die Mundwinkel ist ein kleines Lächeln, und in den Wangen zwei Grübchen.

Es ist Agnes' Vater, der bei den Überlandwerken gearbeitet hat und in die Starkstromleitung geraten ist, gerade als Agnes drei Jahre alt war. Seitdem lebt die Witwe Anna Klinger mit der Agnes allein. Und sie leben eigentlich nicht schlecht. Die Anna Klinger versteht sich aufs Viehkurieren und geht trotzdem immer, wenn man sie ruft, obwohl der Tierarzt aus der Kreisstadt sie schon zweimal angezeigt hat, wegen Kurpfuscherei. Nebenbei wäscht und bügelt sie für die paar Honoratioren, die im Dorf sind. Agnes hilft ihr dabei und trägt dann die Wäsche den Kunden ins Haus. Dabei fällt immer ein kleines Trinkgeld ab. In letzter Zeit legt sie jeden Pfennig beiseite, denn sie will ja ihrem Liebsten zu Weihnachten eine Armbanduhr kaufen.

Jetzt hat sie Tee gekocht und den Tisch gedeckt. Es ist gerade, als ob sie in den letzten paar Monaten noch gewachsen wäre. Oder vielleicht erscheint sie nur größer und gereifter, weil sie sich die Zöpfe hat abschneiden lassen? Sie trägt jetzt eine andere Frisur. Die Haarpracht fällt jetzt auf der einen Seite gewellt bis auf die Schulter herunter, während die andere Hälfte zurückgekämmt ist, so daß man das kleine weiße Ohr sieht. Hin und wieder, wenn sie in die Kreisstadt kommt, geht sie ins Kino. Und da hat Agnes in einem Film so eine Frisur gesehn.

Die Bräune des Sommers hat sich aus ihrem Gesicht verflüchtigt, ohne daß sie blaß gewesen wäre. Ein ganz zartes Rot zieht sich über die Backenknochen herauf und verleiht dem ganzen Gesicht einen großen Liebreiz. Auch sonst ist eine merkliche Veränderung mit ihr vorgegangen. Selbstbewußter ist sie geworden, aufgeklärter und instinktsicherer. Sie glaubt nicht mehr alles, was man ihr sagt, zum Beispiel, daß sie immer mehr aufblühe und immer schöner werde. Sie will nur für einen schön sein, auch wenn der es nicht sagt. Andere sind viel geschwätziger, reden Unsinn oder wollen etwas Bestimmtes. Ach ja, Agnes sammelt ihre Erfahrungen, zieht sich aber schnell wie eine Schnecke in ihr Haus zurück.

Als sie kürzlich dem verwitweten, pensionierten Rechnungsrat, der sich aus der Großstadt in die beschauliche Ruhe Meilings zurückgezogen hat, die Wäsche hat in die

Wohnung bringen müssen, wurde sie unversehens mit etwas konfrontiert, das ihr bisher fremd gewesen war.

Der Herr Rechnungsrat hatte zuerst gesagt, daß sie immer schöner werde, wie sie das denn mache.

„Wie sich deine Paradiesäpfelchen entwickeln, das ist ja wunderbar. Man sieht sie von Woche zu Woche wachsen. Das heißt, ich in meinem Alter dürfte eigentlich sowas gar nicht sehn."

Die Agnes ist rot geworden, hat die fünfzig Pfennig Trinkgeld genommen und sich geschworen, nie mehr in die Wohnung des pensionierten Herrn zu gehn, weil er sie, als er sie hinausbegleitet hat, mit der Betulichkeit eines Erfahrenen dort getätschelt hat, wo man ein Mädchen nicht tätschelt, und auch eine Frau nicht, es sei denn die eigene. Dabei hat er gefragt:

„Du bist doch schon sechzehn, oder? Sonst hätte es nämlich gar keinen Sinn."

Sie hat nicht gefragt, was keinen Sinn hätte. Sie hat ja an seinen Augen sehen können, was er gemeint hat. Nein, dort geht sie nicht mehr hin, auch wenn es ihr Kilian nicht verboten hätte, dem sie alles ehrlich erzählt hat.

Die Tür geht auf, Kilian betritt die Stube und hat die Tür noch gar nicht hinter sich zugemacht, da fliegt das Mädel schon an seinen Hals.

„Ach, Kilian, daß du bloß da bist."

„Aber lang darf ich mich nicht aufhalten."

„Hast Angst vor daheim?"

„Nein, aber es würde sonst den Goldfüchsen draußen zu kalt."

„Deiner Agnes ist auch kalt", lacht sie, schmiegt sich in

seine Arme, küßt und zärtelt ihn, als sei sie wirklich schon am Erfrieren. Dabei ist es heiß in der Stube, daß man meint, ersticken zu müssen. Die Herdplatte glüht, und es riecht nach Torf.

Dann trinken sie Tee und essen Kletzenbrot dazu, das die Klingerin von irgendeinem Bauern mit heimgebracht hat, als Honorar sozusagen, denn Geld darf sie ja keins nehmen, seit sie bestraft worden ist. Das heißt, sie stellt ihre große Handtasche aus Ziegenleder bei den Bauern schon immer halbgeöffnet auf die Ofenbank, damit ein Geldstück hineinfallen kann.

Ja, so ist es nun mit der Liebe der beiden Menschenkinder. Es ist eine große Liebe geworden. Aber sie sprechen das ‚groß' nie aus, sondern reden nur von einer Liebe fürs Leben. Das ganze Leben soll sie dauern, und alt wollen sie miteinander mit dieser Liebe werden. Was dazwischen liegen wird, das bedrückt sie nicht. Sie verschließen ganz einfach die Augen davor. Aber sie werden alles bestehen, was auch an sie herankommen mag. Noch ist ihre Liebe Geheimnis, so meinen sie wenigstens, weil ja Verliebte nicht sehen wollen, was sich außerhalb ihres Gesichtskreises abspielt. Kilian spricht längst nicht mehr von jenem Sockel, auf dem ein Mann stehen soll. Das waren noch knabenhafte Vorstellungen. Jetzt hat er sich zum Mann entwikkelt. Er träumt nicht mehr soviel. Dafür spricht Agnes von einer Märchenliebe, in der sie sich geborgen fühlt.

„Wir sind eine Seele und ein Herzschlag", sagt sie zuweilen. Etwas Unzertrennliches meint sie damit, und es kommt ihr gar nicht in den Sinn, daß die Wirklichkeit anders aussehen könnte.

Kilian hat den Schal und die dicke Lodenjoppe abgelegt, so warm ist es in der Stube. Er hat den Arm um Agnes'

Schulter gelegt und fühlt sich ganz wie daheim. Zwischen den beiden Fenstern hängt ein Käfig, in dem ein Kanarienvogel hüpft. Manchmal gibt der ‚Hansi' ein paar Triller von sich und schaukelt sich auf der kleinen Wippe im Bauer. Eine Kuckucksuhr schwingt ihr Pendel geschäftig hin und her, dann öffnet sich ein kleines Türchen, der Kukkuck streckt seinen Kopf heraus und ruft die Zeit. Mit leisem Quietschen schließt sich das Türchen wieder.

„Das nächstemal nehme ich ein Ölkandl mit", sagt Kilian. „Das Türl quietscht ja."

Er kommt sowieso nie mit leeren Händen. Ein paar Schmalznudeln, etliche Eier, ein Stückerl Rauchfleisch, etwas hat er immer dabei, obwohl sie im Klingerhäusel keine Not leiden.

Draußen fällt schon die Dämmerung herein, und Kilian erhebt sich.

„Jetzt ist es aber höchste Zeit, daß ich heimkomm. Ich weiß nicht, bei dir vergeht die Zeit so schnell."

„Wann kommst jetzt wieder?"

„Am liebsten bliebe ich gleich da." Er schlüpft in seine Joppe. Wie immer fällt es ihm sehr schwer, von dem Mädchen zu gehn. Aber es hilft nichts. Die Nacht zieht auf, die Pferde wiehern ihm schon entgegen. Ihr Schellengeläut mischt sich in das Geläut der Kirchenglocken, die zu einer Abendandacht rufen.

*

Sechsunddreißig Buchenscheite, das ist ein gut aufgepackter Handschlitten voll. Aber das ist nicht einmal in der Augen des Pfarrers von Meiling Diebstahl. Er bewertet es als Mundraub, und wahrscheinlich wird die Klingerin die Buchenscheite dazu verwenden, sich eine warme Suppe zu kochen oder die erstarrten Hände über der Herdplatte aufzuwärmen ... Nein, wegen so einer Bagatelle will er kein großes Aufhebens machen, zumal die Klinger Agnes eine seiner besten Chorsängerinnen ist und die Alte ihn mit Ruck-zuck von seinem Bandscheibenleiden erlöst hat. Die hat es einfach im Griff, wo Spritzen und Salben nichts helfen wollen.

Aber seine Schwester Leopoldine, die ihm seit dreißig Jahren den Haushalt führt, hört nicht auf zu nörgeln und will es angezeigt wissen.

„Du untersteh dich", wehrt sich der Pfarrherr Georg Lamsberger, den so leicht nichts aus der Ruhe bringen kann. „Wegen der paar Holzscheite bricht die Welt nicht zusammen."

„Sagst du. Es war mindestens ein halber Ster."

„Woher weißt du denn das so genau?"

„Die Hannederschwestern haben es gesehn, und die kennen sich aus, was das Holzmaß betrifft."

„Ja, weil sie selber so hölzern sind. Hör mir doch mit denen zwei auf."

„Sag das nicht, Schorschl!" Sie nennt ihren Bruder, wenn sie allein sind, immer Schorsch, wie man in Bayern für Georg sagt. Wenn jemand dabei ist, sagt sie immer: ‚Unser Hochwürdiger Herr'. „Die zwei Hannederschwestern sind recht ehrbare Leut."

„Ich zwick ihnen nichts ab von ihrer Ehr'. Aber –" er spricht nicht weiter, er kann und will seiner Schwester nicht sagen, was er denkt. Er dreht sich um und schmunzelt zum Fenster hinaus. Die Leopoldine meint vielleicht, daß die zwei Hannederweiber deshalb ehrbar sein müßten, weil sie jeden Sonntag in der Früh in den Beichtstuhl hineinrutschen, auch wenn sie nichts zu sagen wissen als: „Ich hab einen unkeuschen Gedanken gehabt“, oder: „Ich war unmäßig im Essen und Trinken.“

„Es ist immerhin unser Holz, das gestohlen worden ist“, nörgelt Leopoldine weiter. „Oder kriegst du es vom Troggler geschenkt?“

„Das nicht. Aber er wird es, wie immer, so billig berechnen und auch das Maß so überziehen, daß man sich wegen ein paar Scheitl nicht aufregen soll. Da denk b'sonders du dran, bei der sich jede Aufregung auf den Magen schlägt.“

„Also schön. Immerhin hätt' ich mit so einem Arm voll Scheite drei Tage lang dein Studierzimmer heizen können.“

„Bei vernünftigem Heizen sogar vier Tage. Du schürst ja immer ein, als möchtest du einen Ochsen braten. Sechsundzwanzig Grad waren es gestern wieder. Zwanzig genügen vollkommen.“

Fräulein Leopoldine schnuffelt ein paarmal auf, wie immer, wenn sie gemaßregelt wird. Nach einer Weile sagt sie, während sie mit einem Schnabelkännchen die Kakteen am Fenstersims gießt:

„Also, sagen wir halt, es war kein Diebstahl zu unserm Nachteil. Bliebe also nur noch die Frage, warum der Kilian ausgerechnet beim Klingerhäusel die Scheite über den Zaun wirft.“

Pfarrer Lamsberger hat ein dickes, schwarzes Buch von der Stellage genommen und will gerade zu blättern anfangen.

„Ja, warum wohl?"

„Weil doch der Kilian und die Agnes ein Verhältnis miteinander haben."

„Sooo? Ah, da schau her! Aber geh, Poldine, wer wird denn gleich so ein Wort in den Mund nehmen. Verhältnis. Da stellt man sich was Unseriöses, was Schlampiges drunter vor. Ein bißl verliebt werden sie halt ineinander sein. Und was ist da schon dabei?"

„Das fragst ausgerechnet du, Schorsch? Du als Pfarrer! Ich mein, die zwei wär'n für sowas doch noch zu jung."

„Zu jung? Laß mich einmal nachrechnen. Soweit ich mich erinnern kann, wird der Kilian im Februar achtzehn, und die Agnes muß ins Siebzehnte gehn. Ich brauchte ja bloß einmal im Taufbuch nachschaun."

„Zu meiner – ich mein, zu unserer Zeit hätt' es sowas in dem Alter noch nicht gegeben."

„Ja mei, Poldine, die Zeiten haben sich halt ein wenig geändert. Jung gefreit hat noch niemand gereut. Für was hat denn unser Herrgott die Dirndln g'schaffen? Für die Buben halt. Oder soll die Agnes vielleicht warten, bis sie grau und fett ist, so wie die Hannederschwestern?"

„Schorsch, jetzt gehst, mein ich, ein bißl zu weit. Das ist doch kein Standpunkt für einen hochwürdigen Herrn. Du unterstützt ja die Unmoral direkt."

„Jetzt red keinen Schmarrn daher, Poldine. Man darf nicht gleich immer hinter allem was Schlechtes wittern. Und jetzt laß mir mei' Ruh. Um drei Uhr muß ich die Zwillinge vom Hansenbauern taufen."

Fräulein Leopoldine ist nun doch sehr beleidigt und bös auf ihren geistlichen Bruder, der manchmal mit seinen freisinnigen Ansichten direkt eine Gefahr für ihre Seele wird.

Sie zieht eine Schnute, als ob ihr das Weinen nahestünde.

„Wie du manchmal daherredest, Schorsch, da möcht man förmlich Angst kriegen."

„Aber geh, warum denn, Poldine. Was ist denn daran Unmoral, wenn zwei junge Menschen sich gern haben. Man muß das Leben so sehn, wie es wirklich ist. Jetzt, wo ich das weiß, muß ich direkt lachen. Da stiehlt ein junger Bursch seinem Pfarrherrn einen halben Ster Holz, bloß damit sein Dirndl auch eine warme Stub'n hat. Das finde ich geradezu herrlich. Ja, da kannst du den Kopf schütteln, soviel du willst, mir g'fällt sowas einfach. Und jetzt richt mir meinen Mantel her und die Pelzschuh. In der Kirche zieht's vom Boden rauf immer so kalt. Ob ich das noch erleben werde, daß auch die Meilinger Kirche eine Heizung kriegt!"

„Hoffentlich nicht. Was ist schon eine Kirche, wenn man nimmer frieren darf drinnen. So ein kleines Opfer ist unser Herrgott schon wert." Sie stellt ihm die warmen, pelzgefütterten Schuhe hin, kniet nieder und schnürt die Senkel ein. Dabei schlägt schon wieder die immerwährende Besorgnis um seine Gesundheit in ihr durch.

„Tu hernach beim Taufschmaus ein bißl Obacht geben, Schorsch. Beim Hansenbauern füttern s' ihre Schweine immer so fett."

„Mit 'm Kraut geht's dann schon. Und hernach einen Steinhäger drauf. Ich bin g'sünder, als du meinst, Poldine. B'sonders, seit mir die Klingerin die Bandscheib'n wieder eingerichtet hat."

„Vielleicht geben s' dir ein paar Pfund Schweinernes mit heim, beim Hansenbauern."

„Woher weißt du, daß die geschlachtet haben?"

„Der Hansenbauer Sepperl hat's gestern g'sagt, wie er die Eier bracht hat."

Der Pfarrer schlüpft in den schweren Mantel mit dem Pelzkragen.

„Also dann, Poldine, b'hüt dich. Und heiz im Studierzimmer ein bißl ein. Ich muß abends noch was arbeiten."

Leopoldine begleitet den Bruder bis vor die Haustür und sieht ihm eine Weile nach, wie er sich gegen den kräftigen Ostwind stemmt. Dann schaut sie zu den Bergen hinauf. Schwarzblau stehen sie unter träg dahinziehenden Wolken. Das schaut nach Föhn aus, denkt sie. Die Kälte wird dann brechen, und man braucht nicht mehr so stark einzuheizen. Zwanzig Grad im Zimmer tun es, hat der Bruder gesagt. Und im Grunde genommen hat er ja immer recht.

Anna Klinger ist eine füllige, große Person; sie steht mit ihren starken Beinen so fest im Leben, daß sie nichts mehr umwerfen kann. Sie ist nur einmal schwach gewesen, damals, als man ihren Mann, den Christian Klinger, in einem Sarg aus Fichtenholz in die kalte Grube hinuntergelassen hat. Da hat sie aufgeschrien, dumpf und tierhaft, weil sie gewußt hat, wie arm ihr Leben nun geworden war. Sie blieb zurück mit der kleinen Agnes und mit einer noch kleineren Rente. Und was sich in ihrem Leben Mann und Liebe genannt hat, das hat es nur einmal geben dürfen. Den Unsinn seines plötzlichen Sterbens hat sie nie begreifen können, denn zwei Stunden vorher war dieser prachtvolle Mann noch glutvoll in ihren Armen gewesen. Nein, es konnte trotz recht passabler Angebote für die Anna Klinger keinen andern Mann mehr geben.

Das ist ihr jäh bewußt geworden, und sie ist willens gewesen, das Leben, der kleinen Agnes wegen, allein zu meistern. Und sie hat es gemeistert. Hat geschuftet von früh bis spät und schuftet immer noch. Eine Bavaria nennen sie die einen wegen ihrer Körperfülle, einen Elefanten andere, weil sie zuweilen in einen Porzellanladen tritt. Vor ihrer tiefen, grollenden Stimme fürchten sich Menschen, die sie nicht genau kennen, zumal sie jeden duzt und unverblümt die Meinung sagt, wenn sie es für angebracht hält. Wer sie wirklich kennt und ein sauberes Gewissen hat, der fürchtet sie nicht, der schätzt ihre unbestechliche Ehrlichkeit, auch wenn sie oft polternd kommt und weh tut.

An ihrer Tochter Agnes hängt sie mit großer Innigkeit. Sie hat ihre Kindheit bewacht und nun, da sie ins Reifen gekommen ist, ruhen ihre Augen wachsam auf den Wandlungen der jungen Seele. Es hat ihr zu denken gegeben, daß Agnes ihre schönen Zöpfe hat abschneiden lassen. Sie sieht, daß das Mädel jetzt ganz anders ausschreitet, mit einem leichten Schwingen in den Hüften, als wolle sie mit jedem Schritt das Kindhafte abstreifen. Da ist vor allem auch dieser neue, schöne Glanz in den Augen, dieses verträumte Schauen zum Fenster hinaus, über die verschneiten Hänge hin, das nichts als Sehnsucht ist oder Hunger nach Zärtlichkeit. Ja, es ist eine Wandlung vor sich gegangen mit dem Mädchen. Die Klingerin weiß es spätestens seit damals, als der Troggler Kilian das Holz über den Zaun geworfen hat. Agnes hätte die zwei Teetassen gleich wieder abwaschen und aufräumen sollen. Auch der angeschnittene Leib Kletzenbrot lag noch auf dem Tisch. Die Klingerin ist damals ziemlich spät heimgekommen und hat sofort gefragt:

„War jemand da, Agnes?"

„Ja, der Troggler Kilian. Wir haben miteinander Tee getrunken."

„Und Kletzenbrot gegessen, wie ich seh."

„Ja, auch das. Aber ich hab kein schlechtes Gewissen."

„Ja, das glaub ich dir, sonst hättest ja die Tassen weggeräumt."

„Und stell dir vor, Mutter, der Kilian – Scheitholz hat er in den Pfarrhof fahren müssen, und da hat er im Vorbeifahren einen kräftigen Arm voll Scheite bei uns übern Gartenzaun geworfen."

„Warum?"

„Weil – weil der Kilian g'meint hat, ich soll nicht frieren."

„So, hat der Kilian g'meint. Bis jetzt haben wir noch nicht frieren müssen. Wir haben Torf genug im Schuppen und haben es auch nicht nötig, uns was schenken zu lassen. Das hat doch einen andern Grund. Nur raus jetzt mit der Sprach'. Was ist mit diesem Kilian?"

Da ist die Agnes niedergekniet, hat das Kinn auf die Knie der Mutter gestützt und zu ihr aufgeschaut.

„Ich hab ihn so gern, den Kilian. Mutter, schimpf mich jetzt nicht, aber ich hab ihn so gern, daß ich am liebsten sterben möcht, wenn ich ihn nicht krieg."

„So Narreteien sagt man mit siebzehn. Aber warum soll ich dich schimpfen? Für d' Lieb kann man nichts. Die kommt eben. Beim einen früher, beim andern später. Und wie meint es der Kilian?"

„Er sagt, daß er nimmer leben möcht ohne mich."

„Ja, ja, das sind so Sprüch, die kommen den Mannsbildern nur zu leicht über die Lippen. Aber wenn es ernst wird, dann machen sie meistens einen Rückzieher. Oder meinst du, daß es den Trogglerischen recht sein wird? Da kennst du diese Bauern schlecht. Vor allem sie, die Trogglerin, ist eine gar Hochmütige."

„Der Kilian überhaupt nicht. Kennst du ihn überhaupt, Mutter?"

„Wenn es der Hellhaarige ist, der mit dem Grüberl im Kinn, dann kenn ich ihn schon. Aber auch nicht gut g'nug, um gleich ja und amen sag'n zu können. Der soll nur einmal ins Haus kommen, wenn ich daheim bin, dann werd' ich mir den Bursch'n schon einmal vornehmen."

„Aber bitt' schön, Mutter, nicht grob sein mit ihm."

„Soll ich ihn vielleicht mit Samthandschuhen streicheln? Erstens hab ich gar keine, und zweitens kommt es auf ihn an, wie er mir entgegenkommt."

„Er hat ein bißl Angst vor dir, Mutter."

„Dann hat er ein schlechtes Gewissen."

„Weil er halt meint, es könnt dir nicht recht sein."

„Mir ist jeder recht, wenn er es ernst und gut meint mit dir. Ich will doch bloß das Beste für dich und – den Besten für dich."

„Er ist der Beste für mich, Mutter."

„Wenn ich einmal geredet hab mit ihm, kann ich dir sagen, ob er der Beste für dich ist."

Daraufhin hat die Klingerin das Gesicht ihres Kindes in beide Hände genommen, hat es nah vor ihr Gesicht gehoben und hat eine lange Weile nur die Augen betrachtet. Nichts als die Augen. So wie Augendiagnostiker ihren Patienten in die Augen schaun. Dann hat sie wieder losgelassen und hat gesagt:

„Nein, Gottseidank, noch nichts. Und laß dir sag'n, Kindl, bewahr dir das, was eine Frau bloß einmal zu verschenken hat, solang es geht. Und jetzt wollen wir miteinander zu Abend essen."

*

Drei Tage nach diesem Gespräch begegnet die Klingerin dem Troggler Kilian, als er mit den zwei Goldfüchsen auf dem Weg zur Schmiede ist. Er reitet auf dem Sattelgaul und sieht die Klingerin schon von weitem daherkommen. In Gestalt und Aufmachung kennt man sie ja im großen Umkreis und schon von weitem. So wuchtig und schwer stapft nur eine durch die Landschaft. Über dem vollen Haar trägt sie ein grünes Filzhütel ihres verstorbenen Mannes, mit einer Bussardfeder an der Seite. Zu jeder Jahreszeit hat sie einen roten Schirm bei sich. Sie trägt ihn über der Achsel, wie ein Soldat sein Gewehr. Am Schirm hängt dann noch die große Ziegenlederhandtasche, von der die Leute sagen, daß sie in ihr das Geld heimtrage.

Der Kilian kennt sie auch sofort, und es wird ihm ein bißchen unbehaglich. Er kann nicht gut ausweichen. Links und rechts der Straße sind die Schneewehen. Die Klingerin hat es auch scheinbar auf ihn abgesehen, denn sie bleibt mitten auf der Straße stehen und hebt die Hand.

„Guten Morgen, Klingerin", sagt er so beherzt und freundlich, als es ihm möglich ist. „Auch schon unterwegs?"

„Um acht Uhr ist's nimmer zu früh. Zum Johanser muß ich, da kann eine Kuh nicht kälbern", antwortet die Klingerin. Dann macht sie den Finger krumm. „Geh, steig einmal runter von deinem hohen Roß. Ich hab's nicht gern, wenn man auf mich runterschaut. Noch dazu, wenn einer so jung ist wie du."

Der Kilian befolgt ihre Aufforderung wie einen Befehl, steht dann vor ihr und ist über die Wangen hin auf einmal glutrot. Und je länger ihn diese wuchtige Frau, die über einen Kopf größer ist als er, so durchdringend anschaut, desto mehr errötet er, und es kommt ihm wie eine Erlösung vor, als sie sich endlich räuspert und sagt:

„Du bist doch – der Trogglerin ihr Jüngster, gell?"

„Vom Troggler bin ich, ja."

„Ich hab g'sagt, von der Trogglerin."

Der Kilian schaut sie etwas verständnislos an, dann senkt er den Kopf.

„In d' Schmied'n muß ich. Die Stoll'n müssen g'schärft werd'n."

Nun hat ihn die Klingerin genug betrachtet, und die Musterung ist scheinbar zu Kilians Gunsten ausgefallen, denn ihre Stimme grollt jetzt nicht mehr so drohend.

„Du bist also der Kilian, der meiner Agnes nachsteigt?"

„Ich bin überhaupt noch nirgends hing'stiegen."

„Aber du setzt ihr Flausen in den Kopf. Redest ihr ein, daß du nimmer leben möchtest ohne sie."

„Das sind keine Flaus'n, das ist die Wahrheit."

„Bis dir eine andere besser g'fällt."

„Das brauchst nicht glaub'n. Mir g'fällt keine besser als die Agnes."

„Das sagt bei deinem Alter noch gar nichts. Was sag'n denn deine Leut dazu?"

„Die wissen es doch nicht."

„Aha. Und die Schneid, es ihnen zu sagen, die hast noch nicht?"

„Sowas muß man geheimhalten, solang es geht."

„Bis halt 's Madl ins G'red kommt. Wenn du es ernst meinst, Kilian, dann läßt sich sowas auf die Dauer doch nicht verheimlichen. Und das sag ich dir auch gleich: Mit der Agnes kann man nicht spiel'n. Bei der geht alles gleich recht tief. Und was sie trifft, das trifft auch mich. Und mit mir ist nicht gut Kirsch'n essen, wenn es um mein Kind geht. Überleg es dir zuerst noch, bevor du dich fest bindest. Zeit hast ja auch noch, bist doch noch ein bißl jung."

Kilian läßt das alles über sich ergehen wie eine Predigt. Nur daß das alles tiefer sitzt, als wenn Pfarrer Lamsberger bei der Sonntagspredigt mit einem Gleichnis daherkommt. Merkwürdigerweise hat er aber auf einmal alle Angst verloren vor diesem Riesenweib. Er lächelt sie an und sagt:

„Jung g'freit hat noch keinen gereut."

Wieder trifft ihn ein langer Blick.

„Wenn du es ernst meinst, dann komm am Sonntagnachmittag zum Kaffee."

Kilian läßt sich dies nicht zweimal sagen. Er kommt am Sonntagnachmittag pünktlich und wird sofort von der Klingerin gerügt, weil er ein riesiges Trumm Hefezopf aus seiner Manteltasche zerrt.

„Den hast doch daheim hintenrum mitgehn lassen?" fragt sie ihn.

Kilian gibt es zu und muß ferner auch zugeben, daß der goldgelbe Sandkuchen der Klingerin ihm viel besser schmeckt. Überhaupt ist hier alles anders als daheim. Alles ist so behaglich und von menschlicher Wärme durchdrungen. Er fühlt sich gar nicht als Gast, sondern so, als wäre er immer schon hier aufgewachsen und gehöre zu diesen Menschen.

Es bleibt nicht aus, daß er von da an auch unter der Woche ein paarmal kommt. Die Abende sind immer noch dunkel und lang. Sie sitzen gemütlich in der Stube, bis die Klingerin Punkt neun Uhr die Kuckucksuhr aufzieht und in ihre Schlafkammer hinausschlürft. Die Türe läßt sie offen, ganz weit offen sogar, nicht aus Neugier etwa, sondern weil sie keinerlei Vorschub leisten will. Die jungen Leute sollen allein sein, aber nicht so allein, daß sie auf dumme Gedanken kommen.

Sie schläft keineswegs und hört sich das halblaute Gemurmel der beiden von draußen mit an, verliebtes Getuschel und ernste Gespräche, manchmal zu ernst für zwei so junge Menschen. Kilian gibt offen zu, daß er nie Bauer auf dem Trogglerhof sein wird, weil der dem älteren Bruder Urban zusteht. Die Mutter, ja, – er sagt immer: meine schöne Mutter – die hätte bereits ihre Rechnung aufgestellt und strecke auch ihre Fühler langsam aus nach einem Mädchen für ihn, das einmal Hoferbin würde und wo er dann einheiraten könne.

„Aber ich laß sie halt reden“, sagt Kilian einmal. „Was brauch ich eine mit einem Hof? Ich hab ja dich. Und überhaupt, wenn es nach mir ginge, ich tät am liebsten Bildschnitzer werden.“

„Ja, ich weiß Kilian“, erwidert Agnes. „Deine Figuren sind schön. Die du mir Weihnachten geschenkt hast, ist sogar wunderschön. Sie hat ein Gesicht wie die Trogglerin.“

„Ist sie ja auch. In vielen Gesichtern war es immer meine Mutter. Jetzt auf einmal geht das nicht mehr."

„Warum nicht, Kilian?"

„Ich weiß es selber nicht. Seit ich mit dir – seit du in mir bist – nimmt unter dem Schnitzmesser jedes G'sicht das deine an."

„So gern hast mich, Kilian?"

„Das mußt doch wissen, Agnes."

„Wie gern, Kilian. Du redest so wenig von der Lieb', Kilian. Wie ist Lieb' eigentlich bei dir?"

„D' Lieb' ist, denk ich wenigstens – d' Lieb' ist ungefähr so, daß man nicht versteht, wie man ohne sie leben soll."

„Ui Jeggerl", flüstert die Klingerin draußen in ihr Kopfkissen. „Der wird ja direkt philosophisch. Wo er bloß die hochtrabenden Worte her hat!"

Von seinem Vater spricht Kilian mit Ehrfurcht, von seiner Rechtlichkeit und seinem starken Willen, von seiner Güte und seiner unbändigen Liebe zum Boden, zum Bauerntum überhaupt.

Dann wird es auf einmal ganz still.

Jetzt küssen sie sich, denkt die Klingerin und denkt an ihre eigene hohe Zeit, als der Mechanikergeselle Christian Klinger zum erstenmal zu ihr auf die Grundlalm gekommen war, auf der sie Sennerin war. Später ist er zu den Überlandwerken gegangen, er ist bald Vorarbeiter geworden, und sie haben geheiratet, haben sich mühsam das kleine Häusel gebaut, und dann war alles mit einem Schlag aus.

Jetzt hört sie, wie Kilian draußen wieder von seinem Vater erzählt, und sie ist dann in ihren Gedanken viel bei dem Trogglerbauern.

Zwanzig Jahre ist es jetzt her, daß er im Wald unter einen stürzenden Baum geriet. Kein Mensch hat damals mehr an sein Aufkommen geglaubt. Über ein Jahr ist er in München, im Krankenhaus rechts der Isar, gelegen. Die Ärzte haben ihn schließlich wieder zusammengeflickt, aber der Professor hat ihm vor der Entlassung sagen müssen:

„Na, mein lieber März, nun sind Sie also soweit auf dem Damm, daß Sie wieder Bauer sein können. Allerdings, das hab ich Ihnen ja schon gesagt, mit Kindern steht nichts mehr drin."

„Zum Glück hab ich schon zwei", hatte er der Klingerin gesagt, zu der er in seiner Not gekommen war, in der Hoffnung, daß die Ärzte sich getäuscht hätten und die Klingerin vielleicht einen Rat wüßte. Die Klingerin hatte in einem alten Krankenbuch nachgeschlagen und ihm dann sagen müssen:

„Wenn das so ist, wie dir der Professor g'sagt hat, dann ist's mit der Zeugung wirklich vorbei. Verstehst, Troggler?"

Sie sieht ihn noch, wie schwer er genickt hat und erst dann wie erlöst aufgeatmet, als sie ihm versicherte und sogar selber die Sätze im Buch nachlesen ließ, daß sich dadurch im ehelichen Zusammenleben gar nichts ändere, bloß seien halt keine Nachkommen mehr zu erwarten. Da hatte er eben mit frohem Seufzer jenen Satz gesprochen: ‚Zum Glück hab ich ja schon zwei.'

Ein Jahr darauf kam dann dieser hellhaarige, ganz anders geartete Kilian zur Welt und hat den Troggler zu jenem Schweiger werden lassen, von dem die Leute sagen, daß er hochmütig sei.

Ein helles Lachen von draußen reißt die Klingerin wieder in die Gegenwart zurück. Dann hört sie die Stimme des Kilian:

„Nicht so laut, sonst wacht d' Mutter auf."

Die Kuckucksuhr schlägt die zehnte Stunde, und Kilian richtet sich zum Heimgehen. Länger zu bleiben ist ihm nicht erlaubt.

So früh und unvermittelt der Winter gekommen ist, so jäh weicht er dem einsetzenden Föhn gegen Ende Februar. Auf den Bergen schmilzt der Schnee mit einer Schnelligkeit zusammen, daß auf den sonnseitigen Höhen nach zwei Tagen bereits große dunkle Flächen zu sehen sind. Die Bäche schwellen an, die Lindlach stürzt polternd durch den Weiler Gröd, der Wasserfall rauscht sein dumpfes Lied. Auf Gröd ist jedoch kein Hochwasser mehr zu befürchten, seit sie die Ufer dementsprechend mit Quadersteinen aufgebaut und weiter unten reguliert haben.

Der Josefitag gilt in diesem Landstrich immer noch als Feiertag, wenn auch als ungesetzlicher. Der neunzehnte März zeigt sich bereits in der schönsten Vorfrühlingspracht. Die Palmkätzchen leuchten wie silberne Kügelchen an den Zweigen, Schneeglöckchen sprenkeln die ganze Hangwiese mit ihrem fröhlichen Weiß. Am Pflanzgartenzaun blühn bereits die Märzbecher und zeigen sich die ersten Tulpen. An einem hohen Himmel ziehn kleine Schäferwölkchen dahin, wie winzige Segler in einem unendlichen Meer. Und die Bienen summen, als sei der ganze Trogglerhof eine tönende Orgel geworden.

Die Stube auf dem Trogglerhof ist blankgescheuert bis in den letzten Winkel hinein. Nicht weil Josefitag ist, sondern weil es ein bedeutungsvoller Tag im Leben der Trogglertochter Marille März ist. Gegen drei Uhr soll der Gsotlechner Martin mit seinen Eltern kommen, damit wegen der bevorstehenden Hochzeit alles genau festgelegt wird.

Die Marille ist ganz aufgeregt, hat ihr schönstes Dirndlkleid angelegt, das weinrote mit den langen Ärmeln. Das Haar hat sie so kunstvoll zurechtgekämmt, daß links und rechts eine lange Locke herunterhängt, bis über die Jochknochen des schmalen Gesichtes. Obwohl sonst nicht viel Einschmeichelndes in ihrem Wesen ist, zeigt sie sich heute in der liebenswürdigsten Art. In ihren Augen glänzt Zufriedenheit, denn sie kommt sich jetzt wie eine Erlöste vor, weil sie nun Gewißheit hat, daß sie heiraten wird. Sollte es ihr vielleicht gehn wie den Hannederweibern, daß sie übrigbleibt? Bisher hat ja der Gsotlechner Martin das Heiratsfähnlein nur recht zaghaft flattern lassen. ‚Mir san no lang gnua verheirat', hat er immer zu sagen gepflegt, wenn die Marille gedrängt hat. Jetzt aber hat ihm seine Mutter doch ziemlich zugesetzt, daß er endlich eine Bäuerin auf den Hof bringen solle, weil ihr das Alter schon recht zu schaffen mache.

Sie kommen in einem alten Opel angefahren, an dem der Rost die Stoßstangen schon rötlich färbt. Einen neuen soll es erst nach der Hochzeit geben, von Marilles Mitgift.

Der Hochzeiter ist zwar noch nicht vom Rost angefressen, aber ein Ausbund an Schönheit ist er nicht. Als der Herrgott die Nasen verteilte, muß er zweimal hier geschrien haben. Vorn fehlen ihm zwei Zähne, die man ihm bei einer Kirchweihrauferei ausgeschlagen hat. Die Marille fragt schon immer voller Sorge, ob denn die Zähne wenigstens bis zur Hochzeit in Ordnung gebracht würden.

Obwohl der Martl noch jung ist, achtundzwanzig ist er, sind seine Haare über der Stirn schon recht gelichtet. Mit fünfunddreißig hat er bestimmt eine Glatze. Da kommt sein Vater, der Gsotlechner, noch schneidiger daher. Der hat einen Gamsbart auf dem Miesbacherhut, der fast die ganze Oberfläche bedeckt. Die Gsotlechnerin ist eine kleine rundliche Frau mit viel Mütterlichkeit. Im Gang draußen sagt die Gsotlechnerin schon:

„Da riecht 's aber gut nach Kaffee."

Man begrüßt sich lebhaft, fast zu überschwenglich. Nur der Troggler bleibt reserviert und in kühler Distanz. Man soll nur nicht denken, daß es eine Gnade sei, wenn die Gsotlechnerischen ihm die Tochter aus dem Haus holen. Bevor der Kaffee kommt, sagt der Troggler zum Kilian:

„Schau nach, wo der Adam und die Monika stecken. Sie soll'n zum Kaffee kommen."

„Wieso? Müssen bei euch bei sowas die Dienstboten auch dabei sein?" fragt der Gsotlechner.

„Bei uns schon. Die zwei g'hörn nun einmal zum Hof. Habt ihr gute Fahrt g'habt?"

„Soweit man in dem alten Karrn noch gut fahren kann", antwortet der Martin, dem die Marille schon soviel Anstand beigebracht hat, daß er in einem fremden Haus den Hut abnimmt.

„Kriegst bald einen neuen", tröstet die Mutter ihren Martl.

„Wo doch seine Braut ganz schön mitbringt", setzt der Gsotlechner dazu. „Fünfundzwanzigtausend hast doch g'sagt? Das stimmt doch?"

Der Troggler nickt zustimmend, aber es ist ihm peinlich, daß hier so unverblümt vom Geld geredet wird.

„Und eine Kuh hat er g'sagt, der Martl. Und einen Kuchelwagen?"

Der Troggler nickt wieder. Statt seiner sagt die Trogglerin:

„Die Marille wünscht sich allerdings ein modernes Schlafzimmer. Die jungen Leut woll'n halt heutzutage auch mit der Mode gehn."

„Mir wär das wurscht", sagt der Martin, „wo ich mit der Marille schlaf. Die modernen Matratzen knarren halt nicht so, sagt die Marille."

Die Marille wird rot und verlegen. Die Gsotlechnerin merkt das und schlägt gleich ein anderes Thema an. Indem sie die Trogglerin mit einem bewundernden Blick anschaut, sagt sie:

„Du, sag einmal, was tust denn du eigentlich, daß du gar nicht alt wirst und so schön schlank bleibst?"

„Der Troggler wird sie halt allweil recht g'schont hab'n, gell, Pius?" sagt der Gsotlechner und schickt ein bellendes Lachen hinterher.

Der Troggler verzieht keine Miene, schaut nur die Gsotlechnerin teilnehmend an und fragt sie:

„Wie geht 's denn dir jetzt mit der G'sundheit?"

„Im Augenblick bin ich zufried'n. Aber vor drei Wochen hab ich einen Blutdruck g'habt, gleich zweihundertunddreißig. Der Doktor hat mir dann schon Tabletten verschrieb'n, aber die hab'n auch nicht viel g'holfen. Da bin ich zur Klingerin gangen, die hat mir einen Tee geben, und jetzt bin ich herunter auf hundertsechzig."

„Ja, die Doktors", sagt der Gsotlechner. „Allweil verschreiben s' auch nicht das Richtige. Aber verlangen, daß es dich gleich in d' Knie niederreißt. Stell dir vor, dem

Martl seine zwei Zähn' kosten dreihundertachtzig Mark. Um das Geld krieg ich ja bald zwei Kaibl."

„Kriegst sie vor der Hochzeit noch?" will die Marille wieder einmal wissen.

„Ja, am Dienstag krieg ich s'."

„Aber dreihundertachtzig Mark, bloß ins Maul rein", jammert der Gsotlechner abermals. „Da krieg ich ja . . ."

„Es ist allerdings ein goldener dabei", unterbricht der Martl seinen Vater.

Der schiebt seinen Hut weit aus der Stirn und runzelt die Brauen.

„Was brauchst denn du einen goldenen Zahn? Nichts wie Angeberei. Meinst, daß du mit dem besser beißen kannst?"

„Die Marille hat 's hab'n woll'n", verteidigt sich der Martin und schaut die Marille an, die grad den Gesundheitskuchen anschneidet.

„So, jetzt langt zu", fordert sie auf. Der Adam und die Monika kommen auch grad herein. Der Tisch ist jetzt reihum besetzt, aber die zwei alten Leute fühlen sich nicht recht wohl in der Gesellschaft und verschwinden gleich nach einer Tasse Kaffee wieder. Die Trogglerin drängt ihnen noch ein Stück Kuchen auf, das sie mit hinausnehmen. Auch Kilian verdrückt sich. Der Tag draußen ist so schön, und im Klingerhäusel wartet jemand auf ihn.

„So, jetzt können wir reden", meint der Gsotlechner und zündet sich einen Stumpen an. „Wann soll jetzt die Hochzeit eigentlich sein?"

„Zuerst noch eine andere Frage", sagt der Troggler. „Übergibst du dem Martl den Hof? Die Marille soll nämlich Bäuerin sein bei euch und nicht Hausmagd. Hausmagd kann sie daheim auch bleiben.“

„Am Tag vor der Hochzeit wird übergeben“, antwortet der Gsotlechner. Ein Kalender wird gebracht und ein Tag ausgesucht.

Man ist sich einig, daß es während der Fastenzeit nicht schicklich ist. Also einigt man sich auf Montag, den 24. April.

„Und wo soll die Hochzeit sein?“ will der Troggler noch wissen.

„Ich denk, beim Gamswirt, der hat den größeren Saal.“

„Wieviel sind ’s denn aus eurer Verwandtschaft?“ fragt die Marille.

„Fünfundvierzig bis fünfzig, ham mir ausgerechnet.“

„So viele werden es bei uns auch bald sein“, rechnet die Trogglerin nach.

„Und auf die Nacht kommt dann der ganze Trachtenverein noch, und wer halt sonst aus Neugierd’ hingeht.“ Der Martin rechnet da noch mal mit hundert Personen.

„Was habt ihr dann für eine Musik?“ mischt sich jetzt endlich auch der Troggler Urban ein. Er ist die ganze Zeit ein bißchen verdrossen dagesessen. Fünfundzwanzigtausend, muß er immer denken. Ein schöner Batzen Geld, der da vom Hof weggeht. Mit gleichem Recht kann dann der Kilian dasselbe beanspruchen. Und er hat später einmal die Lasten zu tragen.

„Ich denk“, meint der Martin, „wir nehmen die Heindhauser Musik. Das sind fünfundzwanzig Mann, da scheppert es wenigstens richtig.“

„Weniger laut wär’s mir zwar lieber”, sagt der Troggler. „Aber heiraten tut ja ihr und nicht ich.“

„Da hast recht, Schwiegervater. Und heiraten tut man ja bloß einmal."

„Hoffentlich."

„Wie meinst denn das, Troggler?" will die Gsotlechnerin wissen.

„Ja mei! Heutzutage ist das nimmer so wie früher. Heutzutage lassen sich schon Bauersleut wieder scheiden."

„Leider ja", gibt der Gsotlechner zu und rückt sein Hütel mit dem Gamsbart wieder in die Stirn herein. „Aber mir sind ja noch vom alten Schlag. Oder hättest du dich vielleicht scheiden lassen?"

„Nein!"

Das kommt kurz und fast bissig aus dem Mund des Trogglers.

Das Wichtigste ist ja nun besprochen. Da meldet sich die Marille nochmals:

„Ich hab noch eine Bedingung. Die Angermaier Luise muß beim Hochamt das ‚Ave Maria' singen."

„Oder den Andachtsjodler", meint der Martin.

„Das kann die Angermaier Luise nicht", sagt der Troggler. „Der Andachtsjodler muß mehrstimmig und am besten von Mannsbildern g'sungen werd'n."

„‚Ave Maria', hab ich g'sagt", wiederholt die Marille, und an diesem Ton kann man erkennen, wer in dieser Ehe einmal bestimmen wird. Sie weiß nicht, daß sie mit dem Wunsch, das ‚Ave Maria' gesungen zu bekommen, einen Stein ins Rollen bringt, der wie das Schicksal selber ist und für einen großen Teil des Lebensweges eines anderen Menschenkindes bestimmend wird.

*

Auf dem Bankerl hinter der Kapelle sitzen sie dicht nebeneinander, die im Bauerndienen alt gewordenen beiden Menschen, der Adam Drexler und die Monika Kaser.

Nicht einmal Gott im Himmel weiß, warum sie niemals vorher so einträchtig und friedsam und sich im Innern so nah beisammengesessen sind. Es hat erst später Abend oder die Weisheit des Alters über sie kommen müssen, um zu erkennen, daß sie sich doch recht gut sind. Es ist nichts mehr von Gereiztheit in ihnen; Adam hat längst aufgehört, über die etwas pummelige Monika zu spötteln. Er sieht jetzt alles an ihr mit verklärten Augen, und die Monika ekelt sich nicht mehr vor ihm, wenn ein paar Bröserl Schnupftabak in seinem weißen Bart hängen bleiben.

O ja, die Monika hat es längst gemerkt, daß mit dem Adam eine Wandlung vor sich gegangen ist. Wenn sie ein schweres Schaff trägt, nimmt er ihr es sofort ab und sagt, daß sie das jetzt nicht mehr tun müsse, weil sie in der Rente sei, genauso wie er.

Der Troggler schafft ihnen auch keine schwere Arbeit mehr an. Sie haben das Gnadenbrot am Hof und brauchen bloß das zu arbeiten, was sie gern und freiwillig tun. Und sie tun halt immer noch gern ein bißl was. Wenn man ein Leben lang schwer gearbeitet hat, kann man nicht mit einem Schlag die Hände in den Schoß legen und zuschaun, wenn andere sich plagen. Immerhin, sie haben es schöner jetzt, geruhsamer ist ihr Tag geworden, sie haben mehr Zeit für eigene Gedanken, und vielleicht ist es diese freie Zeit, die sie ins Nachdenken kommen läßt, daß ihr Leben auf einem wichtigen Gebiet ein bißl zu kurz gekommen ist, nämlich in der Liebe.

Die Bienen ringsum summen, sie schwirren um die Gesichter, aber sie stechen nicht. Ein paar Schmetterlinge gaukeln vorbei, und der Wasserfall singt sein urewiges Lied.

„Da heiratet jetzt tatsächlich unsere Marille", bricht die Monika das Schweigen.

„Unsere Marille ist 's ja nicht", korrigiert Adam.

„Die Troggler Marille halt. Aber sind wir denn nicht auch Trogglers? Dem Namen nach wenigstens. Seit ich da bin, und das sind jetzt fünfzig Jahre, bin ich die Troggler Monika und du der Troggler Adam. Wenn man bei einem Bauern einsteht, verliert man seinen eigenen Nam'. Du wirst lachn'n Adam, ich kenn dich jetzt seit zwanzig Jahr, aber ich weiß bis heut' noch nicht, wie du sonst noch heißt."

„Drexler. Und du?"

„Kaser."

Er legt plötzlich seine schwere Hand hinüber auf ihr Knie.

„Das hört sich fei' schön an, Monika Kaser –"

„Adam Drexler auch."

Die Monika legt nun ihre Hand auf die seine drauf, wendet ihr Gesicht ein wenig und lächelt ihn an.

„Was du noch für eine warme Hand hast, Adam."

„Du auch, Moni. Und überhaupt, wenn ich 's so betrachte – mir wär'n überhaupt noch ganz gut beieinander."

„Ein bißl z'ammg'rackert halt."

„Wie man 's nimmt, Moni. Wie man 's nimmt. Jetzt brauch'n wir uns ja nimmer plag'n."

„Ja, da hast recht, Adam. Im Grund g'nommen derf'n wir unserm Herrgott dank'n, daß wir so ein' gut'n Bauern hab'n. G'halten sind wir grad, als wenn wir im Austrag leben tät'n."

Eine lange Pause. Die Monika hascht nach einem Schmetterling, und der Adam hat seine Stirn in strenge Falten gelegt, als brüte er etwas aus. Dann zieht er seine Hand vom Knie der Monika, weil er sie braucht, um sich eine Prise Schnupftabak zwischen Daumen und Zeigefinger zu schlagen. Hernach sagt er:

„Weil du grad vom Austrag geredet hast, Moni, 's Austragshäusl steht eigentlich ganz leer bei uns."

„Herunten ist halt die Milchkammer."

„Aber ob'n stehn zwei Zimmer ganz leer. Da könnt man leicht ein Zimmer als Wohnküche und das andere als Schlafzimmer einrichten."

Die Monika hält beklommen den Atem an. Warum fällt dem Adam erst jetzt sowas ein, nachdem sie miteinander hundertfünfundreißig Jahre alt geworden sind. In ihrem ganzen Leben hat sich die Monika nicht mit großen Problemen gequält, aber das erfaßt sie nun doch blitzschnell, daß Adams ganzes Gerede nichts anderes sein kann, als ein um keinerlei Ecken gewundener Heiratsantrag, auf den sie nun doch eingehen müßte. Aber sie sagt zunächst noch:

„Unter der Nas'n hängt dir noch ein bißl Schnupftabak."

Adam zieht eilfertig sein großes, blaues Taschentuch und wischt sich unter der Nase hin und her. Dann fragt er scheinheilig:

„Wo sind wir jetzt stehngeblieb'n?"

„Beim Schlafzimmer."

„Beim Schreiner Hierangl sind s' ausgestellt", sagt der Adam.

„Sag nur gleich, du hast schon eins ausg'sucht, Adam."

„Das grad nicht. Aber – man macht sich halt so seine Gedank'n, wenn man sowas ausg'stellt sieht. Da müßten eigentlich ein paar schlaf'n drin, denkt man sich."

„Eiche mit Birkenholz ist eins dabei", fällt der Monika ein. „Das g'fällt mir ganz gut."

„Dann hast es also du auch schon ang'schaut?"

„So im Vorbeigehn halt. Und da hab ich mir denkt: Wer wird denn da drin einmal schlaf'n?"

„Hast dir denkt? Du hast fei' gar keine so schlechten Gedanken. Ich müßt ja lach'n, wenn das mir zwei wär'n."

Die Monika muß die Augen schließen, so überwältigt ist sie von der Direktheit seines Angebotes. Sie langt hinter sich, als ob sie den Sitz ihres Haarschopfs prüfen wolle. Dann hält sie den Kopf schief, als wolle sie sein Gesicht, das sie ja immerhin schon seit vielen Jahren kennt, von unten her betrachten.

„Jetzt muß ich aber schon dumm frag'n, Adam. Magst mich du überhaupt?"

„Das hättest eigentlich schon lang merk'n müssen. Und wenn du mich auch ein bißl magst, dann frag ich gleich heut noch den Bauern, ob er uns die zwei Zimmer im Austragshäusl überläßt, daß wir heiraten können."

„Recht viel wer'n mir ja nimmer zerreißen, mir zwei", meint die Monika.

Der Adam legt seinen Arm warm und fest um ihre Schulter. Und die Monika drängt sich eng an seine breite Brust.

„Sag das nicht. Für d' Lieb ist's nie zu spät, und soweit sind wir ja noch g'sund. Bloß – ich schnarch halt beim Schlaf'n."

„Da brauch ich dir bloß d' Nasenlöcher zuhalten, dann hörst sofort auf."

„Wie weißt denn du das?"

„Das ist doch ein altes Hausmittl."

„Dann red' ich also heut noch mit dem Bauern?"

„Ja, Adam. Dann leg ich halt mein Schicksal in deine Händ, wenn du meinst."

„Wo hast denn das gelesen?" fragt Adam, der mit so rührseligen Worten nicht viel anzufangen weiß. „G'scheiter ist, du sagst, du legst deine Rente zu meiner Rente, dann könnten wir sogar eine Hochzeitsreise machen."

„Nach Meran tät ich halt gern einmal fahr'n", schlägt die Monika vor.

„Also gut, fahr'n mir nach Meran."

Vorne hört man jetzt den Wagen der Gsotlechners wegfahren. Kurzes Stimmengewirr noch, dann heult der Motor auf. Schließlich wird es ganz still und kühl zugleich. Es will bereits Abend werden, und der Wasserfall rauscht lauter. Hand in Hand gehn die beiden alten Leute jetzt ins Haus und bitten den Troggler und die Trogglerin, ob sie die zwei Zimmer im Zuhäusl haben könnten, weil sie auch heiraten möchten.

*

Die Sterne werden schon blasser über dem Dorf Meiling, und ein erster Hauch des Windes der Frühe geht fast unhörbar über die Blüten und das junge Laub, das der Frühling schon herausgetrieben hat. In den Bauerngärten beginnen die Amseln zu singen und machen einen Lärm, als ob sie dafür bezahlt würden. Von den sieben Eichen droben ruft mit dröhnenden Lauten ein Kuckuck herunter, als wolle er den letzten Schläfer dieser Nacht noch wachrufen. Allein sein Rufen reicht dazu noch nicht aus. Erst als auf einem Hügel hinter dem Dorf Böller zu krachen beginnen, werden die Fenster und die Stalltüren aufgerissen. Nach altem Brauch schießen die Burschen des Trachtenvereins ‚D' Edelweißler' die Hochzeit des Brautpaares Martin Gsotlechner und Marille März an.

Einen noch schöneren Tag hätten sich die beiden nicht aussuchen können. Gestern, am Sonntag, hat es noch geregnet, und nun steigt dieser Frühlingstag wie reingewaschen aus der Erde und läßt die Berge in wunderbarem Glanz aus den Nebeln steigen.

In der Fremdenpension ‚Margrete' treten, nur in Morgenmäntel gehüllt, drei Männer auf den Balkon heraus, die von den Böllerschüssen aus dem Schlaf gerissen worden sind. Es sind dies der Toningenieur Fritz Baltes, der Regisseur Rolf Hübner und der Regieassistent Heimighausen. Sie gehören zu dem Team, das für das Nachmittagsprogramm im Fernsehen so eine Original-Bauernhochzeit drehen soll, mit allen Sitten und Bräuchen. Daß man da früh um vier Uhr bereits aus dem Schlaf gerissen wird, das hat man ihnen allerdings nicht gesagt. Aber sie trösten sich, denn sie sehen, daß der Aufnahmestab bereits auf dem Hügel droben ist. Die Kamera surrt also schon, und bei dieser lärmenden Einleitung müssen sie nicht unbedingt dabei sein. Aber sie finden es dann trotzdem schön, wie diese Böllerschüsse durch das Tal rollen und ein hundertfaches Echo in den Bergwäldern wecken. Sie sehen vom Balkon aus zu, wie das Dorf jetzt zum Leben erwacht. Beim Gamswirt raucht im Schlachthaus der Kamin, im Hof gegenüber schiebt eine Magd einen Karren voll Mist auf den hohen Haufen, hebt dann die Hand beschattend über die Augen und schaut zu den Bergen hinauf. Von der Mühle herüber hört man das leise Surren der Maschinen, und beim Hollinger kräht ein alter Hahn mit ein paar jungen um die Wette. Drunten auf der Terrasse deckt die Hausfrau der Pension bereits den Frühstückstisch für die Herren, und als sie sieht, daß sie sich bereits auf dem Balkon befinden, fragt sie hinauf, ob sie schon Kaffee machen solle.

Dann läuft alles programmgemäß ab, und die Herren vom Fernsehen merken auch bald, daß da irgendwelche Regieanweisungen ganz fehl am Platz wären, denn eine Bauernhochzeit bedarf keinerlei Regie, sondern läuft in geregelter Ordnung so ab, wie sie Jahrhundertelang abgelaufen ist.

Es ist zweifellos ein malerisches Bild, wie der lange Kirchenzug, voran die Heindhauser Musikkapelle, dann der Hochzeitslader mit seinem bunten Bänderstab, zur Kirche zieht. Berauschend schön die bunten Trachten, die Burschen mit prächtigen Gamsbärten auf den Hüten, die Mädel in hellblauen Kleidern mit silbernem Geschnür, die älteren Frauen im Schalk, wie die Braut selber auch. Vor dem Kirchenportal wartet im feierlichen Ornat Pfarrer Georg Lamsberger mit acht Ministranten. Bild- und Tonkameras arbeiten lautlos und nehmen jede Kleinigkeit auf. Neben dem Regisseur Hübner steht die hübsche Nelly Gießler, ein Filmstarlett, wahrscheinlich seine Freundin, weil er zu höflich und zu liebenswürdig zu ihr ist, als daß sie seine angetraute Frau sein könnte.

„Mein Gott, das ist wirklich schön", flüstert die Nelly, ergriffen von soviel Schmuck und Silbertand. Die Brautkrone der Marille, die schon an die dreihundert Jahre alt sein mag, glänzt in der Frühlingssonne, als sei sie gestern erst aus der Goldschmiedewerkstätte gekommen. Sogar der Martl sieht heute feierlich aus in seinem gutgeschnittenen schwarzen Anzug mit dem Myrthensträußlein am Revers.

Die Kirche ist brechend voll. Der alte Hauptlehrer Brucksteiner läßt seine Hände wie spielend über die Orgeltasten gleiten und streckt seinen dürren Hals zur Seite hin, wo die Klinger Agnes steht. Seit einem Jahr singt sie im Kirchenchor mit.

„Aufgeregt, Agnes?“ fragt der Lehrer.

Agnes schüttelt den Kopf und schaut auf den Altar hinunter, vor dem gerade das Brautpaar im rotverhangenen Betstuhl niederkniet. Die Angermeier Luise liegt nämlich mit hochgradiger Grippe im Bett. Darum soll Agnes das ‚Ave Maria‘ singen. Gestern nachmittag hat sie mit dem Lehrer in dessen Wohnung noch kurz geprobt und ist kein bißchen aufgeregt. Sie ist sich ihrer Stimme und des Textes sicher. Bisher hat die Angermeier Luise sie bloß nicht recht aufkommen lassen, und wenn die Agnes beim ‚Agnus dei‘ ihre Stimme hat ein wenig anheben wollen, ist ihr die Luise mit ihrem etwas schrillen Sopran gleich drübergefahren. Es darf in Meiling ganz einfach keine zweite Sopransängerin im Kirchenchor geben, das ist die Anschauung der etwas eigenwilligen Luise Angermeier.

Ganz still ist es jetzt in der Kirche. Der Martl beantwortet die Fragen des Priesters nur mit einem gemurmelten Ja. Der Marille ihr Ja hört man bis ins Chorgestühl hinauf. Sie gibt es deutlich und für jedermann vernehmbar kund, daß sie dem Martl ein getreues Weib sein wolle, bis der Tod sie scheide.

Der Troggler, der mit dem Gsotlechner als Beiständer hinter dem Brautpaar steht, nickt bei diesem Satz vom ‚Treusein bis in den Tod' ein paarmal vor sich hin. Sein Gesicht ist ein bißchen bleich an diesem Morgen, und der Gsotlechner denkt sich: Die fünfundzwanzigtausend Aussteuermark werden ihm halt auf dem Magen liegen. Der Troggler aber denkt an ganz was anderes, denkt daran, daß er vor fast achtundzwanzig Jahren mit seiner bildschönen Margret auch so vor dem Altar gestanden und derselbe Pfarrer dieselbe Frage nach dem Treusein bis in den Tod gestellt hat und die blühjunge Margret dies laut und deutlich mit Ja beantwortet hat.

Die Ministrantenglöcklein klingeln hell zur Wandlung. In der Stille der Wandlungsminuten hört man durch die offene Kirchentüre wieder den Gockel vom Hollinger krähen. Und auch den Kuckuck von den sieben Eichen hört man. Sein Rufen ist wie ein Glockenschlag aus den Wäldern. Dann kommt die Opferung, und von den Mannsbildern denkt schon eine ganze Anzahl, daß sie jetzt gleich ihren Durst mit einer frischen Maß Bier löschen können. Auch Weißwürste stehn auf der Speisenkarte. Hernach Grießnockerlsuppe, Schweinebraten mit Serviettenklößchen, schließlich Kaffee mit Kuchen, um sechs Uhr einen Kalbsbraten mit selbstgemachten Spätzle, um halb acht Uhr dann noch einen Aufschnitt. So ist das Hochzeitsmahl bestellt worden, und so mancher denkt nun doch in dieser feierlichen Weihestunde an die leiblichen Genüsse, die auf ihn warten für insgesamt sechzehn Mark, alles in allem. Mahlgeld nennt man das, das jeder Hochzeitsgast in einem Kuvert zu entrichten hat. Meistens gibt man mehr in das Kuvert, auf das man den Namen schreiben muß, damit das Brautpaar hernach weiß, wer spendefreudig gewesen oder ein Geizkragen ist.

Da hebt auf einmal droben, zu leisem Orgelklang, eine Stimme an, so engelzart und doch die ganze Kirche durchdringend, daß man unwillkürlich aufhorchen muß.

„Ave Ma - rie - a . . ."

Es ist gerade, als ob diese klangreine Stimme alle Barockengerl am Hauptaltar ansprechen würde, daß sie mitsingen. Ja selbst in dem von Schmerzen gequälten Antlitz des von Pfeilen durchbohrten hl. Sebastian scheint ein überirdisches Leuchten zu sein. Blitzschnell drehn sich Kamera und Tongerät hinauf zur Empore, wo an der Brüstung ein junges, sehr schönes Mädchen steht, aus dessen Mund dieses Klangwunder kommt, das alle zu verzaubern scheint. Ja selbst Pfarrer Lamsberger dreht am Altar sein Gesicht zurück und kann es kaum fassen, was sich da für eine Stimme über seine Kirche verströmt. Die Braut beginnt mit einemmal zu schluchzen, so sehr ergriffen ist sie. Und die Nelly Gießler streckt ihren hübschen Schwanenhals und flüstert ihrem Hünen zu:

„Rolf – diese Stimme. Hörst du diese Stimme? Das ist ja eine echte Naturbegabung."

Rolf Hübner nickt nur und denkt so nebenbei an seinen Freund Boyer, der Manager für solche Stimmen wäre. Und das ist wahrhaftig eine Stimme. Gold aus bäuerlichem Ackerboden. In die richtige Hand genommen, könnte da etwas draus werden.

Dann ist das Hochamt zu Ende. Draußen stellt sich die Musikkapelle auf zum Zug ins Wirtshaus. Auf der schmalen Stiege aber, die vom Chorgestühl herunterführt, legt der alte Lehrer voll innerer Ergriffenheit seinen Arm um die Schultern von Agnes.

„Mädl, Mädl. Heut bist du über dich selber 'nausgewachsen. Wenn das die Luise gehört hätte! Hast du g'hört, Agnes, wie still es bei deinem Gesang plötzlich in der Kirche geworden ist?"

„Ich hab gar nichts g'merkt", antwortet die Agnes. „Ich hab ganz einfach g'sungen, so wie es mir aus der Kehl' rausgekommen ist."

„Ja, ganz richtig, aus der Kehle. Gold ist rausgeperlt. In Zukunft mußt du immer die erste Stimm' singen."

Agnes lächelt.

„Was wird dann die Angermeier Luise sagen?"

„Das laß nur meine Sorge sein."

Als die beiden dann aus dem Glockenhaus ins Freie treten, kommt gerade Pfarrer Lamsberger aus der Sakristei und geht mit ausgestreckten Händen auf die Agnes und den Lehrer zu.

„Da ist ja unser Lercherl. Kindl, Kindl, was hast du uns heut mit deiner Stimme für eine Freude gemacht!"

„Gut, Herr Pfarrer, daß Sie es auch sagen. Mir allein hätte sie es vielleicht nicht geglaubt. Und ich hab ihr schon gesagt, daß sie künftig immer als erster Sopran singen soll."

„Aber natürlich. Stimmen wie deine, Agnes, bereichern den Gottesdienst ganz ungemein."

Die Agnes wird wohl ein bißchen rot bei soviel Lob. Aber es macht sie nicht stolz. Erst als ihre Mutter daheim fragt, warum heute ihre Stimme so frei und jubelnd geklungen habe, denkt die Agnes kurz nach und sagt dann:

„Mutter, ich glaub' das macht die Lieb'. Ich hab dauernd an den Kilian denken müssen."

Die Mutter findet das gar nicht so komisch und bestätigt ganz ernsthaft:

„Da hast du vielleicht gar nicht so unrecht, Kindl. Die richtige Lieb' weckt oft Kräfte, von denen man selber vorher nichts weiß."

„Der Kirchenchor ist zum Mittagessen zum Gamswirt eingeladen, Mutter. Darf ich hernach auch noch ein bißl dort bleiben?"

Weil die Agnes sie gar so bittend anschaut, und vor allem, weil sie so schön gesungen hat, gibt die Mutter ihr Einverständnis:

„Also gut, aber um zehn Uhr mußt daheim sein."

*

Kindstaufen, Begräbnisse und Hochzeiten sind immer noch Ereignisse in so einem Dorf. Diese Hochzeit aber ganz besonders, denn wo in der ganz weiten Umgebung ist je eine Bauernhochzeit gefilmt worden? Das Wort Fernsehen wirkt jedoch von Stund an auf die Menschen im Saal wie ein Fanal. Der Schneeberger Bartl stellt sich sogleich mit einem Maßkrug in Positur und fragt:

„Kim i auch drauf?"

Alles kommt drauf. Die grellen Lampen schwenken über die Gesichter hin, daß man versucht ist, die Augen zu schließen vor diesem scharfen Licht. Der schöngeschmückte Saal wird eingefangen, die für diesen Saal viel zu stark besetzte Musikkapelle. Aber der Hochzeiter hat ja fünfundzwanzig Mann haben wollen, weil es da richtig scheppert. Vor allem kommt das Brautpaar öfter vor die Kamera, die weißgedeckte Tafel des Brauttisches, an dessen Kopfende der Herr Pfarrer sitzt, der ein Tischgebet spricht, bevor man sich über die vollen Schüsseln hermacht. Und da der Herr Pfarrer es gewünscht hat, ist die Klinger Agnes neben ihn zu sitzen gekommen, und er nennt sie, daß es die Zunächstsitzenden alle hören können, sein Lercherl.

„Dieses Mädchen ist außerordentlich fotogen", sagt die hübsche Nelly mit dem blonden Pferdeschwanz zum Regisseur Hübner. „Laß doch die Kamera noch mal 'nüberschwenken. Den Pfarrer kann man ja hernach rausschneiden."

„So einen prächtigen Charakterkopf! Ausgeschlossen. Der ist ja Gold wert."

„Dann wenigstens ein paar Großaufnahmen im Profil von der Kleinen."

„Willst du dir eine Konkurrenz hochzüchten?"

Da muß der Pferdeschwanz so herzlich lachen, als gäbe es neben ihr überhaupt nichts, das erwähnenswert wäre.

Die Agnes ist aber auch wirklich lieb anzusehn in ihrem neuen Dirndlkleid mit dem hellblauen Samtmieder, der weißen Bluse mit den kurzen, gehäkelten Ärmeln und dem dunklen schwingenden Rock, der bis zu den Knien reicht. Darunter trägt sie weiße Strümpfe und schwarze Halbschuhe mit Silberschnallen drauf. Um den Hals hat sie eine siebengliedrige Silberkette mit goldener Schließe, und an den Ohren zwei in Gold gefaßte Grandl. Es ist zwar der Schmuck ihrer Mutter, aber wer weiß das schon.

Viele Menschen und viele Gesichter sind da. Lohnende Objekte für die Kamera. Bauernköpfe wie geschnitzt.

Kraftstrotzend die Männer im Tanz, Deffregger hat sie so gemalt, die Männer, und Leibl die Frauen. Da ist nichts von Snobismus, das ist unverdorben, alter Bauernadel, über Jahrhunderte hin vererbt.

Außer dem jungen Mädchen Agnes aber fasziniert den Regisseur Hübner nur noch ein Frauengesicht. Das Gesicht der Margret März, genannt die Trogglerbäuerin von Gröd. Immer wieder läßt er die Kamera dorthin schwenken. Unnachahmlich, wie diese Frau den Kopf hält. Wenn die Jupiterlampen ihr kupferdunkles Haar streifen, dann leuchtet es auf wie altes Gold. Manchmal wendet sie ihr Gesicht und spricht lächelnd mit dem Mann an ihrer Seite, der schmal und etwas kleiner neben ihr sitzt und in seinem schwarzen Anzug düster wirkt. Hin und wieder lächelt er auch zurück, ein schmales, dünnes Lächeln. Es ist für einen Menschenkenner wie Rolf Hübner nur schwer vorstellbar, daß über diese schmalen Lippen einmal ein herzliches Lachen kommt. Nicht einmal am Hochzeitstag seiner Tochter.

Wie breit und polternd dagegen kann dieser Gsotlechner lachen. Der schüttet den Wein in sich hinein und wird immer lustiger. Kaum, daß er einen Tanz ausläßt. Der Schweiß rinnt ihm über die Backen in den Hals hinein, und als seine Frau ihn einmal mahnen will, er solle sich nur nicht überanstrengen, da lacht er wieder polternd.

„Was man hineinsauft, muß man wieder rausschwitz'n, dann kriegt man keinen Rausch."

Dieser Lebensweisheit huldigen mehrere, denn es wird unendlich viel getrunken.

Während des Kaffeetrinkens macht das Filmteam auch eine Pause. Acht Mann stark sitzen sie mit der Nelly hinten in der Schenke und besprechen, was sie bereits alles im Kasten haben.

„Jetzt fehlt uns gerade noch eine zünftige Rauferei", meint der Kameramann Seiferl.

„Lieber nicht", meint Rolf Hübner und spielt so nebenbei mit dem Pferdeschwanz der netten Nelly. „Die schlagen uns womöglich unsere teuren Apparate kaputt."

Nein, an eine Rauferei ist nicht zu denken. Es läuft ja alles so harmonisch ab, so diszipliniert und herzlich. Wieder einmal neigt die Trogglerin ihren Kopf zur Seite hinüber.

„Jetzt tanzt der Kilian schon zum viertenmal mit dieser Agnes."

Der Troggler meint zwar, daß es schon das fünftemal sei und sagt:

„Scheinbar tanzt sie so gut, wie sie singen kann."

„Aber wie er sie dabei allweil anschaut."

„Ja, wie denn?"

„Ganz verliebt. Und sie ihn auch. Sie verschlingt ihn ja direkt mit den Augen."

„Das ist und wär das Schlechteste noch lang nicht."

„Aber ich bitt dich, Pius, sie ist nichts und hat nichts."

Der Troggler nimmt ein Schlückerl Wein und wirft es im Mund ein paarmal hin und her, bevor er es nunterschluckt. Dann erst sagt er:

„Ich kann mich nicht erinnern, daß du recht viel gehabt hättest, außer deiner Schönheit. Und die hast du dir bis heut bewahrt, trotz drei Geburten."

Ein Schatten huscht über das Gesicht der Trogglerin. Sowas hat der Troggler noch nie gesagt. An ihren Mundwinkeln zeigen sich zwei Kerben, die sie auf einmal älter erscheinen lassen.

„Vielleicht hat den Kilian auch ihre Stimm' verhext?" meint sie dann.

„Das glaub ich weniger. Wieso soll der Kilian sich verhexen lassen? Ich merk schon lang, daß ihm die Agnes g'fällt."

„Ich hab da noch nie was g'merkt."

„Ja duuu", sagt der Troggler langgezogen, und dieses langgezogene Du beinhaltet eine ganze Menge. „Den Urban mußt anschaun. Der geht von der Risser Josefa überhaupt nimmer weg."

„Dagegen wär auch gar nichts zu sag'n", meint Frau Margret. – Aber wie wär 's denn eigentlich, wenn mir zwei auch einmal tanzen täten?"

Sofort erhebt sich der Troggler. Er weiß, daß er kein gutes Bild abgibt. Er weiß aber auch, daß viele neidisch sind wegen seiner schönen Bäuerin, die mit Ehrgeiz und großer Tüchtigkeit dem Hof vorsteht und die Mehrarbeit, die durch den Weggang der Tochter entstehen wird, ohne viel zu reden auf sich nimmt. Denn es ist ja kaum jemand aufzutreiben.

Ausgerechnet die blonde Nelly ist es dann, die sich an die Agnes heranmacht und zu fragen beginnt wie eine Journalistin, die einen Star interviewen will. Zum Schluß geht ihr ganzes Fragen dann doch auf die Bitte hinaus, ob die Agnes nicht noch etwas singen möchte.

Die Agnes läßt sich nicht lange bitten. Und Scheu kennt sie mit einemmal überhaupt nicht mehr. Der Saal faßt etwa dreihundert Menschen. Aber sie sieht keines der Gesichter, steht auf der Bühne und sagt zu den Musikern, daß sie einen Tusch spielen sollen. Sie weiß noch nicht, was sie singen wird, aber als es nach dem Tusch still wird im Saal, tritt sie an die Rampe und sucht nach einem Gesicht. Ihre Augen finden den Burschen dort am Brauttisch. Sie sieht ihn an, als ob sie fragen wolle: Soll ich oder soll ich nicht? Der Kilian nickt ihr lächelnd zu. Dann stemmt sie beide Fäuste in die Hüften, nimmt den Kopf ein wenig zurück. Ein kurzes Atemholen noch, dann kommen perlend die ersten Töne eines Liedes, das niemand kennt.

„Wann's im Frühjahr aper wird
und am Roa a Bleamerl blüht,
bück dich nieder, weil 's wohl g'wiß
dir zur Freud' erschaffen is.

Wann 's im Sommer auf dein Huat
einmal richtig donnern tuat,
schreck di nicht und denk dir eb'n,
Sonn und Wolken sind mir geb'n.

Und im Herbst, wenn 's nachher Trauben,
Apfele und Birn z'ammklaub'n,
nimm 's nur an, es g'hört schon dein,
wird ein Lohn für d' Arbeit sein.

Und im Winter, wenn 's schön schneibt,
daß man schier gar steck'n bleibt,
mußt dein Sach zum Kripperl trag'n,
und recht liab Vergeltsgott sag'n."

Zunächst ist es ganz still nach dem Lied. Dann bricht ein donnernder Beifall los. Am heftigsten klatscht der Herr

Pfarrer. Und auf einmal steht der Troggler auf, geht zu Agnes hin und gibt ihr die Hand.

„Dirndl, das war schön.“

Niemand hätte ihr ein höheres Lob sagen können. Dagegen sind das, was ihr Hübner und die Nelly sagen, Phrasen. Von Gold reden sie. Sie hätte Gold in der Kehle, und es wäre jammerschade, wenn so ein Gold in einer dunklen Ecke liege und nie so richtig ans Licht gebracht werde.

„Dieser Stimme noch ein bißchen Schliff“, sagt Hübner, „und Sie könnten sich damit die Welt erobern.“

Als ob sie jemals im Sinn hätte, sich die Welt zu erobern. Die Agnes ist nun bis in den letzten Winkel ihres Herzens hinein froh und glücklich, sich wenigstens das erobert zu haben, was ihr von allem am begehrenswertesten erschien, nämlich den Kilian. Sie sieht ihn auf sich zukommen. Er holt sie wieder zum Tanz.

„Hat's dir g'fall'n, Kilian?“

„Schön war's, Agnes.“

„Ich hab doch bloß für dich g'sungen, Kilian.“

Kilians Arme umfangen sie fester, er preßt ihren Körper so nah an sich, daß ihre Füße kaum noch den Boden berühren. Sie schaut zu ihm auf und zerfließt beinahe vor Begierde, seinen Mund zu sich herunterzuziehen, um ihn zu küssen, wie sie es schon oft getan hat. Aber diesmal möchte sie es vor allen Leuten tun, damit jedermann es sehen könne, wie sehr sie zueinander gehören.

„Magst mich, Kilian?“

Die tausendfach gestellte Frage aller Liebenden. Nur einfacher gesagt, wärmer, inniger und ohne jede Angst vor der Antwort. Er beantwortet diese Frage erst gar nicht mit Worten, sondern nur mit der Kraft seiner Arme, mit denen er sie hochhebt, daß ihre Füße im freien Raum dahinschweben.

„Du hast soviel Kraft, Kilian."

„Brauch ich schon. Daß du mir nie im Leb'n auskommst."

„Eher tät ja die Welt zusammenbrechen."

Die Musik dröhnt, der Boden ächzt und stöhnt unter den vielhundert Schuhen, von denen nicht wenige genagelt sind. Die Menschen lachen und juchzen.

Auf einmal geht ein Ruck durch Agnes' Gestalt. Dort unter der Saaltür steht auf einmal einer, von dem man fast meinen könnte, daß es Kilian sei. Aber nur fast, er hat das gleiche helle Haar, die leicht gebogene Nase, die dunklen Augen. Aber seine Art ist anders: Die Falten, die von der Nase zu dem noch jungen Mund laufen, deuten auf ein leichtgelebtes Leben. Und herrisch sieht er aus, anmaßend.

Es ist der Gutsbesitzerssohn Volkmar von Sallern, der Student, dessen Osterferien noch nicht zu Ende zu sein scheinen. Jedenfalls ist er plötzlich da, und die Agnes sieht ängstlich, wie er unbeirrt durch die Tanzenden daherkommt, immer näher und näher. Herrisch bahnt er sich den Weg, schiebt mit beiden Ellbogen die Menschen zur Seite und steht dann vor Agnes und Kilian. In seinem Gesicht ist ein Lächeln, das wie eingefroren scheint. Dann klopft er Kilian ziemlich derb auf die Achsel.

Kilian bleibt stehen, hält aber die Agnes weiterhin fest in seinen Armen. Seine Stirn ist auf einmal dunkelrot gefärbt.

„Was willst?" fragt er.

„Komm, komm, geh weg. Jetzt will ich mit der da tanzen."

Vielleicht, wenn er nicht ‚der da' gesagt hätte, Kilian hätte es geschluckt, daß ihm die Agnes aus den Armen genommen wurde, obwohl der Brauch, durch Achselklopfen eine Tänzerin abzufordern, kaum mehr Gültigkeit hat. So aber ist in Kilian etwas hochgestiegen, das ihn bis ins Herz hinein erstarren läßt.

„Schau, daß du wegkommst!"

Volkmar von Sallern hört die Drohung nicht, oder er begreift in seiner Überheblichkeit nicht, daß es eine Drohung ist und greift die Agnes um die Mitte.

„Laß die Agnes los", schreit Kilian. Der junge von Sallern lacht nur. Für was hat er denn Judo gelernt, und auch sonst weiß er eine Menge Kunstgriffe, mit denen man in wenigen Sekunden so einen Bauernlümmel abfertigen kann.

„Meinst du mich?" fragt er höhnend.

„Agnes, wo g'hörst du hin?" fragt Kilian zitternd vor Wut. Die Agnes will sich von dem andern losreißen. Wo sonst sollte sie in dieser Minute hingehören, wenn nicht zu Kilian. Aber mit eisernem Griff hält sie der andere fest, in der überheblichen Meinung, daß er sich hier alles erlauben dürfe. Und außerdem, diese Agnes hat sich zu einem äußerst begehrenswerten Mädel entwickelt.

Kilian packt den Widersacher an der Brust.

„Laß sie los, sonst . . ."

„Was sonst? Du Bauernfünferl, du windiges! Du willst einem Sallern drohen? Mach dich bloß nicht lächerlich!"

Auf einmal ist es ringsum still geworden. Die Paare haben aufgehört zu tanzen. Hübner gibt dem Kameramann einen Wink. Nun sollte der doch noch seine Rauferei in den Kasten bekommen.

Kilian will einen ersten Schlag führen, doch Volkmar von Sallern duckt geschickt weg.

Eine angstzitternde, schrille Stimme kommt vom Brauttisch her. Dort steht die Trogglerin, aschfahl im Gesicht, mit flatternden Händen.

„Kilian!" schreit sie ein zweitesmal.

Der Troggler schaut von unten her in ihr Gesicht. Dann zuckt ein dünnes Lächeln um seinen Mund.

„Laß den Buben", sagt er. „Der Kilian wird sich schon zu wehren wissen. Notfalls –" Der Troggler wendet den Kopf und schaut seinen Ältesten an. Der versteht den Blick sogleich und krempelt die Hemdärmel hoch.

Aber dort in der Saalmitte geht alles so blitzschnell. „Achtung, Aufnahme!" schreit der junge Sallern dem Kameramann zu, dann setzt er seinen Judogriff an, Kilian wird durch die Luft geschleudert und schlägt krachend zu Boden.

Wieder ein angstvoller Schrei der Trogglerin.

„Schrei doch nicht so", sagt der Troggler ruhig. „Wenn er sich nichts gebrochen hat, der Kilian, dann geht 's jetzt erst richtig an. Jetzt möcht ich grad sehn, ob er ein Kerl ist. Urban, bleib da, du greifst nur notfalls ein."

Da steht Kilian bereits wieder auf den Beinen und schiebt die Agnes zurück, die sich über ihn gebeugt und angstvoll geflüstert hat:

„Komm, Kilian, gehn wir!"

Kilian sieht sie nur kurz und staunend an.

„Du bist wohl nicht recht bei Trost, Mädl. Jetzt zahl ich's ihm heim."

Die Jupiterlampen erfassen sein Gesicht und lassen es blaß erscheinen. Die Kamera surrt. Seine Augen sind ganz klein zusammengekniffen. Dann richtet er sich auf und geht mit gemessenen Schritten auf Volkmar von Sallern zu. Der streckt die Arme weit vor zu einem neuen vernichtenden Griff. Aber genau unter diesen vorgestreckten Armen duckt sich Kilian durch, und seine rechte Faust schlägt krachend gegen das Kinn seines Feindes. Der taumelt zurück, und da sitzt ihm Kilians linke Faust bereits mitten zwischen den Augen. Volkmar von Sallern weiß sich vor diesen rasenden Schlägen nicht mehr anders zu helfen, als daß er seine Arme vor das Gesicht hält. Aber immer wieder findet Kilian eine Lücke und schlägt blitzschnell hinein. Blut tropft von seinen Faustknöcheln, das aus des andern Mund und Nase rinnt. Schließlich rennt der fluchtartig aus dem Saal.

Tief atmend richtet Kilian seinen aufgerissenen Hemdkragen. Da steht plötzlich der Troggler neben ihm und legt ihm die Hand auf die Schulter.

„Respekt, Kilian. Ich hab schon g'meint, ich müßt mich deiner schämen."

Dann winkt er den Musikanten zu, die sofort zu einer Polka die Instrumente an die Lippen heben. Und gleich tanzt alles wieder, so, als sei nichts geschehen. Ja, selbst der Troggler winkt seiner Frau Margret, daß sie herkomme zu ihm in die Saalmitte, damit er mit ihr tanzen kann. Er hätte sie fragen können, warum sie denn auf einmal so blaß sei. Oder um welchen von den beiden Kampfhähnen sie eigentlich Angst gehabt habe. Aber er fragt weder dies noch jenes, gerät wohl ein paarmal aus dem Polkatakt, weil er lange nicht mehr getanzt hat und belächelt spöttisch das, was da vorhin auf dem Tanzboden geschehen ist an roher Gewalt.

*

Der letzte Gang des Hochzeitsessens ist gerade serviert worden. Draußen vor den Fenstern steigt schon die Dämmerung auf. Im Saal herrscht eine dumpfe Schwüle; und da die Musik auch gerade Pause macht, hört man die Stimmen der Menschen durcheinanderwogen wie auf einem Jahrmarkt. Die beiden Hanneder Schwestern sitzen mit roten Gesichtern da, und die Ursula sagt schnaufend:

„Jetzt kann ich aber nimmer."

Die Babett hat auch schon ihr Schürzenband gelockert und sagt:

„Bei mir geht's auch nimmer. Lassen wir uns von der Kellnerin ein Pergamentpapier bringen, dann wickeln wir uns das Fleisch ein und nehmen's mit heim."

Die Ursula nickt eifrig.

„Lieber den Magen verrenken, als dem Wirt was schenken."

Sie haben viel getanzt, die beiden. Sie sind auf einmal begehrenswerte Objekte geworden, denn es hat sich bereits herumgesprochen, daß die große Wiese hinter dem elterlichen Anwesen als Baugebiet ausgewiesen werden soll. Und wer da gestern noch einen Acker im Verkehrswert von zehntausend Mark sein eigen genannt hat, der kann bei den steigenden Grundstückswerten über Nacht zum Millionär werden, ohne daß er mehr zu tun braucht, als mit den Ohren zu wackeln.

Der Zimmermeister Hansgirgl Aschinger hat sich besonders an die Babett herangemacht und träumt bereits von einer großen Werkstatt, und der Herrnberger Seppi erinnert sich den ganzen Nachmittag schon, daß er die Ursula einmal nicht ungern gesehen hat. Sie müsse sich doch noch daran erinnern können.

O ja, die Ursula erinnert sich daran noch sehr gut und sagt:

„Aber die Babett ist uns ja nie von der Seit'n gangen."

„Und ich hätt' dich so gern g'habt. Und heut noch. Darfst mir's glaub'n, ich hab mich damals schon recht abkümmert, weil uns das bißl Glück nicht gegönnt war."

„Ist's wahr, Seppi?"

„Wenn ich's dir sag. Umsonst bin ich nicht so lang ledig blieb'n."

„Oder hast auch schon was läuten hörn, daß wir jetzt Baugründ' hab'n und damit eine recht ansehnliche Mitgift?"

„Das brauchst nicht glaub'n. Und wenn ich's genau betracht, dann hab ich dich allweil noch so gern wie seinerzeit."

„Ich dich auch, Seppi. Und ich hab mir allweil noch das aufg'hebt, was ich dir seinerzeit verweigert hab."

„Mein Gott, so ein braves Dirndl bist blieb'n."

„Wenn's mich auch manchmal hart ankommen ist. Und jetzt sind wir halt auch schon ein bißl in die Jahr kommen."

„Wenn du wissen tätst, Ursula, wie jung mein Herz blieb'n ist."

„Aber plattert wirst auch schon."

„Das macht gar nichts. G'scheite Leut wer'n plattert, und d' Esel wer'n grau."

„Demnach wärst du also g'scheit."

„G'scheit wohl, aber jetzt – arm gegen dich."

„Wenn ich das krieg, was mir zusteht nach'm Grundverkaufen, dann können wir zwei uns leicht ein Bauernanwesen kaufen."

„Müßt ja nicht grad das größte sein, gell?“

„So daß wir zwei es leicht bearbeiten könnten mit etlichen modernen Maschinen.“

In dem Augenblick beginnt die Musik wieder zu spielen. Weil aber die meisten noch nicht fertig sind mit dem Essen, bleibt die Tanzfläche zunächst noch ziemlich leer, und der Troggler sieht den Gutsbesitzer Heinrich von Sallern quer über die Tanzfläche daherkommen.

Der von Sallern, ein großer, schlankgewachsener Mann, mit grauem Schläfenhaar und selbst um diese Jahreszeit schon braungebranntem Gesicht, trägt eine dunkle Lodenjoppe von bäuerlichem Schnitt. Dazu helle Reithosen und schwarze Schaftstiefel.

„Er ist doch nicht eingeladen?“ fragt der Troggler zu seiner Frau hin, die auf einmal ganz starr dasitzt. Ihr Gesicht ist plötzlich so grau wie ein Acker nach einem Wolkenbruch, und ihre Hände sind kaum noch fähig, das Besteck zu halten.

„Er wird kommen, um Kilian zur Red’ zu stellen“, vermutet sie leise.

„Es wär besser, wenn er sich das nicht einfallen ließe“, antwortet der Troggler. „Wir Troggler lassen uns nicht gern zur Rede stell’n, wenn es um Sachen geht, an denen andere die Schuld hab’n. Und soweit ich es g’sehn hab, hat der andere den Kilian zuerst hingeschmissen.“

„So genau hab’s ich nicht gesehn.“

„Ich schon.“

Heinrich von Sallern indessen reicht zunächst dem Brautpaar die Hand und wünscht ihnen in gut gewählten Worten viel Glück zum Ehestand. Man fühlt sich geschmeichelt, denn Herr von Sallern ist von Geburt an immerhin das, was andere ein ganzes Leben lang vergebens erstreben, nämlich ein Herr. Jawohl, ein Herr mit Respekt, so daß niemand es wagt, über ihn die Nase zu rümpfen, weil er mit einer Haushälterin zusammenlebt, die zwanzig Jahre jünger ist als er, nachdem ihm die eigne Frau mit dem Gestütsverwalter bei Nacht und Nebel durchgebrannt ist.

Das hat ihn damals vor zwanzig Jahren arg getroffen, viel mehr, als er es nach außen hin zugegeben hat. Damals hat er zu trinken angefangen, um die Schmach vergessen zu können. Und als er gemerkt hat, daß der Alkohol bloß immer nur für ein paar Stunden Vergessen schenkt und man hernach wieder in den gleichen Jammer zurückfällt, hat er sich gewaltsam am Zügel gerissen und sich wieder in Ordnung gebracht. Es war auch höchste Zeit gewesen, denn ein Gutshof mit nahezu zweitausend Tagwerk läßt sich nicht von einem Trinker bewirtschaften.

Sein Leben ist aber dann doch noch auf ein paar Jahre hin mit Leichtsinn ausgefüllt gewesen, und er hat bei einer Anzahl von Frauenzimmern gewußt, aus welchem Stoff ihre Unterröcke beschaffen sind. Und so manche ist ihm freundlich zu Diensten gewesen, weil sie meinte, daß man mit einem Mann, den eine Frau mit einem unmündigen Sohn zurückgelassen hat, Mitleid haben müsse, teils aber auch, weil es schmeichelhaft war, von einem Mann seines Formats begehrt zu werden, auch wenn es immer nur eine kleine Weile dauerte.

Dann ist auf einmal Leichtsinn und Leichtfertigkeit zu Ende gewesen, so wie Jahre vorher das Trinken. Irgend etwas Großes, Gewaltiges mußte in sein Leben gekommen sein, das ihn wieder zurückfinden ließ in die Ursprünglichkeit seines Wesens. Er ist wieder zum Herrn geworden, dem man Achtung nicht verwehrt, dem man Ehrfurcht entgegenbringt. Jene Ehrfurcht, die einem Menschen gebührt, der ein Gut so bewirtschaftet, daß es im ganzen Land als Mustergut gilt, an dessen Stalltüren eine Menge Plaketten angenagelt sind. Jeder weiß, wie fortschrittlich man auf Gut Martinsberg in der Aufzucht von Simmentaler Fleckvieh seit Jahren gewesen ist.

Heinrich von Sallern steht nun am Tisch dem Troggler gegenüber. Der Troggler schaut ihn mit offenem Blick an. Frau Margret blickt auf ihren Teller hinunter, auf dem noch ein paar Blattel Wurst liegen. Dann legt sie das Besteck weg und schiebt den Teller zurück. In ihr Gesicht ist die Farbe zurückgekehrt. Am liebsten wäre sie aufgestanden und davongegangen. In diesem Augenblick deutet der Troggler auf den leeren Stuhl gegenüber und fragt:

„Wollen Sie nicht Platz nehmen, Martinsberger?"

„Sehr gern. Aber eigentlich wollte ich ja nur dem Brautpaar gratulieren."

Der Troggler hebt die Hand zur Bedienung, die gerade vorbeihuscht.

„Noch ein Glas, bitte."

Er schenkt dem Martinsberger von dem süffigen ‚Katzenbuckl' ein. Dann sagt er:

„Sie wiss'n wahrscheinlich schon, daß gerauft worden ist, und wer gerauft hat."

Heinrich von Sallern nickt und dreht das Weinglas zwischen den Fingern.

„Ja, ich weiß. Mein Sohn Volkmar hat sich wieder einmal flegelhaft benommen. Und das ist ihm nicht gut bekommen. Drei Zähne sind ihm ausgeschlagen, das Nasenbein ist kaputt, und das eine Auge ist blutunterlaufen." Er hebt sein Glas. „Zum Wohlsein, Troggler. Gesundheit, Trogglerin."

„Und nun denkt man wahrscheinlich an eine Anzeige wegen Körperverletzung?"

Langsam setzt der Martinsberger sein Glas ab und sucht wieder Frau Margrets Blick, den sie ihm verweigert.

„Traut man mir das zu?"

„Ja und nein", meint der Troggler. „Oder doch nein. Aber was Sie vielleicht nicht tun wollen, um keine Feindschaft zu säen, das wird meiner Schätzung nach Ihr Sohn tun."

„Aber nicht mit meinem Willen. Ich sehe es nämlich so an: Wenn zwei Hitzköpfe aneinandergeraten, muß eben der Schwächere die Folgen tragen. Und Volkmar hat sich eben als der Schwächere erwiesen."

Mehr wäre über diese Angelegenheit nicht mehr zu sagen gewesen, wenn der Martinsberger nicht daran interessiert gewesen wäre, den Kilian zu sehen, der seinen Volkmar so zugerichtet hat.

„Wo ist er denn, der Held des Tages?"

Kilian tanzt gerade wieder mit der Agnes. Der Troggler hebt die Hand, und Kilian unterbricht den Tanz und kommt mit Agnes an den Tisch.

„Ja, was ist?"

„Der Herr von Sallern möcht sehn, wie du ausschaust."

Bevor Heinrich von Sallern etwas sagen kann, setzt sich Kilian bereits zur Wehr.

„Angefangen hat er."

„Jawohl, angefangen hat er", sagt die Agnes, weil sie meint, ihren Kilian unterstützen zu müssen.

Der Martinsberger lächelt ein bißchen und mustert mit sichtlichem Wohlgefallen den Burschen vor sich.

„Ich bezweifle das doch gar nicht", sagt er dann. „Hängt es vielleicht mit dieser hübschen Kleinen zusammen?"

„Er wollte mich mit Gewalt zu einem Tanz zwingen", erklärt die Agnes, die sich ein wenig über die ‚hübsche Kleine' ärgert.

Der Martinsberger nickt.

„Ja, er meint immer, alles ginge mit Gewalt. Aber hier hat er einmal eine Lektion bekommen. Schadet ihm gar nicht."

Dann betrachtet er den Kilian wieder, hätte ihm am liebsten auf die Schulter geklopft oder etwas Liebenswürdiges gesagt, etwas Bewegendes, das aus seinem Herzen drängen will.

Kilian aber hat Agnes schon wieder um die Hüfte gefaßt und wirbelt mit ihr davon. Der Martinsberger sieht ihm eine Weile versonnen nach. Dann schaut er Frau Margret an. Diesmal weicht sie seinem Blick nicht aus. In diesem Blickwechsel scheinen sich ferne Erinnerungen zu grüßen. Abrupt steht er auf und fragt den Troggler, indem er mit einer Handbewegung auf Frau Margret deutet:

„Sie gestatten doch, Troggler?"

„Bitte sehr", hätte der Troggler sagen müssen. Aber er sagt: „Wenn's Ihnen Freud' macht."

Ob es Heinrich von Sallern freut, das ist ihm nicht anzusehen. Die Trogglerin scheint keine Freude zu haben. Sie erhebt sich, als hätte sie Blei in den Gliedern, und ihr Gesicht ist wie versteinert, als er den Arm um ihre Hüften legt. Erst als sie im Gewühl der Tanzenden untergetaucht sind, hebt sie die Augen zu ihm auf.

„Hat das sein müssen?“

„Ja, ich hatte Sehnsucht, dich zu berühren. Nach soviel Jahren.“

Sie gibt ihm keine Antwort, starrt nur auf seine Hemdbrust. Ein weißes Leinenhemd hat er an, an dem kleine Knöpfe aus Hirschhorn sind. Am Hals steht es offen, und wenn sie ihre Augen dorthin wendet, sieht sie die Ader an seinem Hals schlagen. Sie sind beide fast gleich groß und tanzen in einem solch schönen Rhythmus, als würden sie von einer Woge getragen. Einer Woge, von der sie sich beide einmal vor vielen Jahren haben tragen lassen. Jetzt hebt und senkt sich die Woge im Walzertakt, und der Refrain könnte heißen:

Ich bin schuldig geworden,
du bist schuldig geworden,
mea culpa, mea maxima culpa.
Die Zeit ist vergangen,
die Schuld ist noch da,
liegt wie ein Stein auf dem Herzen,
wird ewiglich schmerzen,
mea culpa, mea maxima culpa.

„Meinst du, daß er es ahnt?“ fragte der Martinsberger in das Ohr der Frau Margret.

„Manchmal mein ich, daß er es weiß.“

„Dann hätte er bestimmt einmal eine Andeutung gemacht. Man kann nicht jahrelang schweigen.“

„Da kennst du den Troggler schlecht. Der schweigt, und wenn ihm ’s Herz drunter bricht.“

„Aber dazu kann doch ein Mensch nicht schweigen. Ich bin heute erschrocken über soviel Ähnlichkeit."

„Der Troggler ist eben anders. Anders als hundert Männer zusammen."

„Das hast du mir schon einmal gesagt."

„Das ist so lange her, daß ich es nimmer weiß."

„Sowas kann man nicht vergessen – Margret."

„Ich schon."

„Dann verleugnest du dich selber, Margret."

„Müssen wir davon reden?"

„Was mich betrifft, ich hätte dir noch viel zu sagen."

„Wenn du gern in den Wind redest."

„Du bist hart geworden, Margret."

„Man wird hart, wenn einen die Schuld niederdrücken will."

Der Walzer ist zu Ende, und Heinrich von Sallern will seine Tänzerin an den Tisch zurückbringen. Aber die Trogglerin sagt:

„Ich find' allein zurück. Geh jetzt, ich bitte dich, geh jetzt."

Und er geht aus dem Saal, geht die breite Stiege hinunter, vorbei an der Türe des Gastzimmers, hinter der grölender Lärm zu hören ist, und besteigt seinen Wagen.

*

Die Nacht ist von einem warmen Wind durchweht, und es könnte eine stille Sternennacht sein, wenn aus den offenen Fenstern des Gamswirtsaales nicht der Lärm des Tanzbodens käme. Und dazu noch der Klang der Instrumente, das dumpfe Gebrumm des Basses und das Geschrill der Klarinetten.

Eng umschlungen wandern die beiden jungen Menschen, der Troggler Kilian und die Klinger Agnes, auf der Dorfstraße dahin, an der Kirche vorbei und an den Häusern, die verschwiegen unter dem blauen Nachthimmel liegen.

Vom Kirchturm schlägt es dreiviertelzehn, und die Agnes meint, ihre Schritte verlangsamen zu müssen, weil ihnen ja noch eine Viertelstunde gegeben ist. Um zehn Uhr, hat die Mutter gesagt, muß sie daheim sein. Es sind nur mehr zwanzig Schritte bis zum Häusel hin. Mit rötlichem Schimmer brennt hinter den Gardinen noch Licht.

„Sie ist noch auf", sagt Kilian.

„Punkt zehn Uhr wird die Mutter aus dem Haus kommen, um mich vom Tanzboden zu holen."

Sie sind stehen geblieben und sehen zu den Sternen auf. Gute, große Sterne, um die Gott noch eine ganze Menge kleiner Sterne verstreut hat. Einmal erlischt so ein großer Stern. Aber vielleicht ist es gar keiner gewesen, sondern nur ein Flugzeug, dessen Positionslichter in der Ferne ertrinken.

Da stehen sie also nun in dieser Nacht, zwei junge Menschen, denen noch die Kraft und der Ingrimm der Leidenschaft fehlt, in deren Zärtlichkeit bloß der feste Wille ist, daß sie einander nie verlieren dürfen. Traumhaft hat ihre Liebe begonnen bei den sieben Eichen, mitten im Klang der Herdenglocken. Seitdem hat sich zwar viel gewandelt in ihnen, und gerade für Agnes ist der heutige Tag zu einem großen Tag geworden, seit ihre glockenreine Stimme das ‚Ave Maria' gesungen hat. Dadurch hat sie etwas

Selbstsicherheit gewonnen. Diese Selbstsicherheit ist aber nicht groß genug, ihr die Angst fortzunehmen. Und sie sagt es auch:

„Ich hab Angst um dich, Kilian."

Er lacht sie aus, zumal er zu wissen meint, woher diese Angst kommt.

„Wegen diesem Sallern vielleicht? Hast ja g'sehn, wie ich mit ihm fertig g'worden bin."

„Aber er wird dir's heimzahlen wollen. Der kann seinen Tag abwarten."

„Ich auch." Kilian zärtelt über ihre Augen hin, über ihre Wangen und zuletzt über ihren Mund. „Wenn er dir noch mal zu nahe kommen sollt', sagst mir's dann?"

„Ja, Kilian." Sie hält plötzlich mit beiden Händen sein Gesicht ab, als möchte sie es genau betrachten. Die letzte Lampe, die an einem dünnen Seil über der Straße baumelt, erhellt es notdürftig.

„Was schaust mich denn jetzt so an?"

„Ich weiß nicht, Kilian – wie ihr so voreinanderg'standen seid, du und der Sallern, mit dem Haß in den Augen, den Mund verzerrt und überhaupt – ich hab g'meint, mich narrt ein Spuk, aber da habt ihr zwei einander so ähnlich g'sehn, daß ich – wenn du nicht anders gekleidet g'wesen wärst – gemeint hätte, ihr wäret ein und derselbe."

„Jetzt hörst aber auf, du kleine Träumerin. Wie kann dir denn sowas einfallen."

„Ich weiß es nicht, Kilian", lacht sie nun selber und schlingt wieder ihre Arme um seinen Hals.

Beim Häusel geht die Tür auf, ein breiter Lichtstrahl fällt auf die Straße heraus. Unter der Tür steht die Klingerin, den Hut mit der Bussardfeder auf dem Haar, den

Schirm mit der Ziegenlederhandtasche in der Hand. Sie füllt beinahe die ganze Lichthelle des Türrahmens aus. Sie wartet, bis die Uhr auf dem Kirchturm zum Schlag für die zehnte Nachtstunde ausholt, dann zieht sie die Tür hinter sich zu.

„Ich komm schon, Mutter", ruft ihr die Agnes zu, wirbelt in ihrem glücklichen Übermut den Kilian ein paarmal um sich herum und stürzt dann lachend in die ausgebreiteten Arme ihrer Mutter.

„So ist's recht, Kindl", lobt die Klingerin. „Auf die Minute pünktlich, so muß es sein im Leben. Aus Pünktlichkeit kann man auf den Charakter schließ'n."

Kilian steht noch, bis die beiden hinter der Haustür verschwinden und diese sich schließt. Er hört, wie klirrend der Riegel vorgeschoben wird, und wenig später werden die Fenster dunkel.

*

Am Tag nach der Hochzeit empfindet man die Lücke am Tisch beim Mittagessen mit jener stillen Bedrückung, als wenn jemand gestorben wäre. Aber es ist niemand gestorben, nur die Tochter des Hauses ist weggegangen. Sie ist in ein anderes Leben eingetreten, will auf dem Gsotlechnerhof ein neues Geschlecht mitbegründen, und in ein paar Jahren wird sich ihre Spur auf Gröd verloren haben. Aber das ist wohl der Sinn des Lebens aller Kinder, sich in einem neuen Geschlecht zu entfalten.

Doch auch wenn eines ausscheidet aus dem Kreis einer Hofgemeinschaft, das Leben geht weiter. Der Frühling stellt ja auch sein Blühen nicht ein. Und wie er eingezogen ist, dieser Frühling, ins Tal! Die Obstbäume stehen wie weißgekleidete Jungfrauen in den Bauerngärten. Da und dort hört man schon das helle Läuten des Sensendengelns, das aus den Ecken der Bauernhöfe herauskommt und über die abendlichen Wiesen hinklingelt, so daß die Blumen sich schweigend neigen. Sie wissen, was dieses Sensenläuten für sie bedeutet: heute noch lachendes Leben, morgen schon den sausenden Tod.

Der Flieder blüht an den Gartenzäunen und verschenkt seinen Duft in die warmen, hellen Nächte. Der Frühlingshimmel ist über alle Maßen groß und gewaltig. Zuweilen ziehn Geschwader von Wolken unter ihm hin, dann legen sich schwere Schatten über die blühende Welt, und aus den Schatten hört man ängstlich die Vögel rufen.

Auf dem Trogglerhof gibt es jetzt einige Probleme. Man hat für die Hochalm eine Sennerin einstellen wollen, aber keine auftreiben können. Auf der Alm gibt es halt keinen Achtstundentag, und die Kühe wollen auch samstags und sonntags gemolken werden. Der alte Adam und die Monika tragen sich an, auf die Alm zu ziehen. Sie sind acht Tage nach Marilles Hochzeit auch ein Ehepaar geworden, bei der Sechsuhrmesse in der Früh, mit wenig Leuten. Gott mag dem Troggler verzeihen, der als Beiständer gelächelt hat, als die beiden nicht gerade überlaut dem Pfarrherrn auf seine Frage versichert haben, daß sie einander treu bleiben wollen, bis daß der Tod sie scheide.

Der Troggler hat ihr Angebot strikt abgelehnt. Wenn sie auf dem Hof noch so kleine Handlangerdienste leisten wollen – nichts dagegen. Aber den zwei alten Leuten, die sich in ihrem Leben genug geschunden haben, noch die große Verantwortung eines Almsommers aufzubürden, mit vierzig Stück Vieh, das kann er nicht.

So sitzen sie eines Abends in der Stube beisammen. Draußen geht ein feiner Regen nieder, der hinter dem ersten Frühlingsgewitter herweint. Drüben im Zuhäusel brennt schon Licht. Die zwei Alten haben sich bereits zurückgezogen. Es ist so stille in der großen Stube, daß man das Wasser in der Dachrinne hören kann.

„Wie wär's, wenn wir jetzt auch Licht machen täten?" fragt Urban und drückt auf den Schalter. Vorne am Tisch sitzt der Troggler, ihm gegenüber Frau Margret und hinten beim Ofen Kilian.

„Ja, wie wollen wir's denn jetzt halten", bricht die Trogglerin das Schweigen und schiebt den Aschenbecher über den Tisch, weil der Troggler seine erloschene Zigarre gerade wieder angezündet hat. „Du willst die zwei Alten nicht auf die Alm lassen. Wer soll dann eigentlich nauf?"

Der Troggler streift die Asche ab. Dann hebt er den Kopf und klatscht zugleich die rechte Hand auf die Tischplatte.

„Der Kilian geht wieder nauf."

Schweigen. Was hätte man auch noch sagen sollen, nachdem die Hand des Trogglers so nachdrücklich auf die Tischplatte geklatscht hat. Das bedeutet soviel wie einen unabänderlichen Beschluß.

„Ende Mai kommt der neue Mähdrescher", nimmt der Troggler wieder das Wort, „dann tun wir uns auch leichter. Mitte Juli kommt vom Ableitner ein Dirndl aus der Schule, die zu uns kommen will. Dann hast du wieder eine Hilf' im Haus."

Frau Margret nickt und wundert sich wieder einmal, wie

leicht der Troggler die Sachen zu ordnen weiß. Das Thema wäre eigentlich beendet gewesen, wenn nicht Kilian etwas vorlaut seinen Senf noch dazugeben muß, indem er sagt:

„Wenn alle Stricke reißen, könnte ja der Urban seine Risser Josefa heiraten."

Wütend reißt Urban den Kopf in die Höhe und schaut mit funkelnden Augen zum Bruder in die Ofenecke, wo es so düster ist, daß man Kilians Gesicht gar nicht erkennen kann. Nur sein helles Haar leuchtet heraus.

„Was mußt denn du dich da einmischen?" fragt er zischend.

„Die Risser Josefa?" fragt die Trogglerin. „Versteht sie denn was von der Bauernarbeit? War die nicht ein paar Jahre in der Stadt?"

„In Berchtesgaden war sie. Hat in einem Hotel kochen gelernt", gibt Urban widerwillig zu.

„Dann gibt's in Zukunft einmal bei uns Wiener Schnitzel, Kalbsrouladen oder Paprikagulasch mit Spätzle."

„Hundling, verreckter!" schreit Urban, dessen sorgsam behütetes Geheimnis plötzlich so offengelegt worden ist. Er will aufspringen, aber der Troggler zwingt ihn mit einem Griff auf seinen Sitz zurück.

„Was ärgerst dich denn da? Die Risser Josefa ist, was man so hört, ein anständiges Mädl, und man muß ja heutzutage froh sein, wenn eine überhaupt noch Bauernarbeit tun mag. Und wenn du was Junges ins Haus bringen und heiraten möchtest, du bist jetzt sechsundzwanzig, – ich steh nicht drauf, den Hof erst in junge Händ' zu geben, wenn die meinen schon zittrig sind. Wie alt ist denn die Risser Josefa?"

„Achtundzwanzig", sagt Kilian aus seiner Ecke heraus.

Nun schaut der Troggler doch einmal in den Ofenwinkel.

„Woher weißt denn du das alles, Kilian?"

„Da tät ich frag'n", knurrt der Urban ärgerlich. „Von der alten Klingerin halt. Die alte Hex' hört ja 's Gras auch noch wachsen."

„Die alte Hex' möcht ich überhört hab'n", sagt der Troggler und legt dabei die Hand wieder so nachdrücklich auf den Tisch, als wolle er die gegenseitige Stichelei beendet wissen. „Sie tut viel Gutes, die Klingerin, und vor allem – sie ist verschwiegen."

„Na ja," schickt sich der Urban wieder drein. „Wenn es so ist, dann darf ich vielleicht einmal die Josefa herbringen?"

„Warum denn nicht?"

Das sagt diesmal die Trogglerin, und sie fragt so, als wünsche sie dies schon für die allernächste Zeit. Urbans Gesicht hellt sich plötzlich auf. Gerade von der Mutter hatte er Widerstand erwartet; denn so wie sie noch dasteht, so jugendlich kraftvoll, so voll fraulicher Schönheit, ist es schwer zu denken, daß diese Frau sich schon vom Herd wegschieben ließe. Ganz beglückt sagt der Urban, daß er nun schlafen gehe. Und als er hinausgeht, gibt er dem Bruder in seiner Ofenecke so etwas wie einen freundlichen Stoß an die Schulter und lächelt ihn an, als sei er ihm jetzt dankbar, daß er die Sache auf den Tisch gebracht hat.

Auch der Kilian erhebt sich und will in seine Kammer gehn. Da sagt die Trogglerin so beiläufig:

„Bleib du noch ein bißl da. Mit dir ist schon auch was zu bereden. Oder meinst du nicht auch, Vater?"

Der Troggler nickt und lächelt dünn. Er weiß ja, was jetzt kommen wird. Er hat längst darauf gewartet. Und da sagt die Trogglerin auch schon:

„Wie stellst du dir denn das mit dieser Agnes vor?"

Kilian ist vorgetreten in den Lichtschein. Er atmet einmal tief durch, als sei er froh, daß dieser Augenblick endlich gekommen ist, auf den er lange gewartet hat.

„Ganz einfach", sagt er dann. „Ich werd' sie einmal heiraten."

„So, heiraten. Ob uns das recht ist oder nicht."

„Ja, auch dann." Kilian schiebt sich mit gespreizten Fingern ein Haarbüschel aus der Stirn und setzt sich an den Tisch. „Das ist nämlich so –"

„Wie ist es?" will der Troggler wissen und fügt dann noch hinzu: „Jetzt muß ich mir doch noch eine Zigarre anzünden, weil es vielleicht interessant wird und deine Angelegenheit nicht so schnell erledigt sein kann wie dem Urban seine."

Kilian wird nur ein wenig unsicher, weil ihn die Mutter wieder einmal mit einem jener seltsamen Blicke anschaut, von denen er nie recht weiß, ob es Liebe ist oder Feindschaft. Aber dann räuspert er sich und beginnt:

„Man sagt allweil, Kinder sollen ohne den Segen der Eltern nicht heiraten. Das ist ein alter Zopf. Wieviel Ehen sind mit dem Segen der Eltern todunglücklich geworden. Wichtig ist, daß zwei sich gern hab'n. Alles andere ist nicht so wichtig."

„Ah, da schau her", spottet die Trogglerin.

„Aber er hat gar nicht so unrecht", meint der Troggler. „Bloß – vom Gernhab'n allein, da kann man nicht leb'n. Ein hungriger Mag'n singt bald keine Liebeslieder mehr."

„Wenn man arbeit'n will, braucht man nicht zu hungern", meint Kilian alle Bedenken zerstreuen zu können. „Und wenn wir doch schon von dem red'n – daß ich nicht arbeit'n kann und mag, das kann mir niemand nachsag'n."

„Du schon, aber was hat denn sie gelernt? Die Alte läßt sie ja nirgends ran. Und bloß weil eine schön singen kann, davon kann man nicht leb'n." Die Trogglerin redet sich allmählich in Zorn hinein. „Wie steht sie denn da, diese Agnes! Ihrer Mutter hängt sie am Kittel. Die kann ja nicht einmal eine Kuh melken."

„Das kann man lernen, Mutter", widerspricht ihr Kilian.

„Die hat doch gar keine Händ' für d' Arbeit."

Der Troggler hat heftig an seiner Zigarre gezogen, wölkt sich mit dem Rauch das ganze Gesicht ein, so daß er nichts mehr sieht. Nur hören kann er, wie Mutter und Sohn sich immer lauter streiten, und wundern tut er sich auch hinter der grauen Rauchwand, wieviel Standhaftigkeit dem Kilian in kurzer Zeit zugewachsen ist. Hat er doch früher der Mutter kaum einmal zu widersprechen gewagt und hat Angst gehabt vor ihrer raschen Hand. Diese Angst scheint er gänzlich verloren zu haben. Seine Liebe hat anscheinend Wunder bewirkt.

Als es einmal ganz kurz still wird, schlägt der Troggler mit der Hand den Rauch vor seinem Gesicht weg und fragt:

„Darf ich jetzt auch einmal was sag'n?" Sein Gesicht ist von einer stillen Heiterkeit umflossen, so wie man es bei ihm selten einmal gesehen hat.

„Ja, Vater, red' du einmal", verlangt Kilian.

„Also erstens", beginnt der Troggler und schaut dabei

Frau Margret an, „erstens hat der Kilian recht, wenn er sagt, daß es wichtig ist, daß zwei sich gern hab'n. Mit der richtigen Lieb' im Herzen, da kann man die Welt bewegen, vorausgesetzt, daß der Wille da ist, mit Ernst und Arbeit den Weg zu bauen zu einem gesicherten Leben. Zweitens hat er recht, wenn er sagt, mit dem Segen der Eltern allein ist's nicht getan. Die Eltern müssen schon auch mithelfen. Daß bei uns der Urban den Hof kriegt, das ist beschlossene Sach'. Und für dich, Kilian, da wird sich schon einmal ein kleineres Anwesen finden, mit dem du was anfangen kannst. Dazu aber hat es noch lange Zeit. Du bist noch so jung, Kilian, und wer weiß, wie es mit dir und der Agnes in einem Jahr ausschaut. Man soll sich allweil zuerst prüfen. Und wenn –"

„Das schaut in einem Jahr nicht anders aus als heut, Vater."

„Seit wann unterbrichst du mich? Das hab ich fei' gar nicht gern."

„Entschuldige, Vater."

„Und wenn es einmal soweit ist, hab ich sag'n woll'n, dann läßt sich ja drüber reden. Dir den Umgang mit der Agnes zu verbieten – merk dir auch du das, Frau – das wär ganz verkehrt. Du bist jetzt in dem Alter, Kilian, wo der Trotz erwacht ist und auch die Manneskraft. Das hast du am Tanzboden bewiesen, wie du den andern geworfen hast. Und noch was: Du weißt allweil noch nicht, wie die Agnes sich verhält. So wie die ausschaut, wär's kein Wunder, wenn sich auch andere um sie reißen täten."

„Reißen schon, aber Glück wird keiner haben bei ihr."

„Bist du dir da so sicher?"

„Ja, Vater."

„Dann ist's ja recht. Brauchen wir nimmer weiterreden. Ich will bloß noch g'sagt haben, Mutter, weil du zuerst g'sagt hast, man kann nicht davon leb'n, von einer schönen Stimm'. Das stimmt nicht ganz. Es leben so manche recht gut vom Singen, auch wenn sie keine Stimm' hab'n."

Der Troggler steht nun auf, zieht die Gewichte der Standuhr hoch, vergleicht seine Taschenuhr, zieht auch die auf. Dann geht er in die Schlafkammer. Unter der Tür dreht er sich noch mal um.

„Es ist Schlafenszeit", sagt er. „Nicht daß ihr noch stundenlang um eine Sach rumredet, die erledigt ist. Von meiner Seite aus wenigstens. Gut' Nacht!"

Da hat er eigentlich recht. Was soll darüber noch lange geredet werden. Frau Margret sieht ein, daß dieser Sohn Kilian erwachsen geworden ist und seine Ansichten mit solcher Bestimmtheit vertritt, daß nur ein Streit draus würde, stellte man sich dagegen. Frau Margret ist auf einmal sehr müde, nicht müde am Körper, sondern von innen heraus müde. Es ist ihr, als habe man ihr etwas aus der Hand geschlagen.

Dann geht sie ihren tagtäglichen Gang noch durch den Stall, und kurz darauf wird es im Haus dunkel.

*

Das ist eine ganz andere Welt, in der Kilian jetzt wieder lebt, eine einfache und doch großartige Welt, da oben auf der Trogglerahn, mit zwanzig Milchkühen und zwanzig Stück Jungvieh. Die erhabene Welt der Einsamkeit hat ihn wieder eingefangen, aber sie hat noch nicht gänzlich von ihm Besitz ergreifen können, denn er ist ohne Herz hier oben, das hat er unten gelassen im Tal bei den Menschen, vor allem aber bei seinem Mädchen Agnes.

Zum erstenmal erlebt er, was Sehnsucht ist. Wie das in seinem Innern brennt und wie ihn das Verlangen anfällt, hinunterzurennen ins Dorf, um die Agnes bloß für ein paar Minuten zärteln zu können. Aber ins Dorf sind es fünf Stunden Fußmarsch, und herauf sind es sechs, so daß eine Nacht gar nicht ausreichen würde, nur um sich mit ein paar Minuten Zärtlichkeit das Herz wieder zu füllen für einen ganzen Tag, für viele Tage.

Und so sitzt er auch heute am späten Abend auf dem Baumstumpf vor der Hütte und schickt seine Gedanken hinunter ins Dorf. Alles ist still ringsum. Der Mond steigt hinter den Bergen hoch und läßt sie erglänzen. Die Wipfel der Wälder lassen sich in sein Silberlicht tauchen, und die Almfelder sehen wie verzaubert aus. Ostwind weht und kündet weiterhin schönes Wetter, man hört die Abendglocken aus den Dörfern läuten, die am Fuß des Gebirges liegen. Und die Vögel lärmen in einem wirren Durcheinander von Stimmen, die nur der klagende Ruf einer Eule übertönt. Nachher wird es noch stiller, nur die Quelle, die gefaßt ist, hört man noch plätschern.

Neben ihm liegt ein unförmiges Stück Holz und ein Schnitzmesser. Er hat daran gearbeitet, so lange er gesehen hat. Es ist noch ein Fragment, nur einzelne Fasern sind herausgerissen, aber er weiß, es wird doch wieder nichts anderes werden als das Gesicht und die Gestalt des Mädchen Agnes, einmal den Kopf demütig geneigt, ein andermal mit Blick in den Himmel hinauf, als ob sie die Stern zählen wolle.

Ach ja, von diesem Mädchen wird er nie mehr loskommen. Sie blüht in seinem Herzen und füllt es aus bis in die Träume der Nacht.

Am andern Tag steht er bereits wieder auf, als es vor den kleinen Fenstern zu grauen beginnt. Er melkt die Kühe und läßt sie dann mit bimmelnder Glocke den Hang hinunterwandern. Dann treibt er die Milch durch den Seperator, nimmt sein karges Frühstück, heiße Milch mit Bauernbrot und Butter, und räumt die Hütte auf. Dann nimmt er seinen Holzklumpen wieder und setzt sich damit vor die Hütte. Die Sonne ist gerade hinter den Bergen heraufgestiegen, das Messer in seiner Hand blitzt im Sonnenlicht, als wären Messer und Hände aus Gold.

Im Frühlicht glänzen die Berge in majestätischer Schönheit. Unter dem steigenden Licht leuchtet sogar der karstige Restschnee in den Rinnen noch auf. Ein feiner Wind streicht über den Hang und läßt das Latschenfeld wogen wie ein grünes Meer. Verdrossen und lustlos ruft in der Ferne ein Kuckuck, immer nur vier oder fünf Schläge, und es ist kaum der Mühe wert, in den Hosensack zu greifen, um das Geld zu schütteln, weil es dann einer alten Sage zufolge das ganze Jahr nie ausgehen soll. Der Kuckuck schweigt schon wieder, und Kilian ist gerade daran, seinem Stück Holz Leben zu geben, schnipselt die feine Einbuchtung an den Schläfen heraus, gibt dem Mund eine leichtgeschwungene Form und will gerade an die Nase gehen, als ihn ein Gepolter losbrechender Steine aufhorchen läßt.

Immer nur auf einen Husch sichtbar, rennt einer in jagender Hast über das Latschenfeld herunter und muß nun auf das offene Almfeld heraus. Das Gewehr in der rechten Faust weit von sich gestreckt, ein Latschenbündel zwischen den Zähnen, das das Gesicht halb verdeckt, rennt er kaum fünfzig Meter entfernt auf die Hütte zu.

Kilian hat das Schnitzmesser weggeworfen und ist aufgesprungen.

„Gidi!“ schreit er.

Der Angerufene stutzt einen Moment, dann macht er eine scharfe Wendung nach rechts, springt hinter der Hütte den Steilhang hinunter und verschwindet im nahen Jungwald.

„Ich freß einen Besen“, sagt Kilian zu sich, „wenn das nicht der Lindenhofer Gidi war.“

Gleichzeitig sieht er eine zweite Gestalt über das Latschenfeld herunterkommen, und als diese auf das freie Feld heraustritt, erkennt Kilian, daß es Heinrich von Sallern ist, der Martinsberger, der hier die Jagdrechte besitzt. Nun bleibt er stehen, sieht scheinbar ein, daß eine weitere Verfolgung keinen Zweck mehr hat, weil er das Gewehr mit einer zornigen Bewegung hinter die Achsel wirft. Dann kommt er zur Hütte herunter. Kilian wirft schnell noch eine Decke über sein Schnitzwerk und steckt das Schnitzmesser in die Scheide.

Dem Martinsberger rinnt der Schweiß über das braungebrannte Gesicht, und sein Atem geht schwer und schnell. Dann kommt ein kurzes Staunen in seine Augen.

„Ach, du bist da heroben?“

„Den dritten Sommer schon.“

„Sooo?“ Der Martinsberger nimmt sein Gewehr herunter und lehnt es gegen die Hüttenwand. Dann nimmt er auch das Fernglas noch ab und wischt sich den Schweiß vom Gesicht.

„Da ist doch gerade einer vorbei.“

„Ja, hinter der Hütt'n ist er die steile Wand hinuntergesprungen."

„Der muß verrückt sein. Aber so ein Halunke bricht sich ja keinen Haxen. Du hast ihn doch erkannt?"

Kilian erschrickt vor dieser direkten Frage. Dann schüttelt er den Kopf.

„Nein! Das ist ja alles so schnell gegangen. Und außerdem hat er einen Latschenbüschel im Maul g'habt."

Der Martinsberger lacht grimmig vor sich hin.

„Aber einmal geht er uns ein. Der Krug geht so lange zum Brunnen, bis er doch bricht. Was uns der Kerl seit vorigem Jahr schon weggeschossen hat, das geht auf keine Kuhhaut. Gamsen, Rehe und Hirsche. Jetzt liegt wieder eine Gams oben. Ich drück gern ein Auge zu, wenn sich einmal einer einen Hasen holt. Aber dieser Lump betreibt es engros. – Hast du was zu trinken da?"

Kilian deutet auf den Brunnen hin, in den das Quellwasser rinnt.

„Oder eine kalte Milch?" fragt er noch.

„Ja, bitte, bring mir ein großes Glas Milch. Ich bin noch nüchtern heute."

Weil er das letzte noch gesagt hat, bringt Kilian auch noch ein Stück Schwarzbrot zur Milch. Der Martinsberger läßt es sich sichtlich schmecken, streckt behaglich die Beine mit den schweren Nagelschuhen und vergißt in der Ruhe des Schmausens seinen Ärger. Und immer wieder mißt er Kilian, der schräg neben ihm auf dem Geländer der Terrasse sitzt, mit einem langen, forschenden Blick. Kilian schweigt. Was hätte er auch schon sagen sollen. Es ist immerhin der Herr von Sallern, der hier sitzt und dessen Sohn er einmal übel zugerichtet hat. Vielleicht bringt er im nächsten Moment sogar die Sprache auf jene Rauferei. Der aber denkt gar nicht daran. In den Augen des Martinsbergers liegt soviel Wärme, daß Kilian es direkt spüren müßte.

Da fällt der Blick des Gutsherrn auf das unförmige Stück Holz am Boden, das nur flüchtig mit einer Decke verdeckt ist. Neugierig geworden, bückt er sich und nimmt die Decke weg, noch ehe Kilian ihn daran hindern kann. Er wird nur feuerrot bis über die Stirn hinauf.

„Ja, was ist denn das?“ ruft der von Sallern erstaunt aus und schaut dabei wieder den Kilian an.

„Das ist soviel wie noch gar nichts“, antwortet Kilian verlegen.

„Aber es wird was. Du schnitzt also?“

„So zum Zeitvertreib halt.“

„Hast du denn mehr von solchen Sachen? Was Fertiges, meine ich.“

Kilian windet sich vor Verlegenheit. Der Martinsberger aber, einmal neugierig geworden, läßt nicht nach, forscht und fragt und gibt nicht nach, bis Kilian schließlich auf den Heuboden hinaufsteigt und einen Sack voll kleiner Figuren bringt. Unter den Arm hat er noch eine etwa achtzig Zentimeter große Plastik geklemmt. Auf den Tisch gestellt wirkt sie noch größer.

Deutlich sieht man dem Martinsberger das Erschrecken an. Lange, eine sehr lange Zeit sieht er die Frauengestalt an in dem fließenden Gewand. Die Hände hat sie über der Brust gefaltet, als ob sie bete, der Blick ist aufwärts gerichtet, als ob sie in der Ferne was suche.

„Jetzt sag bloß, daß du das geschnitzt hast!“

„Ja, im vorigen Sommer.“

„Menschenskind, weißt du, was das ist?“

„Ja, meine Mutter soll es sein."

„Wie sie leibt und lebt." Die Hände Heinrichs von Sallern streicheln ganz zart über die Stirn der Plastik hin, dann über die Wangen, über das Kinn und den Hals. Seine Hände zittern dabei. „Das ist die Trogglerin. Du junger Mensch – du, das ist ja ein Kunstwerk, in Vollendung. Und sowas versteckst du auf dem Heuboden? Weiß denn das dein Vater oder deine Mutter?"

Kilian schüttelt den Kopf.

„Die täten mich bloß auslachen."

„Das gibt es nichts zu lachen, da kann man nur staunen und sich wundern. Menschenskind, dich hätte man unbedingt auf eine Schule schicken müssen. Statt dessen hütest du Kühe. Was hast du denn in dem Sack noch?"

Kilian leert ihn. Da liegen sie nun auf der Terrasse. Tiere, Jäger und Hirten, Krippenfiguren und noch ein paarmal die Trogglerin in Kleinformat, einmal kniend vor einem Feldkreuz, einmal mit einem Tuch um den Hals, das im Wind flattert.

Heinrich von Sallern schüttelt bloß immer den Kopf. Und immer wieder schaut er den Kilian an. Ganz warm leuchtet es in seinen Augen. Am liebsten hätte er den Burschen in seine Arme gerissen.

In dem Augenblick sagt Kilian:

„Warten S', ich hab noch was."

Er bringt noch zwei Figuren aus seiner Schlafkammer und stellt sie neben die Trogglerin. Sie sind gleich groß, aber in der Ausführung noch feiner. Etwas kindlich zartes schwebt um die Gesichter. Einmal hat die Agnes die Hände hinter dem Kopf verschränkt, das Haar über der Stirn ist wie vom Wind zerzaust.

Heinrich von Sallern bewegt den Kopf hin und her. Er findet die beiden Bildnisse hinreißend, schaut aber dann doch wieder wie gebannt auf die Trogglerin und fragt plötzlich:

„Was verlangst du für die Figur da?“

Kilian lächelt ihn verständnislos an.

„Man verkauft doch seine Mutter nicht.“

Aber im Heustaub droben willst du sie verkommen lassen? Komm, gib sie mir. Sag, wieviel du dafür willst. Ich kauf dir doch nicht deine Mutter ab, sondern ein Kunstwerk, an dem ich mich freuen kann. Also sag schon.“

Kilian hat lange nachzudenken. Er denkt auch daran, daß er schon zwei solcher Plastiken ins Feuer geworfen hat. Schließlich fragt er:

„Wären zwanzig Mark zuviel?“

Heinrich von Sallern lacht und meint dann:

„Also, vom Troggler hast du schon gar nichts.“ Er verstummt plötzlich, als sei er über seine eigenen Worte zutiefst erschrocken.

„Wie meinen S' denn das?“ will Kilian wissen.

„Wenn ich früher mit dem Troggler einmal Vieh gehandelt habe, hat keiner den Preis so hoch abgeschlagen wie er. Und grad von mir hat er immer soviel haben wollen. – Also, wie ist es jetzt? Ich gebe dir dreihundert Mark für diese Plastik da.“

„Das ist doch nicht Ihr Ernst?“ fragt Kilian erschrokken.

„Mir ist sie es wert. Ich gebe dir auch mehr dafür.“

„Nein, nein, um Gotteswillen. Dreihundert ist doch schon viel.“

„Ich möchte sie aber gleich mitnehmen. Mein Rucksack ist sowieso heute leer geblieben. Dieser Lump hat mir die Jagd verdorben. Aber dafür hab ich eine viel größere Freude erleben dürfen. Unser Handel gilt also?" Heinrich von Sallern hält Kilian die Hand hin, und der schlägt ein, denkt sich dabei, wie ein so grundgescheiter Mann wie dieser Martinsberger für so ein simples Schnitzwerk soviel Geld hinlegen will.

Gar nicht loslassen mag der Martinsberger die Hand des Kilian. Fest hält er sie umschlossen, eine lange Zeit, und in seinen Augen ist ein sonderbares Glänzen. Dann greift er in seine Joppe und zählt Kilian drei Hundertmarkscheine hin.

Ich werde Agnes ein goldenes Armband kaufen, denkt Kilian, als sie die Figur in den Rucksack packen. Der Kopf geht nicht mehr hinein, und so liegt die Schnur um den Hals der Trogglerin. So wie sonst ein Gamskrickerl oder das Gehörn eines Rehbocks oben zum Rucksack herausschaut, so lugt jetzt der Kopf der Trogglerin heraus. Das sieht ein bißchen komisch aus, zumal der Martinsberger seine Schritte über das holprige Almfeld hinunter sehr vorsichtig setzt, als trage er etwas kostbar Zerbrechliches auf seinem Rücken. Kilian sieht ihm lange nach und denkt noch immer, wie ein Mensch nur so verrückt sein, und für ein geschnitztes Stück Holz dreihundert Mark bezahlen kann.

Der schöne Abend dämmert schon. Nur über das obere Almfeld fließt das Licht der sinkenden Sonne noch goldfarbig hin. Von unten herauf aber wachsen die Schatten des Fichtenwalds ungeheuer, greifen wie Polypenarme nach den Kühen, die dort weiden, nachdem Kilian sie gemolken und wieder hinuntergetrieben hat. Nun sitzt er wieder vor der Hütte, die Hände um die Knie gefaltet, und seine Augen sind auf die Goldwelle gerichtet, die über das Latschenfeld hinzieht und nun auch schon purpurn werden will. Ein großer Friede ist um ihn und hüllt ihn ein. Ja, es ist fast eine Art von Zauber, der über ihn gefallen ist. Und in diesen Zauber ist auch das Mädchen Agnes mit eingeschlossen, und seine Gedanken gehen weit zurück, bis zu jenem stillen Abend, als er sie bei den sieben Eichen zum erstenmal geküßt hat. Viele Male haben sie sich seither geküßt, aber damals ist das Entscheidende geschehen, das Bestimmende für ihr Leben, auch wenn das Letzte und Größte noch aussteht. Aber sie sehnen sich danach. Sie sagen es zwar nicht mit Worten, aber in ihren Küssen liegt jetzt die drängende Ungeduld, daß sie einander erlösen müssen, die Erwartung erfüllen.

Da huscht ein Schatten um die Ecke der Hütte und steht vor ihm. Groß und breitschultrig steht der Lindenhofer Egidius vor ihm, diesmal ohne Gewehr, die Lodenjoppe lose über die Schultern gehängt.

Ein bildhübscher Bursche ist dieser Lindenhofer Gidi, etwa dreißig Jahre alt, mit einem braungebrannten, schmalen Gesicht, auf der Oberlippe ein kleines schwarzes Bärtchen.

„Du bist es, Gidi?"

Der Gidi zeigt lachend seine schneeweißen Zähne.

„Ja, Kilian. Es hat mich hergetrieben. Muß dir doch Dank sagen, daß du mich nicht verraten hast."

„Das weißt du doch gar nicht."

„Hättest du 's, dann wären längst die Gendarmen bei uns am Hof gewesen. Er war doch da bei dir?"

„Wer?"

„Der Martinsberger. Lang war er sogar da. Ich hab's mit dem Fernglas beobachtet. Auf einem Baum bin ich g'sessen, da drüben am Bühel. Da kann man so schön rübersehen."

Immer mehr greift die Dunkelheit um sich. Die ersten Sterne blinzeln schon über den Bergen, die immer schwärzer werden. Und dann kommt ein Wind den Hang herunter, braust in den Fichtenwald hinein und läßt den Kilian leicht frösteln, der außer Lederhose und Hemd nichts anhat.

„Gehn wir hinein?" fragt er und steht auf.

Drinnen zündet er die Petroleumlampe an, und während er den Zylinder über den Docht setzt, sagt er:

„Wie kommst du bloß darauf, daß ich dich hätt' verraten können? Ich bin doch kein altes Weib. Eine andere Frage ist, mußt du denn wildern? Ihr habt einen großen Hof daheim. Aus Not mußt du es also nicht tun. Warum also?"

„Manderl, du fragst ein bißl viel auf einmal. Das hat vielerlei Gründe. Erstens macht es mir Freud'. Zweitens will ich mein Taschengeld aufbessern. Der Hof g'hört meinem Bruder, die Schwägerin ist eine Bißgurn und ein neidisches Luder. Der Gregor meint, wenn er mir da am Samstag zwanzig Mark hinlegt, das wär noch überbezahlt. Mich reut bloß der Gamsbock, den ich heut hab liegenlassen müssen."

„Was hast denn schon von so einem Gamsbock! Ein Büschel Haar, das nicht reicht zu einem richtigen Gamsbart. 's Fleisch kann man sowieso nicht essen."

„Wer sagt dir denn das? Gamsfleisch g'hört bloß gut gelagert, dann wird's weich wie Kalbfleisch. Das kannst zu Schnitzl nehmen und zu Gulasch. Ganz abgesehn vom Bart. Für einen guten Gamsbart, achtzehn bis zwanzig Zentimeter Länge, da zahlt man heut achthundert bis tausend Mark. Der – jetzt hätt ich bald den Namen g'sagt – ein Wirt einfach, dem hab ich kürzlich eine Gams geliefert, der hat's auf seiner Speisenkarte als Wiener Schnitzl deklariert. Gelobt haben's d' Leut, weil 's so gut war."

„Du redest vom Liefern, als wenn das die einfachste Sach' wär. Bis sie dich einmal erwischen."

„Da müssen d' Jager früher aufstehn, wenn sie mich erwischen wollen. Notfalls wär'n allweil noch die sicherste Hand und die ruhigsten Nerven ausschlaggebend."

„Ich weiß nicht", zweifelt Kilian.

„Sag nur gleich, du hast noch nie einen Rehbock g'schossen."

„Hab ich auch nicht. Ich hab auch gar kein Gewehr."

„Das wär das wenigste. Ein G'wehr kann ich dir jederzeit b'sorgen. Bei dir müssen die Reh doch hinter der Hütte wechseln?"

„Ganze Rudel oft."

„Und da kann der Mensch ruhig zuschaun. 's Geld liegt auf dem Almfeld, und er hebt es nicht auf. Und hat denn unser Herrgott 's Wild bloß für den Staat geschaffen oder für den Martinsberger? Der schießt ja gar nicht einmal ab, was abgeschossen werden müßt'. Obwohl – der Alte ist ein guter Weidmann, aber der Junge, der Dingsda, weißt schon, den du am Tanzboden selbigsmal . . ."

„Volkmar heißt er", unterbricht Kilian.

„Der schießt ja jedes Stück weidwund. Wenn er auf's Blatt hält, trifft er notfalls einen hinteren Schenkel. Und sowas darf auf die Jagd gehn, bloß weil er vom Landratsamt einen Wisch hat, daß er die Jagdprüfung bestanden hat."

„Wenn man dich so reden hört", meint Kilian.

„Ein Glasl Schnaps hast keins?"

Kilian geht an das Wandschränkchen, nimmt eine Flasche Obstler heraus und schenkt zwei Gläser voll. Der Gidi leert das seine auf einen Zug und zwickt dabei die Augen zu. Als er sie wieder öffnet, fällt sein Blick auf die zwei Plastiken, die noch auf der Anrichte stehen. Er nimmt eine und hält sie unter den Schein der Lampe.

„Du, die kenn ich doch. Hast du das gar geschnitzt?"

Kilian nickt und ärgert sich, daß er die Figuren nicht weggeräumt hat. Andererseits freut es ihn, weil der Gidi jetzt noch sagt:

„Das ist doch die Klinger Agnes?"

So gut hab ich sie also getroffen, die Agnes, daß jeder sie gleich kennt, denkt Kilian. Dann gibt er zu, daß es tatsächlich die Agnes ist.

„Das Stück mußt verkauf'n", rät der Gidi. „Da kriegst mindestens soviel wie ich für einen Rehbock."

„Nix wird verkauft."

„Ah ja, ich versteh. Dein Herzbinkerl, gell? Die alte Klingerin ist ja ein Unikum, aber die Agnes", der Gidi pfeift durch die Zähne, „die Agnes, bildsauber hat sie sich zusammengewachsen. – So, so, du schnitzt also. Na ja, an etwas muß ja der Mensch seine Freud' hab'n, und wenn er keine Freud' hat, muß er ein Mensch hab'n." Der Gidi lacht hinter seinen Worten fröhlich her und verlangt noch mal einen Schnaps. „Übrigens“, fährt er dann fort, „eine Stimme hat die wie ein Zeiserl. Kürzlich hat sie einmal im Gamskoglsaal g'sungen. Der Pfarrer hat da was aufgezogen, zu Gunsten einer neuen Orgel. Und dann war da in der Kreisstadt eine große Wohlfahrtsveranstaltung. Da haben s' die Agnes auch g'holt. 's ‚Lercherl von Meiling‘, hat die Zeitung g'schrieb'n. Und daß sie eine große Zukunft hab'n könnt‘.“

Kilian ist blaß geworden und starrt mit gerunzelter Stirn auf die leeren Schnapsgläser. Die Agnes singt also, treibt sich weiß Gott wo herum, und er weiß nichts davon hier oben in der Einsamkeit. Automatisch schenkt er die Gläser wieder voll und leert diesmal auch seines in einem Zug.

„Da herob'n erfährt man ja nichts“, sagt er dann mit einer Stimme, in der seine Verdrossenheit schwingt.

„Wenn ich da herob'n wär“, sagt der Gidi, „mir tät es nie langweilig werden. Wo soviel Wild da ist. Wetten möcht ich, daß bei dir die Hirsche jede Nacht vorbeiwechseln.“

„Nicht bloß bei der Nacht.“

„Und da kannst du ruhig zuschaun. Mensch, ich versteh dich gar nicht. Aber weil du das halt noch nie mitgemacht hast. Du hast ja keine Ahnung, was das für Freuden sind. Für einen guten Bock oder eine Gams tät ich jede Jungfrau herschenken. Zuerst hat man ein bißl Angst, dann packt es einen wie ein Rausch. Ganz abg'sehn davon, es tragt ja auch was.“

Kilian muß immerzu an die Agnes denken, und er weiß kaum, daß er sagt:

„Immerhin ist es Diebstahl.“

„Du, daß ich fei' nicht lach. Diebstahl an wem? Haben die vielleicht das Wild gekauft? Das gehört zur Natur und g'hört niemand. Das ist wenigstens meine Meinung. Geh, schenk noch mal ein, laß dich's nicht so reuen."

Kilian schenkt ein und trinkt, trinkt und schenkt ein und prostet dem Gidi zu. Er verträgt nicht viel, der Alkohol verwirrt ihn, und immer neugieriger lauscht er den verführerischen Worten. Der Gidi weiß sein Wildschützenleben in den schillerndsten Farben zu schildern, spricht von Freiheit und Ungebundenheit und weist es weit von sich, dadurch straffällig geworden zu sein. Er spricht von der sozialen Ungerechtigkeit, daß nur die sich eine Jagd leisten können, die Geld haben. „De Preiß'n drück'n rein", sagt er, „und pachten die Gemeindejagden zum Überpreis, daß unsereins gar nimmer mithalten kann."

„Da hast recht", pflichtet ihm Kilian bei nach dem fünften Glas Obstler und fängt mit dem Finger zu deuten an. „Aber gesetzt den Fall, ich tät einmal was schieß'n, wo brächt ich es dann hin?"

„Darum brauchtest du dich überhaupt nicht kümmern", antwortet der Gidi. „Du schießt das Stück, wirfst es bei dir in den Keller und schickst mir Botschaft. Ich hol es dann ab und bring dir auch's Geld gleich mit."

„Aber ich hab ja kein – was tätst denn du für ein G'wehr verlangen?"

„Weil du es bist, dir b'sorg ich eine schöne Büchse um hundert Mark."

Kilian braucht noch zwei Gläschen Schnaps, bis er zustimmen kann.

„Also, dann bringst mir eine. Aber Munition brauch ich auch."

„Kriegst, soviel du brauchst. Prost, Kilian!“

„Prost Gidi. Dich mag ich, weil du so ein verreckter Hund bist.“

Es mag schon Mitternacht vorbei sein, als der Gidi endlich geht. Kilians Kopf ist schwer. Er zieht das Hemd aus und geht hinaus an den Brunnen. Immer wieder taucht er den Kopf in das kalte Wasser, läßt den Strahl über Brust und Rücken rinnen und torkelt dann in seine Schlafstube.

Der Alkohol scheint verflogen zu sein. Kilian beginnt allmählich wieder klarer zu sehn. Aber er schläft unruhig in dieser Nacht. Wirre Bilder stürzen in seinen Traum. Und immer ist es Agnes, die um seine Seele herumtänzelt und ihm das Blut schwer macht! Er sieht sie bedroht, und einmal schreit er wild auf, sitzt dann aufrecht im Bett. Er hört das Rauschen vor den Fenstern draußen und meint, daß es der Wind sei. Aber es ist Regen, der fällt. Ganz plötzlich hat sich graues Gewölk herangeschoben, hat alle Sterne verdeckt. Es dauert eine Weile, bis er versteht, daß das Grau vor den Fenstern bereits der neue Tag ist. Die Tropfen rauschen auf das Dach und von dort auf die Erde. Ein schöner, schwerer Ton. Kilian legt die Arme unter den Kopf, schließt die Augen und hört zu. Der Wasserfall daheim bei der Kapelle rauscht genauso, muß er denken. Ein schöner Ton. Agnes wird ihn nicht hören. Sie wird noch tief im Schlaf liegen und nie begreifen, welch schwere Gedanken er sich um sie macht.

Sie singt in der Öffentlichkeit, muß er denken. Da bahnt sich etwas an, das nicht gut sein kann für unsere Liebe. Etwas Dunkles, Drohendes schiebt sich herein, aber er kann es nicht fassen.

Mit einem Schwung wirft er die Wolldecke zurück, schlüpft in seine Hose und geht hinaus. Die Kühe stehn bereits vor dem Gatter. Tiere sind pünklicher als Uhren. Sie stehn im rauschenden Regen, der eine dünne Wand aufbaut, hinter dem sie sich verbergen. In diesem Nebel, den der Regen aufbaut, sieht Kilian auch ein Rudel Rehe vorbeiziehn, graue Schemen nur, die gleich wieder verschwinden. An den Egidius Lindenhofer muß er denken und daß dieser ihm ein Gewehr besorgen will.

Dann geht er und öffnet das Gatter. Die Tiere drängen ungeduldig unter das schützende Dach. In der Stallwärme beginnen ihre nassen Leiber zu dampfen. Wie feiner Nebel steigt es von ihren Rücken auf, der sich in den Dachsparren verliert.

Ein grauer Tag wird es werden für die Landschaft, die sich gestern noch im Sonnenglanz gespiegelt, und ein schwerer Tag für Kilian März, den die Unruhe quält und die Sorge um das Mädchen Agnes Klinger.

Es ist vielleicht vollkommen verkehrt gewesen, daß er sich nicht dagegen gewehrt hat, auf die Alm zu ziehen. Er hätte doch wissen müssen, daß er sein Mädchen allein zurückläßt und daß er sie gegen nichts schützen kann. Er hat keine Gefahr gesehen, und nun wächst sie riesengroß vor ihm auf.

Es muß etwas sein, denkt er. Aber er weiß noch nicht was. Monoton zischen unter seinen Fäusten die Milchstrahlen aus den Eutern in den Melkeimer. Und draußen rauscht der Regen und klopft wie mit tausend Hämmerchen auf das Dach der Hütte.

*

Über viertausend Menschen sitzen im Konzertsaal des Deutschen Museums und warten darauf, was ihnen bei diesem Schlagerwettbewerb geboten werden soll. Bis auf ein paar Profis sind es lauter Unbekannte, die ihrem ersten Auftreten entgegenfiebern.

Abseits der Kapelle sitzt die Prüfungskommission, lauter bekannte Namen aus der Musikwelt. Dann sitzen in der ersten Reihe Vertreter der Schallplattenindustrie, Manager und Filmregisseure, die sich überraschen lassen wollen, was ihnen der Musikverleger und Manager Ralf Boyer, der der Veranstalter ist, heute zu bieten gedenkt. Ob ein neuer Star darunter ist, das wird sich ja herausstellen.

Ralf Boyer, der sich zugute hält, daß er diese Agnes Klinger entdeckt hat – obwohl das nicht stimmt, denn auf dieses Mädchen aus Meiling hat ihn erst sein Freund, der Filmregisseur Hübner aufmerksam gemacht – Ralf Boyer ist ein etwa fünfunddreißigjähriger Mann, sehr gewandt, sehr elegant, und mit einem Mundwerk, das läuft als sei es geschmiert.

In der ersten Reihe sitzt aber auch, mitten unter den eleganten Garderoben, eine bäuerlich gekleidete Frau mit einem unmöglichen Filzhut, auf dem eine Bussardfeder wippt. Unter der Hutkrempe schauen ihre roten Haare heraus. Die von rauher Arbeit gekrümmten Hände halten im Schoß eine Handtasche aus Ziegenleder umklammert. Sie fühlt sich nicht recht wohl in all dem Trubel, schaut immer wieder um sich und murmelt dann vor sich hin:

„Soviel Leut', soviel Leut'."

Und sie denkt auch an all die Aufregungen der letzten Wochen, seit dieser Manager Ralf Boyer ins Haus geschneit ist und sich von der Agnes etwas hat vorsingen lassen. Daraufhin ist dann ein Päckchen mit lauter Schlagern gekommen, wovon sich Agnes etwas aussuchen sollte, um damit am fünfzehnten August bei einem Schlagerwettbewerb aufzutreten. Armselige Schlagertexte, mit Melodien, die nicht zünden und mit denen man keine Katz hinterm Ofen vorlockt. Nur für ein einziges Lied hat Agnes sich dann entscheiden können, obwohl auch dieser Titel wenig zu sagen hat. ‚Im Herbst verblühn die Rosen', heißt er. Wann denn sonst als im Herbst sollten Rosen verblühn? Immerhin, die Melodie ist einschmeichelnd. Das hat dann auch der alte Lehrer gesagt, der mit seinem Harmonium den Schlager mit Agnes geprobt hat.

Eine erwartungsvolle Stille macht sich jetzt breit. Das große Rundfunkorchester, unter Leitung von Gregor Schenk, eröffnet mit einem Schlagerreigen den Abend. Dann begrüßt Ralf Boyer die Gäste und sagt den ersten Sänger an. Ein junges Bürscherl mit langen Haaren und hautengen Hosen tritt an die Rampe und schluchzt etwas von einer Liebe, der er sein Leben geweiht habe.

„Du wirst von der Liebe schon recht viel verstehn", sagt sich die Klingermutter. Na ja, heutzutags fangen sie ja schon mit sechzehn an, kaum daß sie das Milchflascherl weggelegt haben.

Nach diesem erscheint eine Rotblonde mit langen Hosen und oben herum recht wenig. Die hebt das Mikrophon an den Mund, als halte sie ein Sektglas in der Hand. Sie schreit grell in das Dunkel des Saales, daß sie nicht mehr leben will, wenn sie nicht bald geküßt wird. Die dritte trägt ein langes Kleid aus Samt und singt, daß auf ihrem Grab einmal Maiglöckerl blühen sollen. Und alle verrenken sie sich und schlenkern mit den Hüften, als würde man's ihnen dann eher abnehmen.

Die Nummer vier hat Agnes, und die Klingerin muß mißbilligend den Kopf schütteln, denn was dieser Ralf Boyer mit seiner schnellen, schnoddrigen Stimme ansagt, entspricht nicht der Wahrheit. Ein Stern, sagt er, sei aufgegangen, eine Blume, die allzulange im Verborgenen geblüht habe. Ein Kind aus den Bergen, eine Bauerntochter, gleich der Jungfrau von Orléans, die aber nicht mit dem Schwert ausgezogen sei, um den Feind aus dem Land zu jagen, sondern die mit ihrer Stimme die Welt erobern könne. Aber nun sollten sie hören und urteilen. Er sage nun an:

„Agi Kling."

Am liebsten hätte die Klingermutter hinaufgeschrien:

„Du Saubua, warum verschandelst du unsern guten Nam'?"

Agnes kommt nicht herausgetänzelt wie die andern. Ganz langsam schreitet sie aus dem Dunkel ins Licht der Scheinwerfer, steht dann hoch aufgerichtet da, wie vom Bergwind umweht. Sie trägt einen bodenlangen, dunklen Rock, eine weiße Bluse, und um die Taille einen breiten Gürtel, mit einer Schnalle vom gleichen Altsilber, aus dem auch die Spange ist, die ihr Haar im Nacken zusammenhält.

Für einen Augenblick schaut sie ein bißchen ängstlich in das Dunkel des Saales hinein, aus dem die Gesichter wie Schemen heraufleuchten. Das Ungeheuer lauert dort, das in diesen Minuten über Auf- oder Niedergang zu entscheiden hat. Es hänge unendlich viel von der Gunst dieses

Publikums ab, hat man ihr gesagt, selbst dann noch, wenn das Preisgericht günstig für sie entscheidet.

Jetzt setzt das Orchester ein, und Agnes kehrt in die Gegenwart zurück. Unendlich zart erklingen die Geigen. Agnes empfindet es so, als sänge der Frühwind durch die Fliederbüsche daheim am Gartenzaun. Dann dreht der Dirigent den Kopf zu ihr her, nickt ihr freundlich zu, als wolle er ihr Mut zusprechen. Für Sekunden noch meint die Agnes, die Kehle sei ihr zugeschnürt. Doch dann perlen schon die ersten Töne aus ihrem Mund. Glockenrein und klar wie eine Quelle singt sie:

„Du bist meines Lebens leuchtendes Ziel,
du gehst durch all meine Tage.
Für dich bring ich Opfer und manchen Verzicht,
ich bitte dich nur – verlasse mich nicht.
Wenn dann im Herbst die Rosen verblühn,
und alle Vögel nach Süden ziehn,
bin ich mit dir ganz alleine im Wald,
bald schneit es dann und wird bitter kalt.
Wir halten uns fest und suchen die Wärme,
in unserm Blickfeld sind vieltausend Sterne,
in unseren Herzen ist Warten und Glühn,
bis dann im Frühling – die Rosen erblühn."

Drei Strophen, und dann jedesmal der Refrain: „Wenn dann im Herbst die Rosen verblühn . . ."

Agnes' Stimme ist so rein und klangvoll, daß sie des Mikrophons gar nicht bedurft hätte. Die letzten Zeilen aber singt sie so zart, daß man meint, man sähe die Rosen aufspringen, im Tau einer Morgenfrühe.

Als sie geendet hat, herrscht für Sekunden Stille. Dann bricht ein Beifall los, wie ihn dieses Haus an diesem Abend noch nicht erlebt hat. Der Orchesterleiter Schenk eilt auf Agnes zu und drückt ihr beide Hände.

„Mädl, du bist eine Offenbarung", sagt er begeistert. „Aber laß dich jetzt bloß nicht verheizen."

Agnes versteht nicht, wie das gemeint ist. Aufgeregt kommt Boyer mit einem Rosenstrauß auf sie zu und küßt ihr die Hand. Und während die Menschen immer noch klatschen, schreien und stampfen, sitzt die Klingermutter da wie erstarrt und schämt sich nicht der Tränen, die auf ihre Hände niedertropfen und auf die Ziegenledertasche.

Was nachher noch kommt, ist nicht mehr von Belang. Wer sich ein bißchen auskennt in der Branche, der weiß, daß dieses blonde Mädel aus den Bergen die andern Bewerber abgeschlagen und das Rennen auf den ersten Anhieb hin gemacht hat. Nicht nur mit ihrer Stimme, sondern auch mit ihrer unbefangenen Natürlichkeit hat sie die Stimmen der Jury gewonnen.

Es dauert fast noch eine Stunde, bis der Saal sich geleert hat und sie ungehindert den blauen Wagen, den Ralf Boyer in die Stadt hineinsteuert, zum Hotel Königshof, besteigen können. Dort sind für die beiden Frauen aus Meiling zwei Einzelzimmer bestellt.

Zuvor sitzen sie an einer weißgedeckten Tafel, sechs Personen, nämlich Agnes mit ihrer Mutter, der Filmregisseur Hübner mit seiner sehr aparten Frau und der Musikverleger und Manager Ralf Boyer mit einer Schwarzhaarigen, die sicherlich nicht seine Frau ist, weil er sie so aufmerksam behandelt.

Der Ober kommt und bringt Speisekarten. Boyer sagt, die Damen aus Meiling sollen nur wählen, wonach es dem Gaumen gelüste. Als Vorspeise vielleicht Austern, Schildkrötensuppe, Fleisch nach Belieben und hernach ein Fürst-Pückler-Eis. Aber wie gesagt, das sei nur ein Vorschlag.

Mit der gleichen Mühe, mit der Agnes vorhin die Mutter hat bewegen müssen, daß sie ihren Hut mit der Bussardfeder im Zimmer zurückließ, muß sie sie jetzt davon überzeugen, daß man in einem so vornehmen Haus keinen schwarzen Preßsack in Essig und Öl mit viel Zwiebel bestellen kann. Hartnäckig besteht die Alte eine Zeitlang darauf, schließlich läßt sie sich dann doch zu einem geschnetzelten Kalbfleisch nach Schweizer Art überreden. Aus Symphatie essen die andern dasselbe, weil Frau Hübner es vorschlägt. Das veranlaßt die Klingermutter, ihrer Tochter ins Ohr zu flüstern:

„Die ist viel netter als die dürre Geiß, die er damals in Meiling dabeig'habt hat."

Während des Essens – man trinkt leichten Rotwein dazu – kommt Boyer auf das Geschäftliche.

„Wir werden dann morgen im Studio gleich die erste Platte aufnehmen. Ich denke dabei an eine Erstauflage von zwanzigtausend."

„Nimm ruhig dreißigtausend", rät die Schwarzhaarige, die Elsa genannt wird.

„Meinst du, Elsa?"

„Bei dem Applaus hast du Bedenken?"

„Ich bin nur vorsichtig bei Anfängern", antwortet Boyer. „Aber du hast recht, unser Lercherl aus Meiling ist glänzend angekommen."

„Wo ist sie ankommen?" fragt die Klingermutter.

„Das ist so die Branchensprache, gnädige Frau."

„Ich bin keine gnädige Frau", wehrt sich die Alte und schaut Herrn Boyer durchdringend an. „Ich bin die Klingerin von Meiling. Und du darfst dir auch die Haar einmal schneiden lassen. Mit den langen Zotzen schaust aus wie ein Zigeuner."

„Mutter", schreit Agnes entsetzt auf.

„Ach, lassen Sie nur", mischt sich Hübner drein. „Ihre Frau Mutter ist ein Original, und ich liebe Menschen, die noch den Mut haben, die Dinge offen zu nennen."

„Bis zu einer gewissen Grenze", sagt Fräulein Elsa, auf deren Wunsch sich Boyer die Haare so lang hat wachsen lassen. Sie ist auch diejenige, die instinktiv die Gefahr ahnt, die von der derbknochigen, rothaarigen Mutter ausgeht.

„Wie ist das eigentlich mit der geschäftlichen Seite?" will ‚das Original' jetzt wissen.

Ralf Boyer ist mit dem Essen fertig, wischt sich mit der Serviette den Mund ab, lehnt sich weit im Stuhl zurück.

„Für den heutigen Abend bekommt Fräulein Agnes, wie ausgemacht, zweitausend Mark, zuzüglich der Reise- und Übernachtungskosten."

„So ein vornehmes Hotel hätt' es gar nicht sein müssen", meint die Klingerin. „Im Gasthaus ‚Zum letzten Pfennig' wär's weit billiger g'wesen. Da hätt' ich auch einen schwarzen Preßsack kriegt. Aber daß wir weiter reden. Wie ist es dann mit den Schallplatten? Da kriegt sie doch auch was?"

„Natürlich. Prozentuale Beteiligung. Ich werde das mit Fräulein Agnes morgen noch alles genau besprechen."

„Nix da", begehrt die Klingerin auf. „Die Agnes ist

noch nicht volljährig. Die könnt ihr leicht übers Ohr hauen. Da muß ein Vertrag aufgesetzt werden, und den unterschreib dann ich. Aber da möcht ich mich vorher noch bei einem Advokaten erkundigen."

„Siehst du?" sagt Fräulein Elsa und nickt Herrn Boyer bedeutungsvoll zu, als möchte sie noch hinzufügen: Ich hab dir ja gleich gesagt, die Alte ist mit Vorsicht zu genießen.

Herr Hübner ist es, der das Thema abrupt wechselt und eine allgemeine Unterhaltung anstrebt. Er schwärmt noch immer von jener Hochzeit in Meiling und läßt auch ganz unverhohlen durchblicken, daß er es schließlich gewesen ist, der das ‚Lercherl von Meiling' zuerst entdeckt und dann ihn, den Freund, aufmerksam gemacht habe.

„Wic oft hast du mir das schon gesagt? Spielst du vielleicht auf Prozente an?" fragt Boyer.

„Nein, ich wollte nur sagen, daß ich ein Gespür habe für Talente. Ich hab auch schon darüber nachgedacht, ob du Fräulein Agnes nicht auf Nostalgie trimmen solltest."

„Was ist Nostalgie?" fragt die Klingerin, die schon wieder was Unredliches wittert.

„Mein Gott, wie soll man das übersetzen? Nostalgie ist soviel wie Heimweh – Sehnsucht . . ."

„Heimweh hab ich jetzt bloß mehr nach einem guten Bett", lacht die Klingermutter, die den Wein schon ein bißchen spürt. „Komm, Agnes, sag schön Vergeltsgott für's gute Essen, und dann gehn wir schlafen."

Ein bißchen verdutzt bleiben die andern vier zurück, bis Hübner in ein schallendes Lachen ausbricht . . .

„Ich kann mir nicht helfen, mir gefällt die Alte. Herb aber ehrlich."

„Mir nicht", antwortet Fräulein Elsa. „Mit der wird es noch eine harte Nuß zu knacken geben. Trotzdem trinken wir jetzt noch eine Flasche Krimsekt auf den Erfolg des heutigen Abends."

*

Adam und Monika benehmen sich so in ihrem späten Glück, als hätten sie im Gutsein zueinander all die verlorengegangenen Jahre nachzuholen. Gar manche Frau hätte glühender Neid erfaßt, wenn sie hätte sehen können, wie besorgt Adam um seine Ehegattin Monika bemüht ist. Er läßt sie nichts Schweres heben, er läuft sofort um einen Schal für ihre Schultern, wenn sie auf der Hausbank sitzen und der Abendwind aufkommt, denn – wie leicht könnte sie sich erkälten. Und die Monika rennt gleich, einen kühlen Trunk zu holen für ihren Adam, wenn sie meint, er könne Durst haben. Und sie kommt schon mit den Filzpantoffeln, kaum daß er die schweren Schuhe abgestreift hat. Zuweilen macht der Adam Sprüche wie ein Junger und daß er mit seiner ‚Rippe' schon noch Hochzeit zu halten verstehe. Rippe sagt er deshalb, weil sie ja der liebe Gott aus den seinen genommen habe, um sie daraus zu formen. Die Monika ist nicht weniger mundfertig als er und sagt darauf:

„Aber stell dir vor, wenn ein Hund gekommen und mit der Rippe der Eva durchgebrannt wär – dann gäb es keine Frauen auf der Welt, und die Mannsbilder würden sich dann schon umschaun, wie sie mit dem Leben zurechtkämen."

In Wirklichkeit ist das, was sie so Liebe nennen, nichts anderes mehr, als eine durch Gesetz und vor dem Altar sanktionierte Freundschaft. Eine tiefe und ehrliche Zuneigung zueinander, eine große Güte, die durch nichts mehr aufzuheben ist.

Seit acht Tagen sind sie jetzt auf der Alm. Der Troggler hat Verständnis dafür gehabt, als ihm die beiden sagten, daß sie gerne vier Wochen Urlaub machen wollten, da oben auf der Alm. In Wirklichkeit fühlen sie sich auf dem Hof überflüssig, denn der Troggler hat wieder zwei neue Maschinen angeschafft, und die Ernte ist im Nu eingebracht gewesen. So ist das Leben der zwei alten Leute ein wenig aus der Ordnung geraten. Sie sind mit der Arbeit groß und alt geworden, und es kann doch niemand von ihnen verlangen, daß sie auf der Hausbank sitzen, Däumchen drehen und den Wolken nachsehen, wenn sie über die Berge ziehen.

Nicht Urlaub wollen sie machen auf der Alm, sondern sich beschäftigen. So wie Kinder ein Spielzeug brauchen, um die Zeit damit auszufüllen, so brauchen sie einfach ihre Arbeit, eine Aufgabe, die sie mit Zufriedenheit erfüllt. Sie haben erkannt, daß das Nichtstun im Rentenalter zu einem raschen Verfall der geistigen und körperlichen Kräfte führt. Der Staat zahlt ihnen eine kleine Rente, jawohl, dafür haben sie einbezahlt, wenn auch nicht viel, aber immerhin darf man den Staat auch um das Wenige nicht aus seiner Verpflichtung entlassen, indem man bald stirbt.

Wenn einer jetzt hätte Urlaub machen und faulenzen wollen, dann wäre es Kilian gewesen, denn die Monika kocht und räumt die Hütte auf. Sie wäscht und bügelt, und wenn es sein mußte, würde sie auch die Kühe melken. Der

Adam geht in den Wald und sucht Pilze und erzählt dann mit Augenzwinkern dem Kilian, wo er einen guten Bock habe wechseln sehn. Eines Tages packt er dann alles, was an kleinen Schnitzwerken so herumliegt, in einen Rucksack und wandert damit drei Stunden über Berge und Wälder bis zu einem kleinen Kurort am See. Dort verkauft er sie, ohne viel zu werben, in einem Andenkenladen, das Stück für vier Mark. Bei hundertfünfzig Stück sind das sechshundert Mark. Aber Kilian freut sich darüber gar nicht so sehr. Er schenkt einen Hunderter gleich den alten Leuten und schüttelt den Kopf, als Adam fragt, ob er davon nicht noch mehr schnitzen möchte.

Nein, Kilian schnitzt nichts mehr. Er hat die Lust daran verloren. Er hat sich etwas anderem hingegeben, etwas Gefährlicherem, das ihn aber wie ein Rausch erfaßt hat. Zuerst hat er es mit der Angst zu tun gekriegt, aber beim dritten Rehbock, den er gewildert hat, ist die Anfängerangst verflogen und nur der Rausch ist geblieben. Ein Nervenkitzel, den er braucht, weil sein Herz in große Unruhe geraten ist.

Monika hat ihm nämlich einige Zeitungsausschnitte mit heraufgebracht, in denen von einem Mädchen die Rede ist, das auf dem besten Wege sei, sich mit ihrer Stimme die Welt zu erobern. Es will ihm überhaupt nicht gefallen, daß sein Mädchen, die Agnes Klinger (ist sie überhaupt noch sein Mädchen?), daß dieses Mädchen jetzt Agi Kling heißt. In einem Artikel wird sie gleich gar ‚Das Lercherl vom Walchensee' genannt, obwohl der Walchensee drei Stunden Wegstrecke von Meiling entfernt liegt und die Agnes in ihrem Leben höchstens dreimal hingekommen sein dürfte. Aber diese Artikelschreiber nehmen es mit der Wahrheit anscheinend nicht sehr genau und rühren bedenkenlos die Reklametrommel. Es macht sein Herz natürlich schwer und unruhig, wenn er lesen muß:

„Dieses ‚Lercherl vom Walchensee' ist nicht nur ein Wunderkind, sondern schon eher ein Gnadenkind."

So eine Beweihräucherung kann nicht gut sein für einen jungen Menschen, und vielleicht hat diese Beweihräucherung die Agnes schon vergessen lassen, daß sie einander in glühender Liebe verbunden waren. Was muß sie sich denn aufmachen, die Welt zu erobern, wenn sie ihn schon erobert hat?

Nein, etwas stimmt da nicht mehr. Man darf einen Menschen nicht zu verwandeln suchen, es sei denn, er ließe sich selber gern verwandeln und öffnete Ohr und Herz für die trügerischen Schalmeienklänge.

Die Unruhe frißt an ihm, er wird mager in diesen Wochen, Angst, Kummer und Eifersucht zehren an ihm, und auch sonst liegt eine große Unrast in seinem Blut. Er ist vollends zum Mann geworden, und es ist nicht der Sinn der Liebe, daß man ein Mädchen nur von ferne ersehnt. Und wenn die Agnes ihr Leben so vollständig verändert hat oder allem Anschein nach noch ändern will, warum kommt sie dann nicht und bespricht die Dinge mit ihm? Er gehört doch zu ihrem Leben, und sie kann ihn doch nicht einfach wegschieben. Sie haben soviel von einer gemeinsamen Zukunft gesprochen. Und jetzt plötzlich diese Leere, dieses Nichtwissen. Sie kommt nicht auf den Berg, da muß also der Berg zu ihr. Adam und Monika sind da, er kann jetzt leicht abkommen, ohne daß dadurch ein Schaden in der Almwirtschaft entsteht. Er redet mit Adam:

„Meinst du, Adam, daß ihr zurechtkommt, wenn ich einmal auf ein paar Tage verschwinde?"

Der Alte lächelt ihn verständnisinnig an und zwickt dabei das linke Auge zu.

„Übertreib's nur nicht, Kilian. Im Keller liegt ja noch der Bock von gestern."

„Der wird heut' abgeholt. Wild interessiert mich im Augenblick nicht. Ich muß ganz einfach einmal nunter ins Tal, muß mit der Agnes reden."

Drastischer, als Kilian es vorhin gedacht hat, spricht es Adam aus:

„Ah, ich versteh. Wenn die Geiß nicht zum Bock kommt, muß der Bock . . ."

„Adam!" ruft die Monika warnend, die unverhofft dazugekommen ist. „Halt dein ungewaschnes Maul."

„Was denn, was denn? Was hab ich denn schon wieder Unrechtes g'sagt? Der Bub muß ins Dorf, das hat er g'sagt und . . ."

„Recht hast, Kilian", lobt die Monika. „So ein Madl, um die es jetzt zugeht, als wenn sie das große Los gezog'n hätt', die darf man nicht so lang alleinlass'n."

„Dich auch nicht", sagt Adam.

„Geh, wer will denn von mir schon noch etwas, wo du dich schon so lang hast b'sinnen müssen, daß ich eine Partie bin."

„Oh, sag das nicht. Wie kürzlich der Lärchenbauer Sepp da war, der hat dir Aug'n hing'macht wie ein abg'stochenes Kaibl. Aber das sag ich dir, Moni, wenn du mir einmal aus der Schnur gehst, dann schneid ich dir die Haar ab bis auf die Wurzl'n."

„Und wenn du eine andere anschaust, dann tät ich dir die Ohrwascheln langziehen, bis . . . bis . . .“

„Ihr habt ja fromme Wünsche füreinander“, lacht Kilian, der sich immer wieder köstlich amüsiert, wenn die zwei sich in ihrer tolpatschigen Verliebtheit so lustige Redeschlachten liefern. Keines meint es dabei ernst, denn in ihren Augen sitzt der Schalk und das staunende Fragen: Warum bloß haben wir zwei so lang gewartet, bis wir gewußt haben, daß auch die Armen die Krone der Liebe tragen können? Gott hat doch die Liebe für alle geschaffen, für die Herrschenden und für die Dienenden, für die Dienenden vielleicht noch mehr, weil sie vom Glanz des Lebens doch immer nur ein Zipfelchen oder gar nichts erhaschen können.

*

Kilian machte am andern Morgen einen ziemlich großen Umweg um das Dorf Meiling, um erst in Gögglhofen in den Omnibus zu steigen, der ihn in die Kreisstadt bringen soll. Auf einer Lichtung im Wald bleibt er stehen und schaut hinunter auf sein Heimatdorf. Wie ein silbernes Band schlängelt sich die Lindlach durch Häuser und Höfe dahin, um dann hinter der Gerhammühle, die sie treibt, freien Lauf über Wiesen und Felder hin zu bekommen. Von der Sonne umflossen liegt der Weiler Gröd auf der andern Höhe drüben. Dann sucht sein Auge am Dorfeingang das Klingerhäusl. Nichts rührt sich dort, nur zwischen zwei Birnbäumen flattern ein paar bunte Wäschestücke an einer Leine. Man sieht, wenn auch etwas undeutlich, schon auf mehreren Hausdächern diese eigenartigen

Eisengestänge, die die Welt in die Stuben zaubern. Immer mehr Bauern scheinen zum Besitzer eines Fernsehers zu werden.

Auf der andern Seite, gegen Süden hin, liegt hinter einem Kahlschlag das Herrengut Martinsberg in der Tiefe. Breit dehnen sich die verschieden Bauten um das stattliche Herrenhaus aus, hinter dem sich die grüne Wölbung eines Parkes fast bis zum Bergwald hinzieht. Der Frühwind geht bereits über die Stoppelfelder der Getreideäcker. Nur ein paar Streifen Wintergerste stehen noch und Hafer.

Kilian erreicht gerade noch in Gögglhofen den Omnibus, der ihn nach anderthalb Stunden Fahrzeit in die Kreisstadt bringt, wo heute Markttag ist. Auf dem Platz vor dem Rathaus haben Bäuerinnen ihre Stände aufgeschlagen, bieten Eier und Butter, Gemüse und Obst aus ihrem Garten an. Darunter hat auch ein Metzger seinen Stand aufgeschlagen, wo er warme Würstchen mit Kraut oder Senf verkauft.

Ein wunderbares Gefühl des Freiseins, des Losgelöstseins aus dem Kreis eiserner Verpflichtungen überkommt Kilian. Menschen sind um ihn, so viele Menschen. Er läßt sich schieben und drängen, und es kommt ihm erstmals zu Bewußtsein, daß jeder Mensch ein anderes Gesicht hat. Offene Gesichter sieht er und verschlossene, fröhliche und von Kummer und Leid gezeichnete. Aber mögen es auch tausend Gesichter sein, so gleicht doch keines dem Gesicht seines Mädchens Agnes. Über ein Vierteljahr hat er sie jetzt nicht mehr gesehen, und jeder Psychologe müßte ihm sagen, daß es sträflicher Leichtsinn sei, ein schönes Mädchen so lange alleinzulassen.

Er ißt im Ratskeller zu Mittag, recht nobel sogar, und die Bedienung kann es beim Bezahlen sehn, daß seine Brieftasche mit Scheinen gespickt ist. Ein hübsches Ding übrigens, das man Laura ruft und das sich gar keinen Zwang antut, zärtliche Blicke an diesen Bauernburschen zu verschenken, um den der Ruch des Berges zu wehen scheint, und der so braungebrannt ist wie ein junger Araberscheich aus dem Libanon. Kilian weiß nur nicht, daß er der Typ ist, auf den Frauen hereinfallen.

„Sind Sie länger in der Stadt?“ fragt sie.

„Nein, nur bis zum Nachmittag.“

„Ich wollte bloß darauf hinweisen, daß wir auch Fremdenzimmer haben.“

„Aber ich fahr doch um fünf Uhr mit dem Omnibus wieder weg.“

„Schade. Ab vier Uhr hätte ich nämlich frei.“

Kilian läßt sich auf ein weiteres Gespräch gar nicht ein. Er ist viel zu schüchtern fremden Frauen gegenüber und begreift gar nicht, daß ihm da ein Apfel gereicht wird.

Der Wochenmarkt ist zu Ende, die Stände sind weggeräumt. Kilian geht durch die breite Hauptstraße mit den großen Schaufenstern, schaut auf die Schätze, die dort ausgebreitet liegen und denkt dabei, daß so manches gar nicht mehr unerreichbar für ihn wäre, denn er hat ja jetzt Geld, mehr, als er in seinem ganzen Leben jemals gehabt hat.

Übermäßig lange steht er vor einer Büchsenhandlung und staunt über die Wunderwerke von Waffen, bis er dann in den Laden geht.

Was der Drilling koste, der mit dem schön ziselierten Schaft.

Der Büchsenhändler nimmt das Gewehr aus dem Schaufenster. Kilian darf es in die Hand nehmen, darf über Kimme und Korn schaun, und es wird ihm ganz warm dabei ums Herz.

„So ein G'wehr, so ein G'wehr", jauchzt es aus seinem Innern heraus.

Ob er denn Jäger sei?

„Nicht direkt, aber gewissermaßen –" Er weiß nicht, wie er seine verbotene Leidenschaft definieren soll. „Was kostet die Büchs eigentlich?"

„Eintausendvierhundertfünfzig."

„Und könnt' ich die gleich mitnehmen?"

„Wenn Sie mir einen Waffenschein vorlegen."

„Ah so, aha." Kilian ist enttäuscht. „Ja, dann muß ich halt schaun, daß ich einen Waffenschein krieg."

„Nach bestandener Jagdprüfung auf Zimmer vierzehn im Landratsamt beim Oberinspektor Gerhammer."

Nicht so umständlich ist es dann für ihn im nächsten Laden, in einem Goldwarengeschäft. Die Verkäuferin himmelt ihn auch gleich mit haselnußbraunen Augen an und legt ihm an Schmuck vor, was sie zu bieten hat und von dem sie meint, daß es der Brieftasche eines Bauernburschen entsprechen könnte.

„Soll es für das Fräulein Braut sein?" fragt sie.

Wer wird denn gleich so neugierig sein, denkt er und antwortet: „Unter Umständen, ja."

„Da hätt' ich ganz was Schönes, dieses Kettchen mit dem Anhänger. Echt Aquamarin."

Kilian aber betrachtet stillschweigend ein goldenes Kettchen mit einem Anhänger dran, ein roter, geschliffener Stein, von winzig kleinen blauen Blumen eingesäumt, die wie ein heller Kranz um die Rundung laufen. Da wär alles beieinander, denkt er. Rot die Liebe und blau die Treue. Er hebt das Ding in die Höhe, daß die Steine in der Sonne ganz lebendig glühn.

„Das gefällt mir", sagt er.

„Kostet allerdings zweihundert Mark."

„Ja und? Haben S' da ein Schachterl dazu?"

„Natürlich, mein Herr." Die Kleine himmelt ihn genauso an wie vorhin das Mädchen im Ratskeller. Bloß daß sie ihm nicht sagt, daß sie um vier Uhr frei hätte. Sie müßte dann allerdings erst das Rot von ihren Fingernägeln wischen und das Blau ihrer Lidschatten entfernen. Das alles stört Kilian, und der hätte am liebsten gefragt, wozu ein so junges Mädchen sich so anmalen muß.

Um halb sieben Uhr aber geht er bereits von Gögglhofen aus in die Richtung zum Gsotlechnerhof, der ziemlich abseits von Meiling in einer Senke liegt, um seine Schwester Marille zu besuchen.

Gleich beim Eintreten sieht er, daß die Marille in gesegneten Umständen ist. Die Marille freut sich ehrlich über den unverhofften Besuch des Bruders, den sie seit ihrer Hochzeit nicht mehr gesehen hat.

„Wieso kommst du unter der Woche von der Alm runter?" fragt sie.

„Der Adam und die Monika sind oben. Jetzt hab ich mir ein paar Tag frei g'nommen."

„Da hast recht, Kilian. Und wie geht es daheim zu?"

„Wenn du nicht mehr weißt als ich?"

„Der Vater kommt manchmal an einem Sonntagnachmittag vorbei. D' Mutter war noch nie da. Tut mir schon ein bißl weh, weißt."

„Kennst ja d' Mutter. Die war allweil schon ein bißl eigen."

„Ja, ich weiß schon. Bleibst über Nacht bei uns?"

„Ich weiß nicht. Kann sein, kann auch nicht sein", weicht Kilian aus.

Am Abend sitzen sie dann lange beieinander. Kilian kann gar nicht verstehn, daß sich in so kurzer Zeit eine solche Menge Neuigkeiten ansammeln können. Wenn sein Bruder Urban einmal wöchentlich auf die Alm kommt, um die Käse- und Buttererträgnisse abzuholen, ist er so wortkarg wie immer und läßt bereits den zukünftigen Bauern erkennen.

Ja, viel ist geschehen in den Monaten, in denen die Sonne unbarmherzig auf das Land niedergebrannt hat, von gelegentlichen Gewittern unterbrochen und mit höchstens einem Tag nachfolgendem Regen.

Die Hanneder-Schwestern sind durch Baugrundverkauf jede zu einem Zweifamilienhaus gekommen und dadurch auch zu einem Mann. Die Häuser sind zwar noch nicht ganz fertig, aber die Hochzeiten sind schon beschlossen. Die Witwe Kargl geht kaum mehr aus dem Haus, weil sie sich schämt, nach nur drei Monaten Witwenstand in gute Hoffnung gekommen zu sein, in einem Alter, in dem sonst eine Frau schon zu blühen aufgehört hat, und von einem Mann, dessen Aufenthalt sie nicht mehr erfahren kann. Die Daxbichlerin hat Drillinge bekommen, und der Werner Hausl ist im Rausch mit seinem Rad in die hochgehende Lindlach gestürzt und ertrunken. In mehreren Bauernhöfen und den meisten Privathäusern haben sie jetzt schon einen Fernsehapparat. Beim Gsotlechner denken sie auch daran, sich so einen Kasten zuzulegen, obwohl die Ehe noch jung ist und man sich normalerweise schon noch was zu sagen hätte. Aber da ist es der alte Gsotlechner, der an einem Fernseher interessiert ist, seit er beim Lugauer drüben ferngesehen und dabei viel schöne Haxerl bis weit übers Knie hinaus gesehen hat, und auch sonst noch mancherlei Unbekleidetes. „Mein lieber Schwan“, hat er dabei geseufzt. „Da sieht man erst, was man daheim für ein Graffl hat.“

Am Südhang des Globenhanges baut ein bekannter Filmschauspieler einen Bungalow für 300000 Mark, und es geht auch die Rede davon, daß der Volkmar von Sallern auf der Spielbank in Wiessee 50000 Mark in einer Nacht verspielt hat.

Dann fällt es der alten Gsotlechnerin plötzlich ein. Und sie erschrickt fast, weil es ihr so spät einfällt.

„Was sagst denn überhaupt zur Klinger Agnes? Da, mein ich, bist jetzt abgemeldet. Wär ja auch kein Wunder, wie es um die jetzt zugeht.“

Kilian ist blaß geworden. Aber er will nicht zeigen, wie sehr er erschrocken ist. Er sieht nur reihum in die Gesichter, als wolle er feststellen, wieviel Schadenfreude da mitspielt.

„Die Monika hat mir ein paar Zeitungsausschnitte auf die Alm mitgebracht“, sagt er dann.

Der Gsotlechner schnupft ausgiebig und hörbar, dann sagt er:

„Mußt dir denk'n, Kilian, wegen einer Staud'n verreckt kei' Geiß.“

„Und eine andere Mutter hat auch ein schönes Kind“, fügt die Gsotlechnerin hinzu.

Der Schwager Martin wiederum meldet Zweifel an, ob Kilian dieser Agnes überhaupt so nahe gestanden habe, wie die Leute reden.

„So? Was reden denn die Leute? Die Leut' reden viel, aber wissen muß ich's allein." Er weiß gar nichts, aber es wird jetzt Zeit, daß er aufwacht und sich verteidigt.

„Ehrlich g'sagt", mischt sich die Gsotlechnerin wieder drein, „verstehn hab ich das nie können, wie du auf die reinfallen konntest. Die Agnes wär doch nie die Richtige für dich g'wesen. Der warst du bloß gut g'nug, bis andere kommen sind. Feine Herrn, reiche Herrn. Da hat sie die Flügl g'spreizt und ist davong'flogen. Und die Alte hat die Flügl fleißig mitglupft. Kaum daß die beiden noch einmal daheim sind."

„Gestern hab ich sie g'sehn", weiß Martin zu berichten. „Wie ich in die Mühl g'fahrn bin, da sind s' mir begegnet. Die Agnes nobel angezog'n, und die alte mit ihrer Bussardfeder . . ."

„Für dich, Kilian", spinnt die Gsotlechnerin ihren Faden weiter, „für dich ist ganz was anderes passend. Kennst die Wesslinger Rosl von Vatersberg? Das wär ein Mädl für dich. Das einzige Dirndl beim Wesslinger, seit der Bub vor drei Jahren mit dem Motorrad verunglückt ist. Da kannst einheiraten, dann bist ein g'machter Mann in jungen Jahren schon."

„Woher weißt denn du, daß ich ein g'machter Mann sein will?" fragt Kilian leicht gereizt. Man will ihn scheinbar hier mit Gewalt verkuppeln. In seinem Kopf schwirrt es durcheinander von all dem Gerede. Die Gsotlechnerin ist als Ratschen bekannt, und man sagt von ihr, daß sie das Gras wachsen höre.

Draußen ist schon die Nacht über das Land gefallen. Die Marille fragt abermals, ob er denn nicht doch zur Nacht hierbleiben wolle, dann richte sie das Bett her.

Nein, auf keinen Fall. Er werde sich auf den Weg machen und doch noch auf die Alm hinaufsteigen. „Der Mond ist ja fast voll, so daß ich guten Weg hab durch den Wald." Er bedankt sich noch für Speise und Trank, wünscht vor allem der Marille eine gute Zeit. Dann tritt er in die Nacht hinaus, die tatsächlich so hell ist, daß man auf der Straße Zeitung lesen könnte.

*

Ein paar Stunden früher.

Der Urban ist – es war dies erst zwei Tage später vorgesehen gewesen – mit dem Fuhrwerk von der Alm heimgekommen. Er schirrt den Gaul aus und trägt die Käse- und Butterballen ins Kühlhaus. Als er in den Stall zurückkommt, schüttet der Troggler den Gäulen gerade etwas Hafer mit feinem Häcksel vermischt vor.

„Wie geht's droben auf der Alm?" fragt er den Urban. „Alles in Ordnung?"

„Soweit schon. Ist ja der Adam und die Monika drob'n. Mein netter Herr Bruder allerdings macht ein paar Tag Urlaub."

„Waaas?"

„Heut früh ist er fort und will morgen wiederkommen, wenn's g'wiß ist."

„Es wird g'wiß sein", sagt der Troggler. Seine Stirn ist zwar gefurcht, aber Urban wartet vergeblich auf einen Zornausbruch. Der Troggler macht sich seinen Reim für sich allein. Auch er ist einmal jung gewesen, hat auch einige Almsommer erlebt und weiß um die Nöte des jungen Blutes.

Urban hat nicht ganz erreicht, was er erreichen wollte. Erst später, nach dem Abendessen, als die Jungmagd abgeräumt hat und sie nur mehr zu dritt in der Stube sind, nimmt Urban einen zweiten Anlauf. Zuerst putzt er umständlich seine kurze Pfeife, füllt sie und zündet sie an. Dann druckst er ein bißchen umeinander, bis der Troggler ungeduldig von seiner Zeitung aufschaut.

„Druck doch nicht so umeinander. Du hast doch noch was! Ich kenn dich doch."

„Bei uns ist nicht gut was sagen, weil's sonst gleich wieder heißt, ich wollte gegen meinen Bruder hetzen. Aber heut hab ich was g'sehn, das unbedingt g'sagt werden muß, bevor was Dummes rauskommt."

Die Trogglerin spritzt am Ofentischchen hinten Wäsche ein und rollt sie zusammen. Jetzt hebt sie den Kopf.

„Was soll das heiß'n?"

„Im Keller, auf der Alm drob'n, da liegt ein Reh."

Nun ist der Troggler doch aus seiner Ruhe aufgeschreckt. Er schiebt sich hinter dem Tisch hervor und stellt sich vor den Urban hin.

„Jetzt geht grad noch ab, du sagst, der Kilian hätt' gewildert."

„Ich fürcht' fast, Vater, daß es so ist."

„Aber beweisen kannst es nicht?"

„Der Adam wüßt es sicher, aber aus dem bringt man ja nix raus."

„Das darf nicht wahr sein!" schreit die Trogglerin auf. Sie lehnt am Ofen, hat die Hände über der Brust ineinandergekrallt und ist kalkweiß im Gesicht. „Wie käm denn der Kilian bloß drauf, daß er wildern müßt?"

Niemand findet die Antwort auf ihre bange Frage. Eine drückende Stille macht sich breit, nur die Uhr holt zum Stundenschlag aus. Und als er vorbei ist, sagt der Troggler mit seltsamer Betonung:

„Das kann vielleicht Vererbung sein."

„Schmarrn!" schreit die Frau auf. „Soviel ich weiß, hast du nie gewildert, und von meiner Seite aus weiß ich auch nichts. Mein Vater nicht und meine Brüder erst recht nicht."

Der Troggler schweigt wieder eine Weile. Aber Frau Margret weiß, daß sich hinter seiner Stirn wieder etwas sammelt. Da kann wieder ein Schlag draus werden. Und da ist er auch schon. Mit lächelnder Ruhe sagt der Troggler und schaut dabei unentwegt seine Frau an:

„Es muß ja nicht unbedingt Wildererblut sein, das in so einem jungen Kerl steckt. Da kann ja auch – von irgendwoher – ein Tropfen Jägerblut drin sein."

Ihr Blick kreuzt sich mit dem seinen, die Angst flackert in ihren Augen, die ganz eng werden, sich für Sekunden schließen. Ihr Atem geht schwer, die Wangen sind eingefallen. Sie fühlt sich schwach und meint, daß sie sich niedersetzen müßte, wagt es aber nicht, lehnt sich nur fester an den Ofen. Wie von weit her hört sie des Trogglers Stimme:

„Ist dir was, Margret?"

Nichts Spöttisches ist in seiner Frage. Sie klingt eher besorgt, und als sie ihn wieder ansieht, ist nichts in seinem Gesicht, das etwas verraten könnte.

„Nein, mir ist nichts. Ich bin nur so erschrocken. Wie kommt der Kilian bloß – ich meine, wenn es einmal ein Unglück gibt."

„Noch wissen wir ja nichts Genaues. Wer weiß, wieso das Reh in den Keller kommt."

„Morgen weiß ich es", sagt die Trogglerin entschlossen. „Ich werde auf die Alm gehn. Und mir wird er, mir muß er die Wahrheit sagen."

„Dann frag ihn auch gleich, wo er sich heut rumgetrieben hat", sagt Urban. „Er ist heut nämlich nicht dagewesen."

„Mußt denn du allweil hetzen?" fährt ihn der Troggler an.

Die Mutter will fragen, wieso und warum, aber der Troggler schneidet jeden weiteren Diskurs ab.

„Ich will nichts mehr hör'n jetzt. Ist ja auch schon Schlafenszeit."

Wenig später wird es im Haus finster.

*

Das Licht einer Glühbirne fällt aus dem geöffneten Stubenfenster im Klingerhäusel und liegt hell über den Beeten des Pflanzgartens. Es huscht auch über die Blätter eines Holunderbusches noch hin, über die sowieso schon das Silberlicht des Mondes tropft.

Kilian ist von der Straße aus unter diesen Holunderbusch getreten, und schaut hinein. Er sieht nur die Klingermutter, die in der Stube hin und her geht, da und dort etwas ordnet und sich dann an den Tisch setzt und einen

Packen Papiere in die Hand nimmt, in denen sie zu lesen beginnt.

Von Agnes ist nichts zu sehen. Ist sie vielleicht schon schlafen gegangen? Wenn er sich etwas vorbeugt, kann er die Kuckucksuhr an der Wand sehen. Es ist bald neun Uhr.

Er tritt aus dem Schatten des Busches und beugt sich mit den Ellbogen über das Fensterbrett.

Die Klingerin erschrickt nicht, als da plötzlich ein Mannsbild zum Fenster hereinschaut; es ist ja der Kilian. Deshalb die rasche Frage:

„Wo hast du denn die Agnes?"

„Ich weiß nicht. Ist sie denn nicht da?"

„Die Agnes ist heut vormittag zu dir auf die Alm nauf."

„Verflixt und zug'näht! Und grad heut war ich nicht oben."

„Komm einmal rein."

Kilian sieht sogleich den Fernsehapparat in der Ecke. Darauf stehen einige Bilder in schönen Rahmen, mit Widmungen.

„Das braucht dich überhaupt nicht stör'n", sagt die Klingermutter, als sie Kilians finstere Miene sieht. „Das ist üblich in unseren Kreisen (sie sagt wirklich ‚in unseren Kreisen'), daß man sich gegenseitig Bilder schenkt."

„Und was schenkt man sich sonst noch alles?" fragte er und kann Angst und Hohn nicht ganz verbergen.

„Dummkopf", läßt die Klingerin ihre dunkle, rauhe Stimme rollen, deretwegen man sie in diesen ‚unseren Kreisen' die Adele Sandrock nennt. „Ich laß sie doch keinen Schritt allein, hüte sie wie meinen Augenapfel. Aber du mußt dich einfach damit abfinden, daß es mit unserer

Agnes steil aufwärts gegangen ist. Heut sind wir da und morgen dort. Jetzt können wir Gottseidank einmal eine Woche ausspannen. Am Montag aber müssen wir schon wieder in Düsseldorf sein. Und überall volle Häuser."

„Und Geld wie Heu", höhnt er wieder.

„Bloß nicht so lang. Aber die Agnes wird dir schon alles erzählen und wird dich auch fragen, warum du auf keinen ihrer Briefe geantwortet hast."

Kilian starrt sie an, als habe ihm jemand erklärt, daß er morgen zu sterben hätte.

„Briefe sagst du? Ich hab von Agnes nichts mehr g'hört und g'sehn, seit ich auf der Alm bin. Drum bin ich doch heut runter, weil ich's nimmer ausgehalten hab."

„Aber sie hat dir g'schriebn, das weiß ich g'wiß. Den letzten Brief hab ich sogar selber aufgegeben in Stuttgart und hab ihn einschreiben lassen."

„Das versteh ich nicht."

„Du wirst noch viel nicht verstehen, Kilian. Aber ich muß dich warnen. Versuch es nicht, die Agnes von ihrem jetzigen Weg abzubringen. Den Höhenflug darf man nicht stören. Die Fernsehleut aus Luxemburg haben kürzlich g'sagt, die Agi Kling ist eine Institution geworden, und man könne an dem jungen Star nimmer vorbeigehen."

Kilian kann das überspannte Gerede der Alten nicht mehr anhören. Die Klingerin scheint ja schon übergeschnappt zu sein. In Wirklichkeit aber ist es nur ein bis zur Ekstase gesteigerter Mutterstolz, der sie so reden läßt. Am liebsten wäre sie ja in alle Bauernhäuser gerannt, auch in jene, für die sie früher gewaschen und gebügelt hat, und hätte die Zeitungsausschnitte und Illustrierten hergezeigt, damit sie wußten, was über das ‚Lercherl vom Walchensee' alles geschrieben wurde.

Kann man ihr das verdenken? Sie hatten zu lange im Schatten gelebt. Nun ist der Glanz da, den man nützen muß, ehe er wieder erlischt. Um nie mehr in Existenzschwierigkeiten zu geraten, in denen sich, so wird wenigstens im Dorf gemunkelt, derzeit der Martinsberger befindet. Ja, gemunkelt wird davon, ohne daß jemand etwas Genaues weiß. Merkwürdigerweise aber ist die Klingerin darüber gut informiert.

*

Schweigend liegt die Almhütte im Mondlicht. Es ist so still ringsum, daß man das Schnaufen und Keuchen des Menschen hört, der sich soeben mit letzter Kraft über das Almgatter schwingt und dann erschöpft eine Weile liegen bleibt.

Den Fünfstundenweg hat Kilian in drei Stunden geschafft, indem er Abstecher nützte und alles bezwang, was sonst einen Umweg bedeutet hätte.

Jetzt hat er ausgeatmet, steht auf und wischt sich den Schweiß von der Stirn. Nun hört er das Wasser im Brunnen rauschen, der Mond macht den Strahl aus dem Rohr zu einem Silberband, und die Konturen der Hütte treten in seinem Licht ganz deutlich hervor. Auch das kleine Fenster, hinter dem seine Kammer liegt, mit nichts ausgestattet als einem Strohsackbett, einem Tisch mit Bank und einer Truhe. Noch wagt er es kaum zu hoffen, daß Agnes sich dort drinnen zum Schlafen niedergelegt hat. Es wäre ja zum Verzweifeln, wenn sie, weil er nicht dagewesen ist, den Weg wieder nach unten genommen hätte und sie aneinander vorbeigelaufen wären.

Der Adam und die Monika, die schlafen oben im Heu auf den Matratzenlagern, die für eventuelle Touristen zur Verfügung stehen. Bloß kommen nur noch ganz selten welche. Man bevorzugt heute eben den Komfort.

Schon als er die Hütte betritt, sieht er, daß die Tür seiner Kammer weit offen steht. Ein breiter Streifen Mondlicht liegt quer über dem Bretterboden, wie ein Läufer aus Silberfäden.

Er hört ihre tiefen Atemzüge. Ihr seitwärts geneigtes Gesicht ist vom Mondlicht beglänzt, und auch der nackte rechte Arm, der über die Bettstatt herunterhängt. Das Lager ist niedrig und schmal, als hätte es der Geiz gebaut, die Armut.

Kilian steht unter der Tür und nimmt mit seinem Schatten das Mondlicht aus ihrem Gesicht.

„Agnes", flüstert er und kann es immer noch nicht fassen, daß sie da ist, daß es kein Traum ist, was er nun erlebt. Ganz nah tritt er heran, beugt sich über ihr Gesicht und sagt immer wieder halblaut ihren Namen, bis der erste Schimmer des Erwachens über ihr Gesicht geht und sie langsam die Augen öffnet. Nun erkennt sie, daß sie nicht träumt. Sie weiß, was nun geschehen wird.

„Da bist du ja endlich", sagt sie mit noch schlaftrunkener Stimme und tastet sich mit den Händen an seinen Joppenärmeln hoch, bis sie sein Gesicht umschließen kann, um es niederzuziehn an das ihre. „Komm", sagt sie dann mit jener Demut, die nichts fordert, sondern nur bittet, daß er nicht falsch verstehen möge, was ihr Herz jetzt so ungestüm schlagen, Lippen und Hände zittern läßt.

Und sie rückt ganz zur Seite, damit auch Kilian noch Platz hat auf dem kargen Lager. Sie sprechen dann lange nichts, nicht einmal von ihrer Liebe, gerade als ob sie Angst hätten vor dem Jubel dieser Stunde, nach der sich ihre Herzen und Körper gesehnt haben.

Nun ist sie da, so wie das Mondlicht da ist und der Schatten des Fensterkreuzes, der auf dem Boden liegt, sie ist da, wie ihre Jugend da ist und der Wunsch des gegenseitigen Schenkens.

Eine zärtliche Weise geht wie Engelsingen über das Schindeldach der Hütte. Aber das kann doch noch nicht der Morgenwind sein? Denn dann würde das Mondlicht schon erbleichen und der Schatten des Fensterkreuzes auf dem Boden weggehen. Es ist zwar längst Mitternacht vorbei, aber die Amsel hat noch nicht geschlagen, und die weckt ihn doch jeden Morgen, kaum daß es zu grauen begonnen hat.

Und so haben sie dann Zeit zu reden über alles, was sie bewegt. Schulter an Schulter gelehnt sitzen sie nun aufrecht, und damit die Rückwand nicht so hart ist, hat Kilian seinen Arm um die Schulterblätter der Agnes gelegt. Vor allem reden sie von den Briefen, die geschrieben und nicht empfangen worden sind.

„Sechs Briefe sind es gewesen", sagt Agnes, „und nie eine Antwort. Du weißt vielleicht nicht, Kilian, wie weh das tut, wenn dann die Zweifel kommen, und man zu glaub'n anfängt, daß man vergessen word'n ist."

„Wie hätt' ich dich denn vergessen können! Du kennst mich doch, wie ich bin. Wohin hast denn die Brief' adressiert?"

„Zu dir heim halt. An Kilian März, Trogglerhof, Post Meiling. Ein Brief könnt' ja einmal verloren gehn, aber sechs? Der letzte war sogar eingeschrieben. Meinst du, Kilian, daß sie jemand unterschlagen und gelesen hat?"

„Natürlich."

„Dein Vater vielleicht?"

Kilian schüttelt den Kopf und spürt den Zorn, der ihn überwältigen will.

„Das war die Mutter. Ich kenne sie."

Erschrocken schlägt Agnes die Hände vors Gesicht.

„Um Gotteswillen! Und ich hab soviel Glühendes hineingeschrieben und soviel von meiner Angst, daß du mir verloren gehen könntest. Aber Glut und Angst, das war alles nur für dich bestimmt, für dein Herz."

„Das wird ihr nicht geschenkt", preßt Kilian zwischen den Zähnen hervor. „Die meint immer noch, ich wär' ein kleiner Bub. Das werd' ich ihr aber einmal ganz klar machen, daß dem nimmer so ist."

„Nein, sag bittschön nix, Kilian. In Zukunft werd' ich dir postlagernd schreiben."

„Wenn überhaupt geschrieb'n werden muß."

Agnes weiß sofort, wie das gemeint ist. Sie hat diese Angst immer in sich getragen, sie war sogar in dem kurzen Traum dieser Nacht. Die große Aussprache muß jetzt kommen, und vielleicht wäre es besser gewesen, wenn sie vor ihrer Hochzeit stattgefunden hätte, die vielleicht Gott versteht, die Menschen aber verdammen würden.

Kilian merkt nach ihren ersten Sätzen schon, daß eine andere Agnes zu ihm gekommen ist, als er sie bisher gekannt hat. Der Wind der großen Welt hat sie umweht, sie ist gereift. Er ist nur froh, daß sie nicht so überspannt daherredet wie ihre Mutter. Sie spricht von der Kunst und ihrer Schönheit so klar und eindringlich, daß er sie verstehen muß.

„Der liebe Gott, der mir die Liebe zu dir ins Herz gelegt hat, lieber Kilian, der wird doch wohl auch gewußt haben, warum er mir diese Stimme geschenkt hat. Doch nicht bloß, damit ich in meiner Kammer so für mich hinsinge, sondern daß ich damit die Menschen erfreue. Es gibt nichts Schöneres, Kilian, als Freude zu schenken. Du solltest bloß einmal dabeisein, sollst sehn, wie sie klatschen und toben, wie sie lachen und weinen. Und du wirst einmal dabeisein, das weiß ich. Im Winter vielleicht; dann wirst du so manches verstehn, Kilian. Deine Seele war doch auch einmal voll kühnster Träume, und deine Schnitzerei – die hat doch auch mit Kunst was zu tun."

„Ich schnitze nimmer", unterbricht er sie. „Und du wirst auch nicht ewig singen."

„Niemand singt ewig, und niemand lebt ewig. Jedenfalls werd' ich so lange singen, bis ich mein Ziel erreicht hab."

„Unser Ziel war einmal ein kleines Bauerngütl", sagt er.

„Klein braucht es nicht sein", meint sie. „Ich singe jedenfalls, bis ich ganz oben bin. Das hab ich mir geschworen, und da muß ich auch hinkommen, sonst hätte alles keinen Sinn gehabt. So ist es wahrscheinlich schon in meinem Lebensbuch g'standen. Da steht alles vorgezeichnet, und die Menschen sagen dann, das wäre Schicksal. Ich aber sag, das ist Bestimmung."

Nein, das ist nicht mehr seine kindhafte, anlehnungsbedürftige Agnes. Sie ist schon geformt worden vom Leben, oder von Menschen anderen Schlages. Ihr Wille ist auf einmal ausgeprägt, ihr Reden bestimmt. Nicht er steht auf dem Sockel und schaut auf sie herunter, wie er einmal gesagt hat, sondern sie steht mit ihrem Können und Wollen über ihm. Er denkt über ihre Worte scharf nach und läßt sich zu der Frage verleiten:

„Und wenn ein anderer kommt, ist das dann auch Bestimmung?"

„Ein anderer?" Sie rückt ein wenig von ihm ab und sucht in seinen Augen. „Für mich gibt es im ganzen Leben keinen andern. Das hab ich schon g'wußt von Anfang an, beim ersten Kuß schon unter den sieb'n Eichen. Und jetzt, nach dieser Nacht, überhaupt nicht mehr."

Das sagt sie wie eine Beschwörung. Und in diese Beschwörung hinein schluchzt die Amsel und erfüllt den kleinen Raum vor dem Fenster, über das nun wirklich das graue Licht des neuen Tages aufzieht.

Kurz darauf hört man auch schon schlürfende Schritte im Hüttenraum draußen und dann die noch schlaftrunkene Stimme der Monika, die über den Almzaun aufs Almfeld hinunterschreit:

„Kuhsä geh, Kuhsä geh!"

Der Adam öffnet dann das Gatter, und mit bimmelnden Glocken trotten die Kühe in den Stall hinein, daß sie gemolken werden.

*

Sie sitzen um den Tisch in der Hütte und nehmen das ein, was man hier noch ‚Morgensuppe' nennt. Das ist was anderes als das Frühstück in einem Hotel, wie es Agnes kennengelernt hat, wo es Bohnenkaffee, Brötchen, Butter,

Marmelade, Schinken und Eier im Glas gibt. Daran denkt sie aber jetzt nicht und brockt sich wie die andern das dunkle Bauernbrot in die Schüssel mit heißer Milch.

Draußen auf den Wiesen verdampft der Tau, ganz feine Nebel ziehen über das Latschenfeld hinauf, die aber schon verdunstet sind, noch ehe sie in den Bereich der sonnüberfluteten Berge kommen.

„Heut nacht, mein ich, hat's g'schnackelt", hat Adam der Monika zu wissen gegeben, als er die zwei Jungen vor der Hütte hat stehen sehn.

„Daß du allweil gleich so eine schlechte Phantasie hast", entrüstet sich die Monika.

„Was hat denn das mit schlechter Phantasie z' tun. Alle müssen doch nicht so lang warten, bis sie hundertfünfunddreiß'g Jahr sind miteinander, wie mir zwei."

Ist das ein schöner Morgen! Trunken von Sonnenlicht ragen die Berge aus dem dunklen Hochwald empor. Kleine bauschige Wolken ziehn langsam am Himmel dahin. Die Kühe sind heute so hoch auf dem oberen Almfeld, daß man ihre Glocken nur wie aus einer weiten Ferne hört.

Kilian und Agnes haben während der Morgensuppe davon gesprochen, daß sie auf den Göschenstein steigen wollen. Eine Tour von zwei Stunden, nicht allzu streng. Und droben steht ein Sektionshaus, wo man auch essen kann.

Nein, die Agnes denkt gar nicht daran, heute schon wieder ins Tal hinunterzugehn. Erst morgen. Wer weiß, wann wieder so unbeschwerte, glückliche Stunden blühn.

An ihrem Hals trägt sie heute das Kettchen mit dem Anhänger, das Kilian in der Kreisstadt gekauft hat. Unablässig spielen ihre Finger damit, und sie hat gesagt, daß sie es keine Stunde und keinen Tag mehr abnehmen wird.

„Mit die Schuh wirst dich halt ein bißl hart tun", meint die Monika und deutet auf Agnes' weiche Ledersohlen.

„Wenn es nimmer gehn sollte, dann trage ich sie", lacht Kilian.

„Ich mein aber, daß ein G'witter kommt", sagt Adam, der seit einer Weile angestrengt zum Fenster hinausgesehn hat.

„Wenn Ostwind geht?" fragt Kilian. „Wie soll denn da ein G'witter kommen?"

„Da schau nunter." Adam deutet mit dem Löffelstiel zum Fenster hinaus. „Siehst, wer da kommt?"

Angestrengt schaut nun auch Kilian hinunter auf den Steig, wo langsam, die Schritte gleichmäßig setzend, eine Frauengestalt näher kommt. Das Haar schimmert in der Morgensonne wie Gold. Das Kopftuch muß zurückgerutscht sein und liegt im Nacken. Mit sicherer Hand führt und setzt sie den Bergstock.

„D' Mutter", sagt Kilian, ohne zu erschrecken. Nur Staunen ist in seiner Stimme. Aber die Agnes erschrickt und faßt nach Kilians Arm.

„Die darf mich nicht sehn, da herob'n."

„Warum nicht?" Er hat das Gefühl, daß er nun vor Agnes zu stehen habe. Der Trotz gibt ihm das ein. Aber als er dann die Angst in Agnes Augen sieht, gibt er nach. „Also gut, da geh naus in die Kammer. So lang wird sie ja nicht bleiben."

Dies hat die Trogglerin allerdings nicht im Sinn. Sie will nur wissen, ob das mit der Wilderei stimmt, und dann will sie dem Kilian ganz energisch den Kopf waschen und ihn gegebenenfalls wieder auf den rechten Weg zurückführen. Aber schon als sie über die Schwelle der Hütte tritt, weiß sie, daß aus der Gerte, die sie bisher nach ihrem Willen und mit leichter Mühe hat biegen können, ein Stamm geworden ist, der bereits einem Sturm standhalten kann. Vielleicht hätte sie es auch anders anfangen sollen. Kilian sieht sie überlegen an, und es klingt aus seinem Mund beinahe wie leiser Spott, als er fragt:

„Was führt denn dich heut schon bis da rauf?“ Sie verliert einen Moment die Fassung, hat sich aber gleich wieder gefangen.

„Du wilderst?“ Scharf und steil steht die Frage im Raum.

„Wer sagt dir denn das?“

„Du hast ein Reh im Keller liegen.“

„Aha, da hat mein Herr Bruder gequatscht.“

„Du gibst es also zu. Mach die Kellertür auf.“

„Bitte“, sagt Kilian und hebt die Falltüre. Er weiß ja, das Reh ist weg. Die Zusammenarbeit mit dem Lindenhofer Gidi funktioniert wie am Schnürchen.

Die Mutter kommt wieder herauf. Die Falltüre fällt mit einem bösen Laut hinter ihr zu. Dann steht sie vor ihrem Sohn, sieht ihn fast ängstlich an.

„Es war ein Reh drunten. Man sieht den Blutfleck noch.“

„Vielleicht hab'n es die Heinzelmännchen über Nacht forgetragen.“

Die Angst ist verweht, Zorn funkelt jetzt aus den Augen der Trogglerin. Wann ist jemals dieser Sohn so frech vor ihr gestanden, hat ihr ins Gesicht gelächelt? Sie reißt die rechte Hand hoch. Er soll nur nicht glauben, daß sie die Gewalt über ihn verloren hat.

Aber was tut dieser Sohn? Er fällt ihr in die Hand und umklammert das Handgelenk mit solcher Kraft, daß sie beinahe aufschreit vor Schmerz.

„Komm, laß das sein, Mutter, das hat doch alles keinen Sinn. Setz dich dort hin, du mußt müde sein von dem steilen Weg. Ja, ich hab gewildert und werd' es auch weiterhin tun."

Die Trogglerin ist kreidebleich geworden. Es scheint ihr, als sei eine Welt zusammengebrochen. Große Müdigkeit überkommt sie, wie oft schon, sie wankt zur Bank und läßt sich schwer darauffallen. Ihre Stimme hat allen Klang verloren.

„Du warst ja auch heut nacht nicht auf der Hütt'n."

„Ich war da, das kann notwendigerweis sogar bezeugt werden."

„Ja, vom Adam und der Monika. Die halt'n doch zu dir. Du warst doch gestern nicht da, wie der Urban herob'n war."

„Das stimmt. Ich war in der Kreisstadt, hab mir einen Tag freigenommen. Steht mir denn das nicht auch einmal zu?"

„Von dem red' ich ja nicht. Aber daß du wilderst, Bub – das kann einmal zu deinem Unglück führen."

„Da muß man mich erst mal erwischen Mutter. Und wenn ich mir's überlege, vielleicht wär' ich nie dazu kommen, wenn ihr mich auf eine Schnitzerschule geschickt hättet. Aber grad du, Mutter, warst ja diejenige, die mich deswegen verachtet und ausgelacht hat. Ich spinne, hast du g'sagt. Jedes Stückl Holz hab ich vor dir verstecken müssen. Ich hab nichts vergess'n, Mutter."

„Es scheint so", antwortet die Trogglerin ganz verstört, als gingen ihr jetzt mit einemmal die Augen auf für vieles, was sie versäumt hat. Sie macht ein paar Ansätze zu ihrer Rechtfertigung, aber es gelingt ihr nicht recht. „Ich hab bloß allweil das Beste für dich g'wollt, du hast zuviel geträumt und zuviel spintisiert. Ich wollt hab'n, daß ein ganzer Mann aus dir wird und einmal ein Bauer, wie der Troggler einer ist."

„Ja eben. Zu einem richtigen Bauern g'hört auch, daß er jagt."

„Aber nicht wildert."

„Jetzt reg dich doch nicht auf, Mutter."

„Nicht aufregen? Das ist doch blanker Frevel, was du treibst. Ich hab Angst um dich, Kilian."

„Die Angst kommt spät, Mutter. Wann hast du je um mich Angst gehabt?"

Immer, seit du auf der Welt bist, hab ich um dich Angst gehabt, hätte sie sagen müssen. Von meinen Kindern bist du mir das Liebste gewesen, aber ich hab es nie zeigen können, nie zeigen dürfen. Das alles hätte sie dem Sohn in dieser Stunde sagen müssen, aber sie verschweigt es, sie hat Angst, findet nicht den Mut, ist feige.

Sie hebt nur den Kopf und schaut den Kilian lange, sehr lange an, und auf einmal ist ihr zumute, als müsse sie sein trotziges Gesicht in ihre Hände nehmen und es an ihre Brust ziehen, sich über seinem Haar dann ausweinen, so wie sie sich noch nie bei einem Menschen hat ausweinen dürfen. Aller durch die Jahre zur Schau getragene Stolz ist zusammengebrochen, und sie begreift, daß ihr dieser Sohn aus der Hand geglitten ist. Und sie hätte ihn doch so gerne vor allen Übeln bewahrt, auch vor dieser Agnes. Aber vielleicht ist es wenigstens dafür noch nicht zu spät. Dieses flatterhafte Wesen hat doch gar nicht die Kraft, ihn wieder auf den richtigen Weg zurückzuführen. Der wäre sogar noch zuzutrauen, daß sie mit ihm wildert. Nur gut, daß sie sich in eine andere Welt verloren hat. Tief atmet sie ein paarmal und sagt dann:

„Da wär' dann noch was, Kilian. Diese Agnes . . ."

„Deren Briefe du unterschlagen hast."

Eine dunkle Röte steigt der Mutter ins Gesicht. So weit ist es gekommen, daß sie sich vor diesem Sohn zu schämen beginnt.

„Ja", gibt sie zu. „Ich hab die Briefe ins Feuer geworfen, weil ich nicht haben will, daß du dich an diese Agnes so weit verlierst, wie sie es in ihren Briefen fordert."

„Also gelesen hast du sie auch. Und das wäre doch allein mich etwas angegangen, dich überhaupt nicht."

„Aber ich hab doch nur dein Bestes gewollt, Kilian."

„Das Beste hab ich mir selber g'sucht, Mutter und – hab's auch gefunden."

„Na, hoffentlich. Schau, Bub – diese Agnes, jetzt zigeunert sie draußen in der Welt umeinander. Meinst du denn, daß du bei ihr der einzige bist? In den Kreisen, in denen sie sich jetzt bewegt, da geht es doch ganz anders zu als bei uns im Bauernleben. Und dich will sie sich warm halten, damit sie was zum Spielen hat, wenn sie grad einmal heimkommt."

Die Trogglerin hebt mißtrauisch den Kopf. „War da grad was?"

Still ist es wieder im Raum. Nur die Monika huscht einmal draußen am Fenster vorbei, und den Adam sieht man hoch droben am Almzaun was richten. Und doch –

auch Kilian hat den leisen Aufschrei draußen in der Kammer vernommen. Natürlich, die Agnes muß ja jedes Wort mithören.

„Woher weißt denn du das alles so genau?" fragt Kilian.

„Das liest man doch in den Illustrierten, wie es bei denen zugeht. Schau, da hab ich mich kürzlich einmal mit der Wesslinger Rosl von Vatersberg unterhalten. Das wär eine für dich, abg'sehn von dem schönen Hof, den sie erbt. Ein Madl, resch und fesch, gut anzuschauen, und mit einer Liebe zum Bauernboden, daß man sich grad fragen muß, warum die noch nicht verheiratet ist."

Kilian stutzt. Den Namen hört er nun schon zum zweitenmal. Ist denn da hinter seinem Rücken schon was angebandelt worden? Er kennt diese Wesslinger Rosl nur ganz flüchtig. Ein Vergleich mit der Agnes – wie Licht und Schatten.

„Ich will dir einmal was sag'n, Mutter. Es ist zwecklos, daß du dir meinetwegen den Kopf zerbrichst. Ich hab über mein Leb'n selber zu bestimmen. Von der Agnes kann mich niemand abbringen. Was man auch über sie sagen mag, ich glaub an sie, so wie sie an mich glaubt."

„Du wirst es schon noch erleben."

Kilian beginnt auf einmal zu lachen. Er ist der Mutter in keiner Weise böse, er glaubt ihr sogar, daß sie es gut mit ihm meint und wirklich sein Bestes will.

„Weißt du was, Mutter, am besten wird sein, du fragst die Agnes selber. Agnes – komm doch einmal raus."

Die Trogglerin springt erschrocken auf.

„Du wirst doch – die wird doch nicht da herob'n sein?"

„Freilich, Mutter! Komm nur her, Agnes." Agnes steht nun wohl unter der Tür, aber sie hat nicht den Mut weiterzugehn. Sie schaut nur mit großen Augen auf die Frau, die so abträglich über sie geredet hat und sie doch gar nicht richtig kennt. Kilian geht zu ihr, nimmt sie an der Hand und führt sie zum Tisch hin. Da steht die Trogglerin immer noch aufrecht, aber sie spürt, daß sie nicht mehr lange so stehen kann. Die Knie zittern ihr, die Hände umfassen die Tischplatte. Endlich ringt sie sich heraus:

„Jetzt sag bloß, daß sie heute nacht –"

„Aber natürlich, Mutter. Die Agnes war da, wird heut noch da sein und vielleicht auch morgen noch."

Die Trogglerin starrt nur die Agnes an, die so schlank und hoheitsvoll dasteht und mit ganz klaren Augen den zürnenden Blick der Bäuerin erwidert. Die sagt:

„Ja, schämst du dich denn gar nicht?"

Die Agnes schüttelt den Kopf.

„Nein! Aber Sie, Trogglerin, sollten sich schämen, daß Sie meine Briefe unterschlagen haben. Was hab ich Ihnen denn getan, daß Sie mich so schlecht machen – daß Sie lügen. Sie hassen mich und wissen nicht warum. Ich hab jedes Wort draußen gehört. Und nun sollen Sie es wissen, Trogglerin. Ich werd' nie aufhören, den Kilian liebzuhaben, selbst dann noch, wenn es Ihnen jemals gelingen sollte, ihn gegen mich aufzuhetzen."

„So, Mutter, jetzt hast es gehört."

„Ja, jetzt hab ich's gehört", sagt die Trogglerin mit gedrosseltem Klang in der Stimme. Langsam setzt sie sich nieder und starrt auf ihre Hände, die noch auf der Tischplatte liegen. Sie gibt sich geschlagen, denn sie sieht ein, daß es nichts nützen würde, wollte sie sich aufbäumen gegen das, was da an Jugend und Kraft ohne jede Ängstlichkeit vor ihr steht. Langsam hebt sie das Gesicht und sieht eins nach dem andern an, keines senkt den Blick und keines senkt die Stirn. Nur ihre Hände sind noch ineinandergeklammert, als wollten sie damit kundtun: Wir werden niemals voneinander lassen. In diese Stille hinein fragt die Agnes mit einer weichen, bittenden Stimme:

„Sind Sie denn niemals jung gewesen, Trogglerin? Haben Sie denn nie geliebt, so ganz ohne Grenzen? Haben Sie nie den Willen gehabt, mit allen Fasern zu halten, was Sie nicht verlieren wollten?“

Hör auf! hätte die Trogglerin am liebsten geschrien. Aber ihr Mund preßt sich zusammen zu einem dünnen Strich, so, als ob sie Schmerzen verspüre. Ihre Augen glänzen feucht, und auf einmal löst sich eine Träne aus dem rechten Auge, dann eine aus dem linken. Sie rinnen langsam die Wangen herunter in die Mundwinkel, bis die Frau aufschluchzend die Arme über den Tisch wirft und den Kopf darin verbirgt.

Kilian und Agnes sind erschüttert von diesem jähen Schmerzausbruch, tun aber nichts, die Schluchzende zu beruhigen. Sie verstehen es nicht ganz, meinen, daß sie ihretwegen weint. Doch die Trogglerin ist mit all ihren Gedanken zurückgeflogen in die eigene Jugend, die auch so gläubig gewesen ist und so zukunftsfroh, bis die Last einer Schuld sich auf sie legte, an der sie wohl tragen wird bis an ihr Lebensende, weil kein Mensch sie daraus erlösen kann.

Jetzt hat sie zu schluchzen aufgehört und hebt den Kopf. Ihr immer noch schönes Gesicht ist durch die Tränen zerstört, und ehe sie recht weiß, was geschieht, hat Agnes eine Schüssel mit Wasser gebracht und ein Handtuch. Es ist wie ein stummes Darbieten der Liebe, der Ehrfurcht oder auch des Erbarmens.

„Nun beruhigen Sie sich doch", sagt sie dabei, und auch das ist wieder ein Beweis, daß sie der Frau nichts nachträgt wegen der bösen Worte, daß sie Versöhnung darbietet und um ein bißchen Verständnis bittet für das, was diese so stolze Frau als Sünde betrachten mag, auch wenn Agnes sich selber gar nicht sündig findet oder gar schuldig. Was diese Nacht ihnen geschenkt hat, das war Anfang und Versprechen, keine Leichtfertigkeit.

Und die Trogglerin wäscht sich tatsächlich das Gesicht ab, hat nun wieder ein klares, schönes Muttergesicht, ohne strengen Mund und traurige Augen. Und es ist schon viel guter Wille dabei, wenn sie jetzt sagt:

„Mir scheint, ich hab dich doch ein bißl verkannt, Agnes."

„Macht nichts, Trogglermutter."

In den Augen der Trogglerin leuchtet es auf.

„Wie sagst du zu mir?"

„Entschuldigung, das ist mir halt so rausgerutscht."

„Macht nichts, macht nichts, Madl. Das hört sich so schön an – Trogglermutter." Sie kostet das Wort nach wie schweren Wein und weiß nicht, woher es kommt: Sie hat plötzlich eine ungeheure Sehnsucht, daß jemand gut zu ihr ist, daß jemand sie zärtelt, mit Händen und Lippen.

„Kinder, Kinder", sagt sie leise. „Was habt ihr mir Sorgen gemacht. Und jetzt möchte ich fast meinen, daß sie umsonst gewesen sind. Bis auf die eine große noch." Sie streckt bittend die Hände vor, und Agnes versteht diese stumme Bitte und umschließt diese beiden Hände mit den ihren.

„Was denn für eine, Trogglermutter?"

„Kannst du ihn denn nicht soweit bringen, daß er ... daß er das Wildern aufgibt!"

„Ich hoffe, daß er auf mich hört."

Die Trogglerin bleibt noch übers Mittagessen, dann macht sie sich wieder auf den Weg. Sie hat inzwischen eingesehen, daß es zwecklos wäre, die Agnes aufzufordern mitzukommen. Sie kann sich's aber doch nicht verkneifen zu sagen, daß es zu ihrer Zeit unmöglich gewesen wäre, wenn ein junges Mädchen allein auf einer Alm genächtigt hätte.

„Ich bin ja nicht allein", lacht die Agnes unbekümmert. „Ist doch der Kilian auch da, und außerdem noch die Monika und der Adam."

„Ach, die zwei", meint die Trogglerin. „Das sind ja Verbündete für euch, aber keine Tugendwächter."

Immerhin geht die Trogglerin etwas erleichtert weg. Die beiden noch auseinanderzubringen, das sieht sie nun selber ein, das hieße Berge versetzen. Noch dazu ist diese Agnes doch ganz anders, als sie gedacht hat. Ein liebenswertes Geschöpf, das ihr beim Abschied sogar um den Hals gefallen ist und sie auf die Wange geküßt hat.

„Na, na, wieso denn das?" hat die Trogglerin erstaunt gefragt und war im Innern doch froh und beglückt.

„Weil du mir den Kilian geboren hast", lacht die Agnes.

Dann geht sie. Die beiden Jungen stehn am Almgatter und winken ihr nach, bis sie im Wald verschwunden ist.

Weil sie es der Trogglerin versprochen hat, versucht Agnes, den Kilian zu überreden, das Wildern sein zu lassen. Vielleicht hat sie dieses heikle Thema nicht mit dem nötigen Ernst angepackt, oder sie war von vornherein überzeugt, daß sie an eine Wand hinredete – Kilian lacht bloß und gibt ihr zur Antwort:

„Schau, Herzerl, das ist grad so, als wenn ich zu dir sagen tät, du sollst mit dem Singen wieder aufhör'n."

„Aber Kilian, das ist doch ein gewaltiger Unterschied. Ich singe den Menschen zur Freude, du aber schießt den Menschen zum Ärger."

„Die paar, die sich ärgern, die gehn dran nicht zu Grunde. Ich aber hab meine Freude dran. Das verstehst du nicht, Agnes. Ich hab's auch früher nicht g'wußt, aber das ist ein schöner Rausch, in dem man lebt."

„Wieso meinst, daß ich dich nicht versteh? Aber glaubst du, daß man ungestraft lange in einem Rausch lebt? Ich möchte nicht hab'n, daß ich in Angst leben muß auf meinen Reisen. Ich werd' immer dran denk'n müssen, was er daheim macht, mein Kilian. Lebt er wieder im Rausch, oder schläft er schön brav in seinem Bett."

„Ah, so willst es hindrehn. Du bist fei' ein ganz abgedrehtes Luderchen geworden", lacht er. Dann nimmt er sie wieder in seine Arme und zerküßt all ihre Bedenken.

*

Am andern Tag nach dem Mittagessen sagt Agnes:

„Ich geh jetzt ein bißl in den Wald nauf und schau, ob ich nicht ein paar Steinpilze finde."

„Wirst kaum einen finden", meint Adam. „Es hat zu lang nimmer geregnet."

„Bloß ein paar, wenn ich find', die dünsten wir uns dann am Abend."

Kilian kann nicht mitkommen. Es ist Käsereitag, und da muß er selber dabei sein.

„Bleib nicht zu lang", ruft er Agnes noch nach, als sie schon auf dem Steig steht, der zum Wald hinüberführt.

„Hast Angst um mich?" fragt Agnes lachend zurück.

„Ja, Agnes, ich hab Angst um dich", gibt er zu.

„Ich kenn mich doch aus in unsern Wäldern."

Natürlich kennt sie sich aus. Ist sie doch als Kind mit ihrer Mutter schon in Wald und Berg herumgestreift, Beeren zu suchen, Pilze und seltene Kräuter. Ach, wenn sie da zurückdenkt! Es ist eine arme und doch unbeschwert glückliche Zeit gewesen. Am Abend hat sie dann die Pilze und Beeren in die Privathäuser getragen und ist kindlich froh darüber gewesen, wenn sie der Mutter ein paar Mark hat heimbringen können. Die Mutter verwaltet auch jetzt noch das Geld, und das sind wahrhaftig nicht mehr nur ein paar Mark, es sind jetzt tausende von Mark. Agnes weiß es nicht genau, sie hat kein Verhältnis zu Geld. Aber wahrscheinlich könnte man aus dem Erlös der Schallplatten und ihren Konzerten bereits einen kleinen Bauernhof kaufen. Die Klingerin hat sich zu einer richtigen Spekulantin entwickelt, verhandelt zäh mit dem Manager Boyer, feilscht bei der Bank um Zinsen und studiert jeden Tag die Börsennachrichten.

An all das muß die Agnes jetzt denken, als sie langsam am Waldrand hingeht, später dann über einen Kahlschlag wandert in Richtung Moosbrunnalm.

Es ist ein Tag von wundersamer Stille, kein harter Laut ist zu hören, nur in der Ferne krächzt einmal ein Sperber. Agnes setzt sich eine Weile rastend auf einen Baumstrunk, verschränkt die Hände um die Knie und schaut mit leuchtenden Augen in die Runde. Sie nimmt alles in sich auf, die Wälder und die Berge, als wolle sie es in ihr Herz einschließen und mitnehmen auf die Reise, die schon bald wieder bevorsteht. Sie hat soviel Schönes gesehn, seit sie sich aufgemacht hat, die Welt zu erobern mit ihrer Stimme, daß sie nur mehr schwer abwägen kann, wo es am schönsten gewesen ist. In dieser stillen, sonnendurchfluteten Stunde aber weiß sie wieder, daß das Schönste doch ihre Heimat ist, die sie auch mit ihren Liedern besingt. Und unwillkürlich, ohne daß es ihr recht bewußt ist, beginnt sie auch jetzt wieder. Der Wald dort drüben, das ist ihr Publikum, die Felsgruppe nebenan der Aufnahmeraum, und das, was da als Echo zurückkommt, das ist der Beifall der Menge. Immer freier, immer gelöster wird ihre Stimme, hebt sich aus der Brust wie eine Schalmei und schwingt im Echo bis hinunter zur Almhütte, wo sie in dieser Nacht ihr Hochzeitslied gesungen hat.

„Ich bin von einem Feuer durchglüht,
vom Feuer der Sehnsucht und Liebe . . .“

heißt ihr neuester Schlager, mit dem sie die Menschen in Düsseldorf zu Begeisterungsstürmen hingerissen hat und der auch schon als Schallplatte herausgekommen ist.

Droben im Herzogschlag hebt einer sein Zeißglas und sucht, woher diese Stimme kommt. Dann huscht ein Lächeln über die Züge des Volkmar von Sallern. Wie einer Fabel entstiegen produziert sich das Mädchen da unten am Rand des Almrosenhanges.

Na sowas, denkt er. Er ist gut informiert über den Werdegang des ‚Lercherls vom Walchensee‘. Da will ja eine Sonnenstunde in mein Leben kommen, sinniert er weiter. Dann schultert er sein Gewehr und macht sich auf den

Weg. Immer näher kommt er, ohne daß Agnes ihn merkt. Ein paarmal bleibt er stehen, so fasziniert ist er von dem schönen Bild. Die Hände hat Agnes hinter dem Nacken verschränkt, Sonnenstrahlen streicheln ihr Stirn und Haare. Langsam, wie ein Jäger sich an seine Beute heranschleicht, kommt er näher, steht dann dicht hinter ihr und streift mit seiner Hand über ihre Schulter.

Mit einem leisen Schrei springt Agnes auf und starrt den Mann vor ihr einen Moment wie versteinert an. Sie übersieht die dargebotene Hand, und ihre Augen verengen sich zu einem schmalen Schlitz.

„Machen Sie das immer so?" fragt sie. „Sie haben mich jetzt richtig erschreckt."

Volkmar von Sallern lacht, als habe er einen trefflichen Witz vernommen.

„Nur ein schlechtes Gewissen erschrickt", sagt er. Agnes versteht weder sein Lachen noch seine Worte. Sie erinnert sich nur vage daran, daß dieses Gesicht einmal blutüberströmt aus dem Gamswirtsaal getaumelt ist.

„Was geht Sie mein Gewissen an? Was müssen Sie mich überhaupt hier stören?"

„Aber Mädchen, warum denn so kratzbürstig! Ich weiß doch, woher du kommst und weiß, wer du geworden bist."

„Für Sie bin ich jedenfalls kein Duzobjekt", schreit sie ihn an.

„Oh, da kehrt man also die Dame raus, den Star, an dessen Händen die Narben vom Holzklauben nicht mehr zu sehen sind. Mädchen, Mädchen, ich weiß gar nicht, was du hast. Das ist doch eine wunderbare Fügung, daß wir uns hier treffen."

„Lassen Sie mich in Ruh und gehn Sie."

Wieder lacht er laut und frech. Wie eine Fratze verzerrt sich sein verlebtes Gesicht, mit dem hellen Bart auf der Oberlippe, der an den Mundwinkeln herunterhängt wie ein Chinesenbart.

„Schafft mich die Dame vom eigenen Grund und Boden. Findest du nicht, daß das ein bißchen anmaßend ist?"

„Anmaßend ist höchstens, daß Sie hier stehn und mich seit drei Minuten unablässig beleidigen."

„Beleidigen? Ich dich beleidigen? Aber Lercherl vom Walchensee! Ich will dich doch nicht beleidigen, ich will, daß du ein bißchen nett zu mir bist, weiter gar nichts." In diesem Moment greift er nach ihr, reißt sie mit einem Ruck zu sich heran. Sie spürt seinen Atem, der nach Alkohol riecht, nach was Scharfem, nach Schnaps vielleicht.

„Lassen Sie mich sofort aus!"

„Ja, freilich, sonst nichts mehr." Er reißt sie nun gänzlich in seine Umarmung, aber er kann den mächtigen Schrei um Hilfe mit seinen rohen Küssen nicht ersticken. Es gelingt ihm auch nicht, ihren Mund zu erwischen, immer wieder dreht sie den Kopf zur Seite. Da gelingt es ihr für einen Moment, die rechte Hand frei zu bekommen, und sie schlägt ihn mit aller Kraft ins Gesicht. Der jähe Schmerz ernüchtert ihn kurz, dann greift er ein zweitesmal nach ihr. Sein Gewehr, das ihn bisher gehindert hat, wirft er zu Boden. Wäre doch gelacht, wenn man diese kleine Bestie nicht zähmen könnte!

Zum zweitenmal gellt ihr Hilferuf über den Wald hinunter. Dann ringen sie miteinander, als wären sie die erbittertsten Feinde. Sie schlägt nach ihm, zerkratzt ihm das

Gesicht und fühlt doch ihre Kraft allmählich erlahmen. Es ekelt sie entsetzlich vor seinem Mund, sie speit in sein Gesicht, aber er wird nur noch begieriger und immer wütender, daß es jemand wagt, sich gegen ihn zu wehren.

Und dann – als habe ihn ein Blitz gestreift, läßt er sie los und bückt sich ganz rasch nach seinem Gewehr. Keuchend und schweißbedeckt taucht Kilian hinter einem Felsbrokken auf. Die Agnes fliegt in seine Arme hinein, zittert am ganzen Körper. Kilian schiebt sie hinter den mannshohen Fels und bückt sich nach einem faustgroßen, losen Stein. Aber es ist ja lächerlich, mit einem Stein in der Faust gegen einen anzugehn, der ein Gewehr in den Händen hält, das er jetzt auch noch entsichert.

Kilian ist rasend vor Zorn über seine Hilflosigkeit. Er läßt den Stein fallen, der doch niemals Waffe sein kann gegen ein Stahlmantelgeschoß, falls dieser hämisch grinsende von Sallern nicht auch noch eine Schrotladung im Lauf hat.

„Einmal erwisch ich sie ja doch“, höhnt jetzt der von Sallern.

Kreidebleich reißt Kilian sein Messer aus der Scheide, macht einen Satz nach vorn, und schon hebt der andere sein Gewehr.

„Komm nur her, Bürscherl. Auf fünf Schritte laß ich dich ran, wenn du schon meinst, mich in Notwehr zwingen zu müssen. – Bilde dir doch nicht ein, du Bauernfünfer, daß du eine Agi Kling noch länger an dich fesseln kannst.“

„Und du bilde dir nicht ein, daß wir zwei uns nicht unter anderen Umständen begegnen können, bei denen du keine Büchse bei dir hast. Dann zahl ich dir diese Stund' heim und den Bauernfünfer auch."

„Soll das eine Drohung sein?"

„Nimm 's, als was du willst. – Komm jetzt, Agnes."

Mit zugekniffenen Augen sieht Volkmar von Sallern den beiden nach. Dann wirft er sein Gewehr hinter den Rücken und stapft bergwärts bis zur Weggabelung, wo ein Steig seitwärts zur Jagdhütte führt. Bei der Gabelung bleibt er stehen und schaut auf seine Uhr. In fünf Minuten ist es drei Uhr. Für halb vier hat er die Hallinger Isabella zur Jagdhütte bestellt, die jüngste von den vier Töchtern des Mühlenbesitzers Hallinger, die sich gerade aufs Abitur zubüffelt und in Mathematik so schlecht ist, daß sie in Sorge ist durchzufallen. Obwohl er in Mathematik auch kein Licht ist, hat er versprochen, ihr Nachhilfestunden zu geben, wenn sie ihn in der Jagdhütte besucht. Und warum sollte sie nicht kommen? Sie ist doch stockverliebt in ihn und lernt sicher mit ihm. Ganz anders ist sie als diese überspannte Agnes Klinger, die den Flug zu den Sternen angetreten hat. Natürlich ist er über ihren Werdegang im Bilde, und wenn er sich in ‚seinen' Kreisen befindet und im Lokal ihre Stimme durch die Stereoanlage rieselt, dann kann er großspurig sagen:

„Die da, mit ihrer Goldstimme, die hab ich schon gekannt, als sie noch ein Bauerntrampel war. Natürlich hab ich sie das Küssen gelehrt. Muß mal sehn, daß ich sie wieder einmal in den Arm nehme."

Nun hat er sie gesehn, und es ist alles ganz anders ausgefallen, wie er sich's gedacht hat. Bei Licht besehen, hat er sich eigentlich unsterblich blamiert. So eine, wie die Agnes eine geworden ist, die kann man nicht einfach überrumpeln, zu der muß man mit langstieligen Treibhausrosen kommen oder mit Orchideen.

Bevor er in den Steig abzweigt, dreht er sich noch mal um und hebt sein Fernglas vor die Augen. Er sieht die beiden bereits auf die Almhütte zugehn, Hand in Hand. Jetzt bleiben sie stehen und sehen noch einmal zur Höhe herauf. Und da sagt dann die Agnes:

„Ich weiß nicht, woher das kommt, Kilian, aber wenn ihr zwei einander im Zorn gegenübersteht – das ist mir damals bei der Rauferei im Gamskoglsaal schon aufgefallen – dann seht ihr einander so gleich, daß man fast erschrecken könnt' vor soviel Ähnlichkeit."

„Das allein ist schon ein Grund", antwortet Kilian, „daß ich sein Gesicht einmal ganz nachdrücklich verändern muß."

*

Langsam neigt sich der Sommer dem Herbst entgegen. Die Tage dehnen sich nicht mehr so lang, tauchen viel früher ein in die Abendkühle. Herden von weißen Lämmerwolken ziehen über den Himmel hin, der lichter zu sein scheint als in der grellen Sommerglut. Aber noch blüht der Thymian, auch wenn die Blätter an den Laubbäumen sich schon leicht färben und sich die feinen Fäden des Altweibersommers um die grünen Zweige der Fichten spannen.

Agnes ist mit ihrer Mutter wieder unterwegs, weit in der Ferne. Sie schreibt Kilian regelmäßig. Er weiß immer, wo sie ist, und es hat sich überhaupt eine schöne Ruhe in ihm ausgebreitet, seit Agnes bei ihm gewesen ist. Nun ist die Gewißheit in seine Seele gezaubert, daß sie wirklich füreinander geschaffen sind und sich nie mehr trennen werden. Das, was sie jetzt trennt, ist nicht mehr schwer, er weiß ja nun, daß Agnes immer wiederkommen wird. Auch dann, wenn er ab ersten Oktober in Brannenburg bei den Gebirgsjägern Dienst tun muß. Sein Vater hat zwar eine Eingabe um Freistellung gemacht, gegen Kilians Willen sogar, aber es hat nichts geholfen. Kilian ist darüber froh, denn er will doch nicht in den Verdacht geraten, sich vom Wehrdienst zu drücken.

So geht alles seinen geordneten Gang. Er ist wieder allein auf der Alm. Der Adam ist mit seiner Monika für drei Wochen mit einer Reisegesellschaft an den Gardasee gefahren, und von seinem Bruder Urban erfährt er, wenn er in der Woche einmal heraufkommt mit dem Fuhrwerk, die kleinen Neuigkeiten, die sich im Dorf abspielen.

*

Eines Tages geht der Martinsberger von der Morgenpirsch heim. Er hinkt ein bißchen, weil ihn der Ischiasnerv wieder schmerzt. Und so bleibt er wieder einmal stehn und schaut über eine Ackerbreite hin. Die Klingerin, die könnte mit ein paar Handgriffen den Wirbel wieder einrichten, denkt er. Aber die Klingerin, die treibt sich ja jetzt in der Welt herum. Sein Hausarzt allerdings rät ihm zu einer Operation. Unters Messer geht aber kein Mensch gern, und eines Tages wird ja die Klingerin mit ihrer Tochter wieder in Meiling aufkreuzen.

Die Gutsgebäude liegen still und wie ausgestorben. Nur ein paar Hühner kratzen auf dem mächtigen Dunghaufen, und aus der Gesindeküche hört man Geschirrscheppern.

Ebenso still liegt auch das eigentliche Gutshaus, etwas abseits von den anderen Gebäuden. Der Efeu, der bis an die Fenster des oberen Stockwerks rankt, ist unten schon dürr, nur oben zeigt er noch grüne, satte Blätter. Das Wappen über der runden Doppeltür, zu der drei Steinstufen hinaufführen, ist so verwittert, daß es nichts mehr als eine Faust erkennen läßt, die etwas umklammert hält, von dem man nicht weiß, was es sein soll, ein Ährenbüschel oder ein kurzes Streitschwert.

Heinrich von Sallern löst den Hund von der Leine, der sich gleich über die Schüssel hermacht, die neben den Stufen für ihn bereitgestellt ist. In der Diele legt der Martinsberger Gewehr, Hut und Fernglas ab und geht dann auf die überdachte Terrasse hinaus. Dort trifft er seinen Sohn Volkmar an, der gerade gefrühstückt zu haben scheint. Er sitzt in einem Liegestuhl, die Beine hochgelegt, und raucht eine Zigarette. Als er die Schritte hinter sich hört, dreht er lässig den Kopf.

„Du bist schon zurück, Vater? Etwas Gutes vor den Lauf bekommen?"

Der Alte gibt keine Antwort, läßt sich in einen Stuhl am Tisch fallen und starrt auf die linke Wandseite aus glänzendem, dunklen Holz, an der eine Menge Geweihe, vom mächtigen Sechzehnender bis zum dunkelglänzenden Krickerl eines Gamsbocks hängen. Dazwischen ein paar ausgestopfte Vögel und einige Fotografien.

Ja, das sind noch Zeiten gewesen. Jedes Geweih, jedes Krickerl hätte ihm eine Geschichte aus fernen Tagen erzählen können, in denen er noch unbekümmerter und frei von Sorgen gelebt hat.

„Du sagst ja gar nichts, Papa?“ wurde er durch Volkmars Stimme wieder in die Gegenwart zurückgerufen.

„Wenn ich dich so faul herumliegen sehe, verschlägt es mir eben die Sprache.“

„Aber Papa, nächste Woche geht's wieder auf die Uni, dann beginnt sowieso der Ernst des Lebens.“

„Dein Ernst, ja. Weil du schon recht viel Ernst besitzt. Ich weiß bis heute noch nicht, was aus dir endgültig werden soll. Agrarwirt kaum, und ein richtiger Jäger schon zweimal nicht. Du räkelst dich da im Liegestuhl, und droben in den Bergen schießt man uns das Wild weg.“

„Schon wieder?“ fragt Volkmar und springt auf.

„Ja, im Grödlachergrund ein Gamsbock. So arg war es noch nie wie heuer.“

Volkmar zerdrückt seine Zigarette im Aschenbecher und sagt:

„Du siehst mich an, als könnte ich etwas dafür.“

„Nicht bloß etwas, sondern schon sehr viel. Du gehst naus auf die Jagd, hörst und siehst aber nichts.“ Heinrich von Sallern greift in seine Joppentasche und zieht ein abgerissenes, silbernes Kettchen mit Anhänger heraus und wirft es auf den Tisch. „Weißt du, wem das gehört? Ich hab es in der Jagdhütte gefunden.“

Volkmar weiß natürlich sofort, wem es gehört, aber er schüttelt den Kopf.

„Wie soll denn ich das wissen? Wir haben doch öfters einmal Jagdgäste.“

„Schau mich doch nicht so blöd an. Im Juli waren die letzten Jagdgäste da. Und die Frau vom Landtagsabgeordneten, dem Brauereibesitzer Schummler, trägt keinen so billigen Schmuck. Und sonst kann ich mich nicht erinnern, daß Damen dabeigewesen wären. Such dir gefälligst eine andere Ausrede. Und für deine Rendezvous einen anderen Platz als die Jagdhütte. Ich werde in Zukunft mit keinem Pfennig mehr für deine Schulden aufkommen. Wenn du mit dem Monatswechsel von tausend Mark nicht auskommst, ist es deine Sache. Wie stellst du dir denn überhaupt vor, was weiter werden soll? Du lungerst auf der Universität umeinander, und kein Mensch weiß, wozu."

„Ich hab doch nur noch zwei Semester", meint Volkmar etwas kleinlaut.

„Und was bist du dann? Ein studierter Volkswirt, der von praktischer Arbeit überhaupt keine Ahnung hat. Du bist dir ja zu fein, dir die Hände schmutzig zu machen. Ich sehe schon, wie alles kommen wird. Wenn ich einmal die Augen zumache, wirst du alles, was ich aufgebaut habe, verludern. Aber täusche dich nur nicht. Ich hab meine Augen offen und sehe, wohin du steuerst mit deinem Leichtsinn."

Volkmar ist nun doch blaß geworden. Irgendwo hat er einmal etwas läuten hören, daß der Alte verkaufen will. Mit hinter dem Rücken verschränkten Händen geht er im Raum auf und ab. Dann bleibt er plötzlich stehen und reißt den Kopf zurück.

„Diesen verfluchten Leichtsinn muß ich ja von jemandem vererbt bekommen haben."

„Ja, du schlägst deiner Mutter nach. Am besten ist's, du packst deine Sachen und reist ihr nach, nach Brasilien. Dort soll sie ja in glänzenden Verhältnissen leben."

„Woher weißt du das?"

„Laß deine Briefe nicht liegen, dann finde ich sie nicht."

„Ach so, du schmökerst in meinen Sachen?"

„Laß sie nicht liegen, hab ich gesagt. Im übrigen weiß ich schon lange, daß du mit ihr korrespondierst. Laß dir in Zukunft von ihr deine Schulden bezahlen."

Volkmar zündet sich wieder eine Zigarette an.

„Du wirfst mir vor, daß ich mit Geld nicht umgehen kann. Du wirfst es ja auch zum Fenster hinaus. Ich möchte nicht wissen, was diese Frauenplastik kostet, die im Wohnzimmer steht."

„Die war billiger, als du meinst. Aber für sowas hast du ja kein Verständnis. Dir liegt ja mehr am Glücksspiel. Doch Glück hast du keins. So wenig Glück wie guten Willen. Aber lassen wir das, es ist ja doch nur in den Wind geredet. Es sei denn, du wolltest dich ernstlich bessern. Ich hab dir vorhin schon gesagt, daß wieder gewildert worden ist. Kennst du diesen Lindenhofer Gidi?"

„Flüchtig. Du weißt, ich pflege mit den Dorfburschen keinen Umgang."

„Nein, ich weiß. Mehr mit den Dorfmädchen. Dieser Lindenhofer Gidi, ich hab ihn am Sonntag nach der Kirche auf dem Kirchplatz stehen sehn, er hatte einen Gamsbart auf dem Hut, wie man ihn selten findet. Schätzungsweise zweiundzwanzig Zentimeter lang. Und ganz neu. Ich kann ja leider nicht mehr so im Revier umeinanderlaufen wie früher. Deine Aufgabe aber könnte es sein, dich auf eine Spur zu setzen. Himmelherrgott, wäre ich bloß noch so jung wie du!"

Volkmar von Sallern atmet hörbar auf. Das Gewitter scheint für diesmal wieder vorüber zu sein.

„Lindenhofer sagst du? Ich erinnere mich. Ist das nicht so ein Großer, Hagerer?"

„Gutaussehend, ja. Einer von den drei Buben des Lindenhofers von Gagern."

Nachdenklich zieht Volkmar die Stirn kraus.

„Den hab ich doch kürzlich einmal durchs Fernglas beobachtet. Da ist er auf die Troggleralm zugegangen." In seinem Gesicht hellt es sich plötzlich auf. „Meinst du, daß nach dort vielleicht eine Spur führen könnte?"

Kaum merklich fährt der Martinsberger zusammen. Dann sagt er beinahe schroff:

„Nein, das glaube ich nicht."

„Aber warum denn? Auszuschließen wäre das doch nicht. Auf alle Fälle – ich werde mir Mühe geben und das Gebiet im Auge behalten."

„Ja, tu das", antwortet der von Sallern in der Gewißheit, daß diese Spur doch ins Nichts führen muß.

Volkmar tut jetzt so, als wolle er die Sache sofort in Angriff nehmen, eine Sache, die noch gar keine ist. Der Vater hat nur ganz vage etwas ausgesprochen, keinen Verdacht, eine lose Bemerkung nur, aus der sich Volkmar etwas zusammenreimt, das unversehens zu einem Wunschbild wird, einem Fantasiegebilde, das ihn reizt.

So nebenbei steckt er das Kettchen in seine Tasche. Er kann ja in der Hallingermühle einmal vorbeischaun und die hübsche Isabella fragen, was die Mathematik macht und ob sie noch einer Nachhilfestunde bedürfe. Dann solle sie aber vorher anrufen, denn seine Zeit sei jetzt sehr begrenzt. Der Herr Papa sei nämlich im Augenblick ein bißchen unleidlich, weil es ihm nicht gelinge, einen Wilderer zu fangen. Darum müsse eben er jetzt sich auf die Spur setzen, um dem frevlerischen Tun dieses Lumpen einen Riegel vorzuschieben. Und hier, liebe Isabella, das Kettchen. Du warst aber auch so stürmisch, Herzerl, drum ist es abgerissen, schau ...

Das alles sagt sich Volkmar von Sallern so vor, als er, die Büchse geschultert, auf Meiling zugeht, mit einer Forschheit, als könne er den Wildschützen schon unter der Eingangstür des neueröffneten Cafés ‚Lauschiger Winkel' stellen. Dort haben sie eine rassige Bedienung, von der Volkmar noch nicht weiß, wie sie heißt.

*

Der Martinsberger ist nachdenklich allein zurückgeblieben. Von diesem Sohn ist noch nie etwas Gutes auf ihn zugekommen. Und nun hat er ihm auch noch einen Stachel ins Fleisch gesetzt ...

Warum hat er nur diesen Lindenhofer Gidi mit seinem Gamsbart erwähnt. Denn erst da hat sich Volkmar erinnert, daß er diesen Lindenhofer auf der Troggleralm gesehen hat. Und fix, wie der Volkmar ist, hat er etwas zusammenkombiniert, das für ihn, den Martinsberger, zu einer äußerst peinlichen Angelegenheit werden könnte.

Diese Angelegenheit beschäftigt ihn jetzt mehr, als er es im ersten Moment angenommen hat. Da drängen sich Bilder in sein Gehirn, die ihn beunruhigen. Die Hände tief in die Hosentaschen vergraben, geht er von der Terrasse durch die weitgeöffnete Flügeltüre ins Wohnzimmer, wo seine Schritte auf dem weichen Teppich nicht mehr zu hören sind. Er geht wieder hinaus, atmet tief die Luft ein, die vom Park herüberweht, geht wieder zurück und bleibt vor der Plastik stehen. Lange betrachtet er die vertrauten Züge der Frau, die er einmal über alles geliebt hat, obwohl er sie nicht hätte lieben dürfen. Doch immer, wenn er vor ihrem Bildnis steht, überkommt ihn eine gesegnete Ruhe. Seine Hand hebt sich und streicht ganz zart über die Stirn, über die Wangen und den Mund.

Ja, diese Frau hätte er haben müssen, dann wäre sein Leben nie außerhalb der Ordnung verlaufen. Mit ihr alt zu werden, das wäre das Schönste gewesen, was ihm hätte begegnen können. So aber wird er allein alt und einsam. Nur wenn er vor der Plastik steht, von begnadeten Händen geschnitzt, verliert seine Einsamkeit an Macht. Er spricht dann den Namen der Frau aus, und schon aus dem Klang der Silben steigt der Zauber längst vergangener Stunden auf.

Eine Frau in mittleren Jahren, brünett und hochgewachsen, kommt herein. Es ist die Haushälterin Lotte Stein, von der die Leute im Dorf verleumderisch sagen, daß er sie in jungen Jahren in sein Haus genommen und mit ihr zusammengelebt habe, was nicht der Wahrheit entspricht. Die Wahrheit sieht anders aus. Er ist nämlich mit dem Gefängnisdirektor der Kreisstadt befreundet gewesen, und der hatte ihm eines Tages im Ratskeller erzählt, daß er eine noch jugendliche Gefangene habe, die in schlechte Gesellschaft geraten und bei einem Einbruch in ein Pelzgeschäft beteiligt gewesen sei. Deshalb müsse sie ein Jahr bei ihm einsitzen. Ein tüchtiges Mädchen, er habe sie seiner Frau in der Küche zugeteilt, und er sei am Überlegen, ob er sie nicht für ganz bei sich einstellen solle.

„Ich suche jemand", hatte der Martinsberger gesagt, dem gerade ein Jahr zuvor die Frau durchgebrannt war.

Dann hatte er sie persönlich aus dem Gefängnis abgeholt und in sein Haus aufgenommen. Es ist nichts als ein Gefühl von Dankbarkeit und Verehrung, das sie ihm entgegenbringt. Er schätzt ihre vortreffliche Küche, ihre Reinlichkeit und auch ihren Versuch, den Knaben Volkmar zu erziehen. Das war ihr leider mißlungen, aber den Volkmar hatte man ja später auch aus ein paar Internaten hinausgeworfen. Er schlug eben in allem seiner exzentrischen Mutter nach. Aber daß Lotte es wenigstens versucht hatte, war ihr hoch anzurechnen, und er ist ihr dankbar dafür. Angerührt aber hat er sie nie, denn bei allem leichten Lebenswandel nach der Trennung von seiner Frau, das eigene Haus hat er stets sauber gehalten.

„Schon gefrühstückt?" fragt Lotte.

„Nein, Lotte. Bring mir eine Kleinigkeit, und dann sag Jakob, er soll mir die Stute satteln. Ich muß auf's Feld hinaus."

„Und für Mittag? Haben Sie einen besonderen Wunsch?"

„Die besonderen Wünsche werden bei mir immer weniger. Mach nur, was du willst, du wirst schon das Richtige erraten. Und schmecken tut bei dir alles gut."

*

Rotgolden steigt ein neuer Tag herauf. Es ist Sonntag, der sechzehnte September, um vier Uhr in der Früh, also noch ziemlich dunkel. Nur dieser rotgoldene Schein hinter den östlichen Bergwänden deutet an, daß ein neuer Tag kommen will.

Bedenkenlos leichtsinnig, weil er bisher nie in Gefahr geraten ist, geht Kilian März mit weitausholenden Schritten den Steilhang neben dem Latschenfeld hinauf, der Fichtenschonung zu, an deren Rand ein Hochstand aufgestellt ist. Mit einer Frechheit geht er darauf zu, als wäre dieser Hochstand eigens für ihn errichtet worden.

Ohne wie sonst das Gesicht geschwärzt zu haben, besteigt Kilian den Hochstand, legt sein Gewehr über die Querstange und entsichert es. Rechterhand steht niederes Fichtengebüsch mit ein paar offenen Grasflächen dazwischen. Da drinnen sitzt wahrscheinlich noch der Bock, von dem der Gidi ihm erzählt hat und auf den er schon gestern abends vergeblich angesessen ist.

Das Herz schlägt ihm wild und freudig zugleich, wie jedesmal in so einer Stunde wachsender Bereitschaft. Es soll für heuer der letzte Bock sein, denn gegen Ende des Monats wird ja bereits der Almabtrieb stattfinden. Bei ihm ist es ja so, daß er nicht stundenlang warten kann wie ein passionierter Jäger, dem keine Zeit davonläuft. Wilderer haben nicht soviel Zeit. Er schon gleich gar nicht, denn drunten werden in spätestens einer Stunde vor der noch verschlossenen Stalltür die Kühe warten, damit sie gemolken werden.

Immer heller wird es jetzt, die Sterne erlöschen, einer nach dem andern, und die Mondsichel wird immer bleicher. Nebelschleier heben sich jetzt vom Boden ab und werden vom Morgenwind wie Fahnentücher hochgewirbelt.

Kilian greift in seine Joppentasche nach ein paar Fliederblättern, die ihm der Gidi besorgt hat. Die Zeit drängt, er muß ein paar Fieptöne damit hervorbringen, ganz zaghaft noch. Dann ist wieder Stille, nur Spannung in Auge und Ohr und die halberhobene Büchse.

Beim Finkenkrug hebt einer, der etwa achthundert Meter oberhalb auf einem Hochstand sitzt, den Kopf. Dann nimmt er das Fernglas vor die Augen. Das scharfe Glas zieht das Gesicht da unten deutlich und zuverlässig heran. Kein Zweifel, es ist dieser Troggler Kilian!

Endlich, denkt er. Endlich ist die Stunde da, die Stunde der Vergeltung und der Rache. Und er will nicht lange fakkeln. Er wird diesen verhaßten Bauernkerl zusammenschießen wie einen Hund. Nun hat er ihn endlich in der Hand. Aber nicht der eigene Spürsinn hat ihn auf diese Spur gesetzt, sondern die Geschwätzigkeit des Lindenhofer Gidi, der seinem Mädel, einer gewissen Annemarie, am Kammerfenster erzählt hat, sie brauche doch nicht immer Angst um ihn haben. Er selber schieße ja kaum mehr etwas. Dafür habe er den Troggler Kilian, er selber brauche dann das Wild bloß auf der Alm abzuholen und zu verkaufen.

An dieses Mädchen hat Volkmar von Sallern sich schmuserisch herangemacht und sogar das Heiratsfähnlein ein bißchen flattern lassen, bis er von ihr hat erfahren können, was er wissen wollte. Er hat dazu gar nicht zu ihr ans Kammerfenster gehen müssen, denn nach ein paar Schoppen Wein im Café ‚Lauschiger Winkel' ist diese Annemarie auch so recht mitteilungsbedürftig geworden unter seiner Süßholzraspelei. Natürlich hat sie ihm alles unter dem Siegel der Verschwiegenheit ausgeplaudert. Er hat ihr sein Ehrenwort geben müssen, daß er es für sich behält und vor allem dem Gidi nichts davon erzählt.

Immer noch rührt sich nichts. Vielleicht schläft der Bock noch. Noch einmal hebt Kilian die Blätter an den Mund. Es ruft und lockt wieder, schriller als vorher. Keinerlei Anzeichen, daß der Bock es hört. Nur eine Amsel tief drinnen im Wald ist aufgeschreckt worden, lärmt mit ein paar Schlägen in die Stille und verstummt wieder.

Dann aber, als Kilian die Blätter erneut zum Locken ansetzen will, ist ein kurzes, rülpsendes Aufbellen zu hören. Keine fünfzehn Schritte ist das entfernt. Nun sieht Kilian ein weißes Rehhaupt über dunklem Rumpf. Das ist der Bock. Und was für ein Bock! Den Stangen nach ein endshoch aufhabender Bock. Voller Mißtrauen schaut er umher und beginnt dann zu äsen. Der Schuß will genau abgemessen sein, wenn der Bock auf der Stelle liegen bleiben soll. Flüchten darf er auf keinen Fall, denn Kilian hat nicht die Zeit, ihn zu verfolgen.

Der Schuß bricht. Es gibt ein kleines, rötliches Mündungsfeuer und ein weithin rollendes Echo. Der Bock macht einen Satz, als ob er zur Flucht ansetzen wolle. Gleich darauf aber knicken ihm die Vorderläufe ein, ein Schwanken – und der graue Körper plumpst auf die Seite.

Mit ein paar Sprüngen ist Kilian bei dem Verendeten. Und wie immer durchkostet er den Jubel, diesen das ganze Herz erfüllenden Jubel solchen Anblicks. Die Stangen, einschließlich der Rosen, sind prachtvoll vereckt und mindestens zwanzig Zentimeter hoch. So ein Prachtexemplar hat er bis jetzt noch nicht erlegt. Er legt das Gewehr neben sich, kniet nieder und zieht das Messer, um mit dem Aufbrechen zu beginnen, als eine helle, sich vor Schadenfreude überschlagende Stimme dicht vor ihm schreit:

„Hab ich dich jetzt endlich, du Lump!"

Kilian reißt erschrocken den Kopf hoch. Kaum fünf Meter vor ihm steht der grinsende Volkmar von Sallern mit schußbereiter Büchse.

Niemand kann danach genau sagen, wie es gewesen ist. Zwei Schüsse krachen zu gleicher Zeit. Kilian läßt sein Gewehr fallen und greift nach seinem rechten Oberarm. Der andere schreit und wankt. Dann läßt er sich langsam fallen. Ihn hat die Kugel ins linke Knie getroffen. Er schreit noch, als Kilian sich schreckensbleich zu ihm niederbeugt. Kilian hätte es beinahe übersehen, daß Volkmar von Sallern noch mal nach seiner Büchse greift. Doch er schlägt sie ihm mit dem Fuß aus den Händen. Dieser Schuß geht in die Luft und rollt in einem Echo davon, das in die Berge hineingeht und von den Wänden wieder zurückkommt.

Ob es nun Schicksal ist oder Zufall – Kilian nennt es eine glückliche Fügung, daß einige Meilinger Burschen mit ein paar Mädels eine Bergtour aufs Scharler Köpfl machen. Sie haben Schreie und Schüsse gehört, sind vom gekenngezeichneten Weg abgewichen und stehen nun vor den beiden. Es braucht von keiner Seite eine Frage oder eine Erklärung, denn jeder sieht ja, was sich hier abgespielt hat. Eins von jenen Wildererdramen, die früher in den Bergen gang und gäbe gewesen sind. Ihre Großväter wissen noch von Wilderern zu erzählen, von den Haisenbuben von Lenggries zum Beispiel oder von dem im Oberland bekanntesten Wilderer, dem Girgl Jennerwein. Völlig überflüssig ist daher die Frage des Angerberger Albin:

„Was ist denn passiert? Hat er dich erwischt, Kilian?"

Langsam hebt Kilian das blasse Gesicht.

„Schaut, daß ihr den irgendwie runterbringt ins Tal. Um mich braucht sich niemand zu kümmern."

„Aber du blutest ja", ruft der Wimmer Xaver erschrokken.

Kilian betrachtet seine Hand, durch deren Finger Blut tropft.

„Ein glatter Durchschuß, mein ich. So ein bißl Aderlaß schad't mir nichts."

„Bißl Aderlaß", sagt der Angerberger. „Ein bißl weiter rein, und du wärst hin."

„Bitt schön, bringt den dort ins Tal. Um mich braucht ihr euch nicht zu kümmern."

Kilian preßt die Hand wieder an den Arm. Dann dreht er sich um und geht mit hängendem Kopf davon.

Feierlich läuten die Glocken von Meiling zum Hochamt. Auf dem Kirchplatz steht noch ein Trüppchen Männer beieinander, darunter auch der Lindenhofer Gidi mit seinem mächtigen Gamsbart. Ferner der Troggler Urban, sein Schwager, der Gsotlechner, und der junge Müller.

Das Laub der Kastanien auf dem Vorplatz zur Kirche ist schon buntgefärbt. Manchmal fällt eine Frucht herunter, die grüne Hülle platzt, und rund und glänzend liegt die Kastanie im Staub der Straße. Der Gidi bückt sich nach einer, schiebt sie in den Hosensack und erklärt den andern:

„Wenn man so eine Kastanie allweil bei sich im Hosensack trägt, dann kriegt man niemals im Leben 's Rheumatische."

Pfarrer Lamsberger kommt aus seinem Haus und geht zur Kirche hinüber. Die Burschen ziehen die Hüte.

„Gut'n Morgen, Herr Pfarrer."

„Guten Morgen, Buben!“ Soll er vielleicht Herren sagen, wo er doch jeden von ihnen übers Taufbecken gehalten hat? Auf den Steinstaffeln, die zum Friedhof hinaufführen, bleibt er noch mal stehen.

„Daß ihr nicht gleich nach der Wandlung wieder aus der Kirch' rausrennt. Die Weißwürst' und das Bier laufen euch nicht davon. Die Schafkopfkarten auch nicht.“

Gerade als der Pfarrer in der Sakristeitür verschwindet, kommt von der Hauptstraße her mit schriller Sirene ein Krankenwagen und biegt in Richtung Gut Martinsberg ab.

„Was wird denn da heut schon los sein?“ fragt der junge Müller.

Aber sie wissen es bald, denn über den Wiesenweg her kommen der Angerberger Albin und der Wimmer Xaver und gesellen sich zu ihnen.

„Der Troggler Kilian und der junge Sallern sind droben am Berg aneinandergeraten. G'wildert hat er, der Kilian.“

Der Lindenhofer Gidi verliert ein bisserl die Farbe, schiebt seinen Hut aus der Stirn und meint lakonisch:

„So geht's, wenn man das elfte Gebot übertritt. Und das heißt nun einmal: Du sollst dich nicht erwischen lassen. Was ist denn passiert?“

„Den jungen Sallern hab'n wir runterbracht auf's Gut. Und da haben sie dann gleich nach dem Krankenwagen telefoniert. G'schrien hat er beim Runtertragen wie eine Sau, wenn s' im Messer steckt.“

„Und was fehlt dem Kilian?“

„Den muß es am Arm erwischt hab'n. Der hat aber kein' Laut von sich geb'n . . .“

Dem Gidi ist nicht ganz wohl in seiner Haut. Er hat das Gefühl, als ziehe sich ein Gewitter über ihm zusammen.

Da hilft jetzt nix als bet'n, denkt er und hofft, daß der Kilian verschwiegen bleibt.

Der Troggler Urban, der sonst seinen Platz in der Kirche immer auf der Empore hat, geht nun, da bereits das Kyrie gesungen wird, auf Zehenspitzen nach vorn, wo in der zweiten Reihe der Troggler auf seinem Stammplatz kniet. Der hebt verwundert die Brauen, als der Urban sich neben ihn schiebt und ihm halblaut ins Ohr flüstert:

„Auf der Alm drob'n ist was passiert, Vater. Der Kilian hat den jungen von Sallern angeschossen."

Der Troggler wechselte die Farbe und schaut mit starren Augen zum Altar vor, auf das große Kreuz, das der Pfarrer auf dem Rücken seines Meßgewandes hat. Er fragt aber dann merkwürdigerweise nicht, wie es dem jungen Sallern gehe, sondern was Kilian abbekommen habe.

„Den muß es am Arm erwischt haben", raunt Urban zurück.

„Du gehst gleich nach der Opferung heim und richtest den Traktor her. Ich komm dann mit dem Doktor nach. Der Adam und die Monika soll'n sich auch bereitmachen. Wir fahren dann gemeinsam auf die Alm."

Obwohl sie nur wispern, reckt die Feistl-Schusterin schon ihren dürren Hals herüber und fragt ziemlich laut:

„Sind wir im Wirtshaus oder in der Kirch'?"

Noch nie hat dem Troggler ein Hochamt so lange gedauert wie an diesem Sonntag. Kaum ist der Schlußsegen vorbei, rennt er schon hinaus und läutet am Doktorhaus.

Mit Doktor Riedl ist er schon seit vielen Jahren befreundet. Der Troggler sagt ihm nur das Wenige, was er weiß, und Doktor Riedl packt sofort seine Tasche, fährt seinen Wagen aus der Garage, und hinauf geht's zum Trogglerhof.

Dort ist schon alles hergerichtet. Der Urban sitzt bereits auf dem Traktor, Adam und Monika stehn daneben. Und wenn auch der Schreck tief in ihren alten Knochen sitzt – Kilian ist ihnen ja wie ein eigenes Kind – so sind sie innerlich doch froh, daß sie gebraucht werden.

Der Doktor läßt seinen Wagen am Trogglerhof stehen und nimmt dann auch auf dem Traktor Platz. „Einen Moment noch", sagt der Troggler und geht in die Stube. Dort steht die Trogglerin mauerbleich an den Tisch gelehnt und starrt den Mann mit nassen Augen an. Er stutzt nur einen Moment. Und was seit vielen Jahren nicht mehr geschehen ist: Der Troggler geht hin zu ihr und legt seinen Arm um ihre Schultern.

„Jetzt weine nicht, Margret, es wird schon alles nicht so schlimm sein."

Sie schaut zu ihm auf, kann seine Güte nicht fassen. Ihre Stimme ist dunkel vor Not.

„Weißt du schon Näheres, Pius?"

„Auch bloß, was mir der Urban g'sagt hat. Aber so lange es keinen Toten 'geben hat, ist alles bloß halb so schlimm. Sei ganz ruhig jetzt. Ich werd' heut kaum heimkommen. Erst morgen. Der Kilian aber muß runter."

Sie sieht ihm vom Fenster aus zu, wie er behende zu Urban auf den Sitz springt, als sei er erst dreißig und nicht fünfundfünfzig. Wie eine Traube sitzen die fünf Menschen nun zusammengepfercht auf dem Traktor.

Völlig verwirrt steht Frau Margret, nicht aus Sorge um ihren Jüngsten, der auf der Alm verbluten könnte, sondern weil in dieser Stunde etwas geschehen ist, was es seit achtzehn Jahren nicht mehr gegeben hat auf diesem Hof. Der Mann Pius März, der längst vergessen hat, ihrem hohen gestreckten Gang nachzusehen, dem niemals mehr das Blut verlangt hat nach ihr, dieser Mann ist heute auf sie zugegangen, hat den Arm um ihre Schultern gelegt, hat tröstende Worte gefunden und ein Mitfühlen für ihre Not gezeigt, als trage er selber am schwersten daran.

Das macht sie jetzt so verwirrt. Sie meint, das Schicksal habe zu etwas Neuem angesetzt, wolle etwas auslösen, das bisher im Dunkel verborgen geblieben ist, weil es das Licht zu scheuen gehabt hat.

Dann geht sie an ihre Arbeit, tut sie wie geistesabwesend, denn all ihre Gedanken sind droben auf der Alm, schwere, düstere Gedanken. Denn sie stellt sich vor, daß es statt Volkmar von Sallern auch Heinrich von Sallern hätte sein können.

Nein, das will sie gar nicht zuende denken. Da wird sie aus ihren schweren Gedanken unverhofft erlöst, denn plötzlich stehn zwei Mädchen am geöffneten Küchenfenster und reden in sprudelnder Wichtigkeit davon, daß sie bei der Gruppe gewesen seien, die am Morgen aufs Scharler Köpfl habe steigen wollen und unverhofft zu Zeugen des Dramas da oben am Berg geworden seien. Kilian sei am Arm verletzt; er habe Huflattichblätter über die Wunde gelegt, dann habe er einen Stoffetzen darum gewickelt und sei an seine Arbeit gegangen, als sei nichts geschehen. Man habe ihm helfen wollen, aber er habe es abgelehnt. Nur das Frühstück hätten sie bereiten dürfen, was sich bei der Primitivität da oben halt so Frühstück nenne.

Die Trogglerin ist froh, als die beiden wieder gegangen

sind, denen die Wichtigmacherei über ehrliches Mitgefühl gegangen ist. Natürlich werden die beiden jetzt auch im Dorf unten mit ihrem Wissen hausieren gehn und das Ganze als blutige Tragödie hinstellen. Damit hat sie auch gar nicht so unrecht, bloß können die beiden Mädchen ihre Neuigkeit nicht mehr anbringen. Das haben der Wimmer Xaver und der Angermeier Albin schon getan, und solche Ereignisse schwingen dann wie Kirchengeläut durch alle Stuben und wie mit Urwaldtrommeln weit hinaus ins Land.

Der Tag zieht sich für die Trogglerin endlos hin mit lauter Denken und Abwägen. Je später es wird, desto klarer und eindringlicher rufen ihre Gedanken einen Entschluß herbei, um den sie nicht mehr herumkommt.

Ja, diesen Schritt muß sie tun. Sie muß den Opfergang einer Mutter für ihren Sohn tun, den sie immer mehr geliebt hat als alles andere, nur daß sie es nicht hat zeigen dürfen.

Als es Abend werden will, zieht sie sich vorteilhaft an (warum eigentlich?) und betrachtet lange vor dem Spiegel ihr Gesicht. Es ist von Sorge umschattet, und um die Mundwinkel liegt ein bitterer Zug. Sie greift noch nach einem Schal mit langen Fransen, legt ihn um die Schultern und verläßt den Hof, nachdem sie den Schlüssel hinter den Fensterladen gehängt hat.

*

Martinsberg liegt im Abendfrieden. Ein paar Jährlinge tollen sich auf der Weide, und aus dem Kamin des Gesindehauses steigt bläulicher Rauch empor. Einige Kinder von Tagwerkersleuten spielen im Hof Ringelreihen, und auf der Bank unter dem Nußbaum, der mitten im Hof steht, sitzt ein Mann in Hemdsärmeln und raucht seine Pfeife.

Das Herrenhaus liegt etwas abseits. Der Abendwind raschelt in den Blättern des Efeus. Die Trogglerin spürt, wie ihr Herz rascher schlägt. Es klopft förmlich gegen die Rippen. Noch nie ist sie in diesem Haus gewesen und hat auch niemals geglaubt, jemals einen Schritt hineinsetzen zu müssen. Nun zwingen sie die Not und die Angst dazu. Hier ist es allerdings nicht so wie in einem Bauernhaus, daß man die Klinke niederdrückt, und man ist drinnen. Hier gibt es einen Glockenstrang, an dem man zu ziehen hat. Dann läutet drinnen im Flur eine Glocke so laut, daß man sie bis in das oberste Erkerzimmer hinaufhören muß.

Fräulein Lotte öffnet.

„Sie wünschen?"

„Kann ich den Martinsberger sprechen?"

„Sie meinen Herrn von Sallern? Wen darf ich melden?"

„Melden? Ich will mich nicht melden, ich will mit ihm sprechen. Ist er da oder nicht?"

Da hört man auch schon seine Stimme fragen:

„Was ist denn los da draußen?"

Mit dem Ellbogen schiebt die Trogglerin die Lotte zur Seite und steht dann im Wohnzimmer Heinrich von Sallern gegenüber.

„Du?" fragt er und gibt sich gar keine Mühe, sein Staunen zu verbergen. Dann geht er an ihr vorbei und schließt die Wohnzimmertür. „Bitte, nimm doch Platz."

„Nein, was ich Euch zu sagen habe, kann ich auch im Stehen erledigen. Ihr wißt, warum ich hier bin. Der Weg nach Martinsberg ist mir wahrhaftig nicht leicht gefallen. Aber es hat sein müssen."

„Ja, ich glaube dir. Nur weiß ich im Augenblick nicht, wie ich dir helfen soll. Darum, vermute ich, bist du doch hier?"

„Du weißt, was heut früh in den Bergen oben geschehen ist?"

„Natürlich weiß ich es. Mein Sohn und – dein Sohn –" Er verstummt plötzlich vor ihrem Blick, der in den seinen hineinbrennt, so daß er nicht mehr auszusprechen wagt, was doch die Wahrheit ist, daß sich zwei Brüder gegenübergestanden sind, jeder mit dem Gewehr in der Hand. „Hast du auch bedacht", wendet er das Gespräch in eine andere Richtung – „hast du auch bedacht, daß ich es hätte sein können, der dem Kilian gegenübergestanden wäre?"

Sie nickt und sagt ihm, daß sie das auch bedacht habe und daß es dann noch viel schrecklicher wäre.

„Ich glaube nicht, denn ich hätte auf gar keinen Fall geschossen."

„Auf keinen Fall?"

„Nein! Weil ich erstens nicht verrückt bin und zweitens dabei an dich gedacht hätte."

Nun muß sie die Augen niederschlagen, und sie spürt, wie ihr das Blut in die Wangen schießt. Aber ihre Stimme hat auf einmal wieder den klaren, schönen Klang.

„Er kann ja nichts dafür, der Kilian. Es liegt ihm halt im Blut."

Der Martinsberger macht eine ärgerliche Handbewegung.

„Wenn ich das schon hör: ‚Es liegt ihm halt im Blut!' Die billige Ausrede aller Wildschützen, der Kilian überhaupt nicht ist. Dazu muß ihn jemand verführt haben. Einer, dessen Schuhspur ich schon seit zwei Jahren verfolge. Dem Kilian liegt doch ganz was anderes im Blut." Er tritt vor sie hin, faßt sie an den Schultern und dreht sie herum. Dann schaltet er das Licht an. „Da, schau dir einmal das an."

Die Trogglerin zuckt zusammen, starrt auf die Statue, über die die Lichter des Lüsters hinfließen, daß sie wie verzaubert wirkt. Sie erkennt sich selber, und es dreht sich alles in ihrem Kopf.

„Wie kommt Ihr dazu?" fragt sie mit zuckenden Lippen. „Woher habt Ihr das?"

„Das fragst du? Die Hände, die dieses Schnitzwerk geschaffen haben, die können mit einem Schnitzmesser viel besser umgehen als mit einem Gewehr. Aber du hast das ja nie gelten lassen, soweit ich unterrichtet bin. Hast es als Spinnerei abgetan."

„Kilian?" fragt sie, nun doch überwältigt und erschüttert zugleich.

„Jawohl, Kilian hat das geschaffen, und ich hab es ihm abgekauft."

„Warum?"

„Weil er unser – weil es ein Kunstwerk ist. Und nun setz dich endlich einmal nieder. Und laß bitte dieses Ihr und Euch beiseite. Schließlich haben wir einmal in einem andern Ton zueinander geredet."

„Das ist so lange her, daß ich es nimmer weiß."

„Nimmer wissen willst, meinst du." Er drückt sie förmlich in den breiten, mit Brokat überzogenen Clubsessel und nimmt ihr den Schal ab. Dann zieht er sich den gleichen Stuhl heran und setzt sich ihr gegenüber. Willenlos läßt sie alles mit sich geschehen. Sie hat vergessen, wo sie sich befindet, sie schaut zum hohen Fenster hinaus, vor dem die Nacht aufzieht.

„Eigentlich müßte ich jetzt dem Schicksal dankbar sein, Margret, daß das passiert ist am Berg oben, denn sonst wärst du nie in dieses Haus gekommen."

„Nein, nie! Es ist mir schon Todsünde genug, einmal in deinen Händen gewesen zu sein."

„Und in meinem Herzen", sagt er mit leiser Stimme und ist froh, daß sie nun doch zum vertraulicheren Du gefunden hat. Am liebsten hätte er ihre Hände in die seinen genommen, aber in ihrem Blick ist soviel Bittendes, soviel innere Not, daß er es sein läßt, und in ihrer Stimme ist jetzt alles Vertrauen der Welt, als sie sagt:

„Du mußt ihm helfen. Du kannst es doch möglich machen, daß er nicht angezeigt wird."

„Das ist leider nicht mehr möglich, Margret. Ginge es nach mir, kein Mensch hätte jemals etwas davon erfahren. Aber es war doch schon angezeigt, noch ehe ich es erfahren habe. Das ging ganz automatisch, Krankenwagen und Anzeige. Aber ich werde natürlich alles tun, was sich tun läßt. Notfalls baue ich ihm eine Brücke, über die er mit leichter Mühe gehen kann. Ich werde sagen, daß ich ihm erlaubt habe, einen Bock zu schießen. Ich werde ihm auch einen guten Anwalt versorgen, aber das muß natürlich ganz unter uns bleiben."

„Wie alles unter uns hat bleiben müssen", sagt sie und sieht ihn zum erstenmal voll an.

„Auf deinen Wunsch hin, Margret. Du hast verlangt, daß ich schwöre, dich ganz allein zu lassen mit . . ."

„Mit meiner Todsünde. Ja, du hast geschworen, und dafür danke ich dir. Heut weiß ich nimmer, Martinsberger, wie das damals alles gekommen ist."

Für eine lange Weile scheint auch Heinrich von Sallern nachzudenken und in Erinnerungen zu versinken. Die Trogglerin ist damals noch sehr jung gewesen und glutvoll, und so grenzenlos allein wie er selber auch, als ihn die Frau verlassen hatte. Der Troggler lag schon ein Jahr im Krankenhaus, und er war Frau Margret begegnet, als er an einem Maienabend von der Pirsch den Weg über den Weiler Gröd genommen hat. Mutterseelenallein war die Trogglerin beim Wasserfall gesessen und hatte Steinchen ins Wasser geworfen. Und wenn er sich jetzt so zurückerinnert, fällt ihm wieder die Angst in ihren Augen ein, als er sie gefragt hat, ob er sich zu ihr setzen dürfe. Es sei ja Platz genug da, hatte sie geantwortet. Und sie haben dann zu den Sternen hinaufgeschaut und sind noch stiller dagesessen, als das Kapellenglöcklein zu läuten begonnen hat. Die Trogglerin hat die Hände gefaltet und still gebetet, wohl auch um baldige Genesung ihres Mannes. Immer mehr Sterne sind es geworden, eine sternblühende Wiese ist da oben am Himmel gestanden, und er hat dieser schweigenden Frau die Sternbilder erklärt, den großen Wagen und die Venus, den Stern der Liebe. Und ganz unverhofft haben sie dann in dieser warmen Maiennacht die Verwandtschaft ihrer Seelen gespürt, die sich ganz weit füreinander aufgetan hatten. Stolz und hoheitsvoll ist diese Frau neben ihm gesessen, und er hat gar nicht bemerkt, daß dieser Stolz nur ein Schild gewesen ist vor ihrer Angst. Aber dann hat die Trogglerin zum erstenmal erlebt, daß die Hände eines Mannes auch zärteln können, daß einer mit behutsamen Worten von der Liebe reden kann. Von der Liebe zwischen zwei Menschen, die der Troggler immer in schweigender Selbstverständlichkeit gefordert hatte, in der Meinung, daß man darüber nicht zu reden brauche, daß sie eben zu seinem Leben gehöre wie das Feld, das er pflügen mußte. Und die blühjunge Trogglerin, die bisher nichts anderes gewußt hatte, als daß sie alles, was von ihrem Körper schweigend gefordert wurde, willig zu gewähren, sich wortlos unterzuordnen habe, erfuhr zum erstenmal, daß ein Mann auch demütig etwas erbitten konnte, und wenn es nur die Bitte um ein Streicheln ihrer Wangen gewesen war, oder daß er ihr Gesicht in seine Hände nehmen und in ihre Augen sehen durfte.

Und dieser Mann war Heinrich von Sallern gewesen.

Der Wasserfall hat geschwiegen und die Sterne auch. Sie haben auch geschwiegen, als Frau Margret den Weg der Sünde gegangen ist und nachher nicht mehr gewußt hat, wie ihr Leben nun weitergehen solle.

Fast täglich ist der Martinsberger damals zum Wasserfall gegangen, und täglich hat die Trogglerin auf ihn gewartet. Das Land um sie herum ist wie ein Paradiesgarten gewesen, obwohl das Rauschen des Wasserfalles wie eine mahnende Stimme war. Aber sie sind vor dieser Stimme schließlich gar nicht mehr erschrocken. Sie waren wie zwei unmündige Kinder, die durch duftende Blumengärten schritten, ohne die Schranken zu sehen, die sie hätten beachten müssen.

Bis dann Tag und Stunde gekommen ist, da sie voller Schrecken aus ihrer Seligkeit erwachten. Es war, als falle ein Schwert zwischen ihren Herzen nieder. Der Troggler war aus dem Krankenhaus heimgekommen und hatte darum gewußt, daß ihm künftig weder Sohn noch Tochter mehr geboren werden konnten.

Die Stimme der Trogglerin reißt den Martinsberger aus seinem Sinnen.

„Dann willst du ihm also helfen?“ fragt sie.

„Muß ich denn nicht, nachdem ich dir damals nicht habe helfen dürfen?“

„Wie hättest du mir denn helfen sollen? Ich bin durch dich zur Ehebrecherin geworden, und an dieser Schuld trage ich mein Leben lang. Ich ganz allein.“

„Ich wäre zu dir gestanden, Margret. Aber du hast nicht den Mut gehabt, die Konsequenzen aus unserer beider Schuld zu ziehen. Du hast dich nicht lossagen können.“

„Unter Bauersleuten ist es nicht Brauch, daß man auseinanderläuft. Und von einem Mann wie dem Troggler sagt man sich nicht los, um eines Irrtums willen. Er ist immer gut zu mir gewesen, obwohl er eigentlich hat fühlen und wissen müssen, daß Kilian nicht sein Sohn ist. Aber er hat ihn geliebt wie seinen eigenen Sohn.“

„Meinst du denn, Margret, daß es für mich nicht auch schwer gewesen ist? Rank und schlank ist der Kilian herangewachsen, in allem gelungen, während der Volkmar ein Versager ist.“

„Ihm hat halt die Mutter gefehlt."

„Ja, eine Mutter wie du."

Abrupt steht Frau Margret auf.

„Ich muß jetzt gehn. Und ich geh viel leichter weg, als ich hergekommen bin."

„Als ob du nicht gewußt hättest, daß du mich niemals umsonst um etwas bittest."

Er legt ihr den Schal um die Schultern und begleitet sie hinaus. Der Himmel ist wie damals voller Sterne. Nur über die Erde ziehn Nebelstreifen hin.

Heinrich von Sallern nimmt ihre beiden Hände in die seinen.

„Es wird alles gut werden, Margret."

„Ja? Glaubst du?"

„Ja, weil ich überhaupt viel gutzumachen habe an dir und an Kilian."

Rasch zieht sie ihre Hände aus den seinen und geht davon, verschwindet im Nebel. Nur ihre Schritte hört er noch eine Weile auf dem Rieselboden. Aber auch als sie verstummt sind, steht Heinrich von Sallern noch unter dem gelben Schein der Hoflampe und sinnt der Frau nach, die sein Leben so grundlegend verändert hat. Sie ist die einzige Frau in seinem Leben gewesen, die er wirklich geliebt hat und heute noch liebt. Sie hätten sich nur früher begegnen müssen.

*

Undeutlich und fahl leuchten die Lichter des Trogglerhofes durch den Nebel. Frau Margret bleibt vor einem der Fenster stehen. Sie sieht am Tisch den Troggler sitzen. Davor steht Urban, fertig angezogen zum Ausgehen. Auf dem Kanapee liegt Kilian, mit einer Wolldecke zugedeckt.

Der Troggler hat doch auf der Alm oben bleiben wollen? Geht es Kilian schlechter als angenommen?

Von neuen Ängsten gejagt, tritt Frau Margret ein und geht sofort auf das Kanapee zu. Kilian schläft. Sein Atem geht ruhig und gleichmäßig. Nur seine Stirn ist gefurcht.

„Laß ihn schlafen", sagt der Troggler.

„Dann geh ich halt jetzt", meint Urban.

„Wohin?" fragt die Trogglerin.

„Ich hab g'sagt, er soll zu Gsotlechners gehn, wenn er nicht zufällig den Martin oder den Alten beim Wirt trifft. Wer weiß, was alles geredet wird, und die Marille soll sich nicht ängstigen."

Die Trogglerin nimmt ihren Schal ab und streicht eine Haarsträhne aus der Stirn, die feucht ist vom Nebel. Dann sieht sie scheu zu ihrem Mann hin, dessen Gesicht streng und verschlossen ist wie immer.

„Und?" fragt sie dann. Nichts weiter als dieses kleine Wörtchen.

Der Troggler hebt die Augen und sieht sie an.

„Nicht weiter schlimm. Der Doktor hat ihm eine Tetanusspritze gegeben und die Wunde frisch verbunden. In einer Woche, meint er, ist alles verheilt, wenn kein Wundfieber dazukommt. Den Schlaf braucht er halt jetzt. Im Runterfahrn ist er uns auf dem Traktor schon eingeschlafen. Übrigens hat er Glück gehabt. Eine Handbreit weiter rechts, und – es gäbe keinen Kilian mehr."

Die Trogglerin schluckt ein paarmal, als ob sie den Tränen nahe wäre. Dann setzt sie sich auf die Ofenbank und schaut unverwandt in das schlafende Gesicht.

„Armer, dummer Kilian", flüstert sie.

Ganz still ist es jetzt, so still, daß man meint, man höre den Nebel vorbeiziehn. Nur die Uhr tickt dazwischen. Er muß doch fragen, denkt die Frau. Es kann ihm doch nicht gleichgültig sein, daß er sie beim Heimkommen nicht angetroffen hat. Und was wird sie dann sagen? Und schon fällt die Frage in die Stille:

„Wo warst du?"

Frau Margret senkt den Kopf und krampft die Hände ineinander.

„Beim Martinsberger."

Wieder ist Stille. Dann räuspert sich der Troggler ein paarmal und nickt, als sei er zufrieden, daß er nicht angelogen worden ist.

„Du mußt das verstehn, Pius. In meiner Not –"

„Natürlich versteh ich es. Wo hättest du sonst auch hingehn sollen. Und was sagt er zu deiner Not?"

„Die Anzeige – er kann sie leider nicht mehr zurücknehmen. Aber er will dem Kilian helfen, so gut er kann."

„Das steht ihm auch zu."

Die Trogglerin hebt den Kopf. Sie sieht, wie der Mann langsam aufsteht und auf sie zugeht, und sie duckt unwillkürlich den Nacken ein wenig, weil sie meint, es müsse etwas geschehen, vor dem sie sich zu ducken hätte. Ein Schlag vielleicht ins Gesicht oder in den Nacken, weil doch kein Mann hinnehmen kann, daß er betrogen worden ist, auch wenn die Strafe dafür erst nach zwanzig Jahren kommt. Denn mit einem Schlag wird es ihr bewußt, daß der Troggler all die Jahre gewußt haben muß um ihren Sündenfall und daß ihm ein Kuckucksei ins Nest gelegt worden ist.

Statt dessen setzt sich der Troggler neben sie auf die Ofenbank, stützt die Fäuste auf die Schenkel und sagt ganz ruhig:

„Ich hab bloß deswegen g'sagt, daß ich auf der Alm droben bleib, damit dir der Weg nach Martinsberg leichter wird. Denn gehen hast du ihn müssen, das hab ich geahnt. Das Schicksal des Kilian geht ihn schließlich genauso was an wie dich und – mich."

Frau Margret ist blaß geworden. Ihre Hände im Schoß zittern wie die Flügel junger Vögel, wenn sie aus dem Nest wollen. Ihr Mund steht halb offen vor Staunen oder zu einem Aufschrei bereit. Dann fragt sie ganz leise:

„Du – hast es – gewußt?"

„Von allem Anfang an."

„Und du hast mich nicht g'schlagen? Nicht verdammt und nicht vom Hof gejagt?"

Nun zuckt so etwas wie ein kleines Lächeln um seine Mundwinkel.

„Damit die Leute was zu reden gehabt hätten! Im ersten Moment freilich, da hab ich g'meint, es hat mir jemand das Leb'n weggenommen. Aber dann hab ich angefangen zu überlegen und nachzudenken, vor allem auch über mich, und daß ich vielleicht manches verkehrt g'macht hab. Und du warst so jung und so schön, Margret, und so allein mit allem, was in einem jungen Menschen drängt. Einmal, wie du gekommen bist auf Besuch, da hab ich in deinen Augen was gesehn, das mich stutzig g'macht hat. Du hast es nicht verbergen können, Margret. Vor mir wenigstens nicht. In deiner Stimm' war sowas wie ein Jubel, und ich bin dagelegen und hab g'wußt, daß ich dir nie mehr werd' ein Kind schenken können. Und dann, bald nach meinem Heimkommen, da hab ich g'sehn, daß du gesegnet warst und hab geschwiegen."

Ein heftiges Aufschluchzen läßt ihn einhalten. Der Kopf der Trogglerin senkt sich auf seine Schulter.

„Was bist du bloß für ein Mensch, Pius. Ein Heiliger kann nicht größer sein."

Sie spürt seine Hand in ihrem Haar und weint nur um so heftiger.

„Ein Heiliger?" fragt er. „Aber geh. Bin auch bloß ein Mensch. Hätt' ich etwa einen Stein aufheben sollen, um nach dir zu werfen? Steinewerfen tun bloß die, die selber nicht frei von Schuld sind. Es wird soviel geirrt auf der Welt. Grad die Großen, die irren ungestraft am meisten auf der Welt. Warum soll ein kleiner Mensch nicht auch irren dürfen? Dann ist der Kilian kommen, und ich hab mir geschworen, ihn nie wissen zu lassen, daß ich nicht sein Vater bin. Er ist größer und größer word'n, und ich hab völlig vergeß'n, daß er eigentlich ein Sünd'nbub war, hab ihn lieb g'habt, als sei er mein eigener, und es hat in mir innerlich manchmal gegluckert vor Lachen, wenn ich g'hört hab, wie du mir hast zuschieb'n wollen, was mir nicht g'hört. Ist er dir nicht wie aus dem Gesicht geschnitten? hast mich oft gefragt. Und später hast dann g'sagt, daß er deinem Bruder gleich sei, der bei Langemarck g'fall'n ist. Aus all deinen Fragen und Deutungen hab ich g'merkt, daß es nur dein schlechtes Gewissen war, das so fragte. Und da hab ich mir g'sagt, wie muß sie leiden, wenn sie sich durch solche Reden selber etwas bestätigen möchte. Du bist ja nie fertig geworden mit deiner Sünd', und manchmal hab ich dich g'hört, wenn du nachts in die Kissen g'weint hast. Das war die Schuld, die dich drückt hat. Mit dieser Schuld hab ich dich alleingelassen."

Sie hebt das tränenüberströmte Gesicht.

„Und heut hast reden müssen?"

„Ja, Margret, heut hab ich reden müssen. Manchmal hab ich dir zwar so einen Brocken hingeworfen, der dir sagen hätt' können, daß ich alles weiß. Mehr wollt ich ja gar nicht. Jetzt aber hat uns durch Kilians Mißgeschick etwas zusammengeführt, das wir gemeinsam tragen müssen. Ich hab dem Kilian schon g'sagt, daß er gradstehen muß für das, was er getan hat. Und wir müssen ihm beistehen."

Dieses ‚Wir' hat nun eine ungeheure Bedeutung, und es ist Margret, als habe er dieses kleine Wörtchen ganz besonders betont, als habe es alles zu umschließen, was weiterhin sein wird an Gemeinsamkeit im Ertragen des Lebens, von dem ja keines weiß, wann es zuende ist.

Draußen steht ein Wind auf und rüttelt an den Fensterläden. Die Uhr schlägt die neunte Stunde. Immer noch liegt ihr Gesicht an seiner Schulter, und es ist ihr wie eine Gnade, daß er dies gewährt und ganz still hält, auch wenn ihre Tränen in seinen Hals hineinrinnen. Plötzlich besinnt sie sich und nimmt den Kopf zurück.

„Hast du schon gegessen?"

„Eine Kleinigkeit, bevor du kommen bist."

„Es ist vom Mittag der Braten noch unangerührt."

„Nein, laß nur, mich hungert nicht."

Sie schiebt ihre Hand nun ganz tief in die seine, und ihr Herz beginnt glücklich zu schlagen, weil sie spürt, wie seine Hand die ihre fest und warm umschließt. Und als sie sieht, wie alles Harte und Gefrorene – wie sie es in all den Jahren gekannt hat – aus seinem Gesicht verschwunden ist, daß es weich ist und von einem Schimmer der Zärtlichkeit umflossen, erkennt sie mit Erschütterung, wie sehr dieser Mann sie immer geliebt haben muß. Das gibt ihr den Mut zum Bekennen, und sie will ganz weit ausholen und versuchen, ihm die Gründe zu erklären, warum sie schuldig geworden ist.

Da legt er seine Hand auf ihren Mund, damit sie schweige von dem, was verschwiegen bleiben soll für ihr ganzes künftiges Leben, um Kilians wegen und um der Leute wegen.

„Nicht mehr dran rühren“, sagt er. „Du allein bist ja nicht schuld, und es ist vielleicht schon einiges bei mir selber an Schuld zu suchen. Wir Trogglers wissen keine großen Worte von der Liebe, wir betrachten alles zu selbstverständlich. Ich hab zuviel an mich gedacht, nur immer an den Hof und was er trägt, und viel zuwenig an dich. Dann hast du dich mit geschlossenen Augen über einen Brunnenrand gebeugt und bist in die Tiefe gestürzt. Ich hab dich nicht halten können, weil ich nicht da war.“

Das ist nun wieder eine von seinen seltsamen Redensarten. Doch Margret versteht ihn jetzt, versteht nun auch manches andere, was in der Vergangenheit gesagt worden ist, dessen tieferen Sinn sie aber nicht hat deuten können.

*

Zur selben Stunde feiert die Agnes in der Dortmunder Westfalenhalle einen ihrer größten Triumphe, vor zwölftausend Menschen. Eingerahmt von einem halben Dutzend weiterer Schlagersänger und -sängerinnen mit bekannten Namen, tritt sie im kleidsamen Trachtenlook aus dem Dunkel des Bühnenraums ins grelle Scheinwerferlicht, das ihre ganze Gestalt abtastet. Mit leicht gesenktem Kopf wartet sie das Vorspiel des dreißig Mann starken Orchesters ab, dann hebt sie das Gesicht, als lausche sie sekundenlang auf ein Echo aus den Bergen. Und dann perlt es aus ihrer Kehle, so mühelos und rein, daß die Menschen den Atem anhalten vor dieser Stimme.

Der Beifall ist ohrenbetäubend, und wenn ihre Zeit nicht auch nach Minuten berechnet wäre, so hätte sie ein Dutzend Zugaben singen müssen, so aber reicht es nur für zwei. Aber der Beifall dröhnt hinter ihrem Abgang lange her. Agnes hört ihn bis in ihre Garderobe. Dort klingt es, als brause der Herbstwind in den Bergwald hinein.

Als der Beifall verrauscht ist, erhebt sich in der ersten Reihe eine große, bäuerlich gekleidete Frau, klemmt ihre unförmige Handtasche unter den Arm und begibt sich ebenfalls in die Garderobe. Dort läßt sie sich schwer in einen Stuhl fallen und wischt sich den Schweiß von der Stirn.

„Jetzt wär ein Bier recht", sagt die Klingermutter. „In Dortmund soll es ja ein ganz besonders gutes Bier geben."

Agnes öffnet die Tür und ruft nach einem dienstbaren Geist, der auch nach kurzer Zeit eine Flasche bringt. Und immer wieder öffnet sich die Tür. Blumen werden gebracht, Berge von Blumen, was die Klingerin veranlaßt zu sagen:

„Daheim könnten wir jetzt direkt eine Blumenhandlung aufmachen."

Natürlich können sie die Blumen nicht alle mitnehmen. Darum vereinbart Agnes vor jedem Auftreten in einer Stadt, daß die Blumen am nächsten Tag in ein Altersheim gebracht werden.

Die Klingerin trinkt wie immer aus der Flasche. Ganz weit legt sie dabei den Kopf zurück, man hört, wie es gurgelt und sieht, wie sich der Adamsapfel bewegt. Danach kommt die übliche Frage:

„Bist müd, Kindl?"

„Nein, Mutter. Aber nimm bitte das Glas dort, und trink nicht immer aus der Flasche."

„Aus dem Flaschl schmeckt es besser. Das verstehst du nicht, Kindl. Da ist der ganze Hopfenduft noch drinnen. Das hat dein Vater selig schon g'sagt, und der hat was verstanden vom Bier."

Da muß die Agnes wieder lachen. Die Klingerin ist wirklich ein Original. Keine Zeitung berichtet über Agnes, ohne daß nicht auch ihre Mutter erwähnt würde, als Betreuerin, Managerin oder sonst was. Ein Kritiker hat sie kürzlich einmal sogar als den ‚Berggeist Rübezahl' bezeichnet, der sich an das Lercherl gehängt habe und jeden ihrer Schritte überwache.

„Den Kerl, wenn ich einmal erwisch', den nehm ich bei seine Ohrwascheln, daß ihm's Hör'n und's Sehn vergeht."

Wieder klopft es an die Tür. Ein junger, gutgekleideter Mann tritt ein, mit einem Riesenstrauß von weißem Flieder. Er ist der Sohn eines Feuerzeugfabrikanten in Hannover, zweifellos ein Millionär. Er ist in Hannover schon mit einem Rosenstrauß aufgekreuzt, ist in Köln mit Orchideen dagewesen und nun auch nach Dortmund nachgereist. Er sagt diesmal, was er bisher wohl aus Angst vor dem ‚Rübezahl' verschwiegen hat, daß er das ‚Lercherl vom Walchensee' über alles verehre, daß er von ihrer Stimme verzaubert sei, und ob er sie nicht zu einem Abendessen einladen dürfe. Natürlich auch die Frau Mutter, fügt er noch schnell hinzu.

Die Frau Mutter setzt wieder ihr Bierflaschl an den Mund und trinkt es aus. Dann schaut sie ihre Tochter an, und Agnes versteht den Blick. Lächelnd reicht sie dem jungen Mann die Hand, bedankt sich für den herrlichen Flieder und sagt, daß es ihr leid tue, aber so spät dürfe sie nichts mehr essen.

„Dann vielleicht ein Glas Sekt?"

„Durst hab'n wir auch keinen mehr", sagt nun die Klingerin. „Und wissen S' was, junger Herr, es hat nicht viel Sinn, wenn sie uns allweil nachreisen, wir sind schon vergeben. In der Heimat wartet einer, ja, ein braver, sauberer Bursch. Den dürfen wir nicht ausschmiern. Das verstehn S' doch, gell, junger Mann? Und den teuren Flieder, der muß ja im September einen Haufen Geld kosten. Und es ist so schade, wenn er verwelkt. Wissen S' was, tragen S' ihn in eine Kirch' und lassen ihn beim Altar aufstellen. Unter eine Muttergottes vielleicht. Das ist für Ihr Seelenheil recht gut. So, Agnes, und jetzt gehn wir schlafen."

Das Hotel ist nicht weit entfernt. Die Klingerin nimmt sich noch ein Flaschel Dortmunder Edelpils mit aufs Zimmer und schläft sofort ein, während die Agnes noch einen Brief an ihren Kilian schreibt.

Morgens ist die Klingerin immer als erste am Frühstückstisch und widmet sich der Morgenzeitung. Während sie eine Semmel mit Butter bestreicht und ziemlich viel Schinken drauflegt, beginnt sie schon zu lesen, und mit jeder Zeile werden ihre Wangen immer röter. Denn da schreibt einer:

Die schöne Bauerntochter bezaubert mit ihrer Stimme 12000 Menschen. Mit ihr ist ein neuer Stern am Schlagerhimmel aufgegangen. Dieses langbeinige Kind aus den Bergen, mit ihren sanften, dunkel schillernden Augen hat sich schon 2 Mill. Platten ersungen. Und das ist erst ein Anfang. Frei und offen, ohne jede Starallüren, tritt sie vor ihr Publikum. Diese Agi Kling, das ‚Lercherl vom Walchensee' genannt, hat auch persönlich eine Ausstrahlung, die alle Herzen anrührt, und es ist kaum vorstellbar, daß sie vor einem Jahr daheim noch barfuß über Stoppelfelder gelaufen ist und Ziegen gehütet hat . . .

„Also, das ist doch allerhand!" empört sich die Klingerin und schiebt Agnes sofort die Zeitung hin, als sie am Frühstückstisch erscheint. Die Agnes liest und erheitert sich mit jeder Zeile und bricht dann zum Schluß in ein herzliches Lachen aus.

„Da kannst du noch lachen?" fragt die Klingerin fassungslos. „Wann hättest du schon einmal Geißen gehütet?"

„Das grad nicht. Aber barfuß bin ich zu gern über Stoppelfelder gelaufen."

„Woher weiß das der Zeitungsschmierer?"

„Das wird ihm halt unser Impressario Ralf Boyer aufgetischt haben. Vielleicht verstehst du das nicht ganz so, Mutter. Das gehört zur Reklame."

„So? G'hört denn das auch zur Reklame, daß du langhaxert bist?"

„Langbeinig schreibt er, Mutter."

„Das ist ganz gleich. Seit wann bist du langhaxert? Du hast ganz normal gewachsene Füß'. Herrgottsstampferl, hat dein Vater, Gott hab ihn selig, allweil g'sagt. Dann schreibt der Kerl auch noch von zwei Millionen Schallplatten. Ich hab's nachgerechnet in meinem Büchl. Es sind genau eine Million und neunhundertsechsundachtzig. Dieser Boyer verdient einen Haufen Geld mit dir."

„Wir doch auch."

„Aber bei weitem nicht soviel wie der. Ich hab das schon ausgerechnet. Bei der nächsten Langspielplatt'n, da muß er mehr berapp'n, sonst mögen wir nimmer."

Die Agnes kennt die Lamentiererei der Mutter schon und achtet kaum mehr darauf. Sie läßt sich ihr Frühstück schmecken und studiert so nebenbei ihren Terminkalender. Morgen geht es nach Aachen, dann nach Krefeld, Karlsruhe und Stuttgart. Dann nach München ins Studio zu Plattenaufnahmen, und schließlich heim.

„Diesmal bleiben wir aber länger daheim", sagt sie dann.

„Das kommt drauf an, was dieser Boyer wieder alles abgeschlossen hat. Aber ich werd' ihm diesmal schon auf die Finger schaun. Der muß nicht meinen, daß er dich verheizen kann."

„Ich bin noch jung, Mutter."

„Du weißt ja gar nicht, wie schnell die Jahre vergehn, Kindl."

„Weil ich das weiß, drum muß ich jetzt fest dranbleiben. Andere werden wieder nachkommen, und einmal wird der Glanz um mich erloschen sein. Aber jetzt Schluß mit allem Geschäftlichen. Schau doch naus, wie die Sonne heut scheint. Wir wollen uns die Stadt ein wenig anschaun und irgendwo nett zu Mittag essen."

„Und ein paar Halbe Bier trinken. Zu dir im Vertrauen g'sagt, Agnes, so ein gutes Bier hab ich noch nirgends getrunken. Vielleicht könnten wir uns ein Tragl mit heimnehmen."

Eine halbe Stunde später wandern die beiden Arm in Arm durch die City Dortmunds.

*

Um diese Zeit schiebt der Gendarmeriemeister Koppenhöfer sein Fahrrad über den Berg nach dem Weiler Gröd hinauf. Er ist nicht mehr jung und steht im nächsten Jahr zur Pension an. Ein gutmütiger Mensch, den sie in der Gegend den ‚Fragerl' nennen, weil er bei jedem Delikt, das er zu bearbeiten hat, stets den Täter fragt:

„Ja, was mach' ma denn da?"

Die Fahrt nach Gröd hinauf ist ihm ziemlich peinlich, denn mit dem Troggler steht er sich äußerst gut. Von dort her bezieht er seine Eier und die Butter. Dienstlich hat er noch nie etwas zu tun gehabt da oben. Und jetzt muß dies mit dem Kilian passieren. Peinlich, äußerst peinlich.

Manchmal bleibt er stehen und wischt den Schweiß aus dem Stirnband seiner Mütze. Die Zeit ist hier noch nicht gekommen, da die Landgendarmen mit dem Auto fahren und über Funk gerufen werden. Das hat seine Vor- und seine Nachteile. Bis jetzt hat man auf den Dienstgängen doch einmal in einer Wirtschaft einkehren und Brotzeit machen können. Das wird dann später nicht mehr gehn. Na ja, da braucht ja er, der Fragerl, nicht mehr mitmachen. Er hat dann ausgedient und kann im Winter zum Eisstockschießen gehn und im Sommer auf der Hausbank sitzen und den Sonnenblumen zuschaun, wie sie wachsen.

Er ist froh, daß er den Troggler bei der Wagenremise stehen sieht. So braucht er wenigstens nicht gleich ins Haus zu gehn. Die Leute erschrecken immer, wenn ein Gendarm so unvermittelt ins Haus kommt.

„Guten Morgen, Troggler!" ruft er über den Hof hinüber und lehnt sein Fahrrad an die Hauswand.

„Guten Morgen, Herr Koppenhöfer. So, sind S' schon da?"

„Wie bitte? Was heißt: schon da?"

Sie gehen aufeinander zu und reichen sich die Hand.

„Der Kilian wartet schon."

„Haben Sie denn gewußt, daß ich komme?"

„Natürlich. Es muß ja alles seine Richtigkeit haben. Gehn S' nur hinein in die Stub'n, da sitzt er drin, der Missetäter."

„Peinlich, peinlich. Was mach'n wir jetzt da?"

„Ihre Pflicht müssen S' halt tun, Koppenhöfer."

„Wer hätt' denn das gemeint, daß 's Büberl wildert."

„Die Gelegenheit halt, wissen S'. Da oben laufen ja die Rehböck vor der Haustür umeinander. Und Gelegenheit macht Diebe."

„Da haben Sie aber recht, Troggler. Na ja, so arg wird es ja nicht werden."

Dann gehn sie ins Haus. Kilian hat zwar den Arm noch in der Schlinge, aber Schmerzen hat er nicht.

„Nehmen S' Platz, Herr Gendarmeriemeister", sagt der Troggler und lacht ein bißchen. „Meister! Wie sich das anhört. Unter einem Meister stellt man sich ganz was anders vor. Einen Schreinermeister oder Schlossermeister. Früher hat man halt Kommissär g'sagt."

„Ja, früher", sagt Koppenhöfer und seufzt dem Früher nach. Dann wendet er sich an Kilian. „Dann packen wir's halt, gell?" Er zieht sein Notizbüchel und zückt den Bleistift. „Geboren?"

„Ja."

„Was heißt ja. Ich meine wann?"

Kilian gibt seine Personalien an. Er nimmt das Ganze gar nicht so tragisch. Darum hat er sich auch den kleinen Witz erlaubt vorhin.

„Du hast also gewildert?"

„Ja."

„Wo und wann? Bitte die genaue Zeit."

Kilian gibt Zeit und Ort an. Schildert den Vorfall wie er war, verschweigt nichts und fügt nichts hinzu. So einfach hat Koppenhöfer während seiner ganzen Amtszeit noch keine Anzeige aufgenommen. Dann setzt er ab und schaut den Kilian an.

„Es war doch nicht das erste Mal, daß du gewildert hast?"

„Doch."

Der Troggler, der sich am Wandschränkchen zu schaffen macht, schmunzelt vor sich hin. So hat er es dem Kilian eingetrichtert. Nicht mehr als ja oder nein sagen. Jetzt dreht er sich um.

„Ein Stamperl Schnaps, Koppenhöfer?"

„Hernach dann. Jetzt bin ich im Dienst. – Du hast also sofort geschossen, als der junge von Sallern dich anrief."

„Gleichzeitig haben wir geschossen."

„Volkmar von Sallern gibt aber an, daß du zuerst geschossen hättest."

„Dann lügt er."

„Wie geht es ihm denn überhaupt?" fragt jetzt der Troggler.

„So weit ich informiert bin, besteht keine Lebensgefahr. Vier Wochen, rechnen die Ärzte, daß er im Krankenhaus bleiben muß. Die Kugel hat ihn unterhalb des Knies erwischt."

„Gottseidank!"

Dann will der Fragerl wieder einmal wissen:

„Ja, was mach'n wir denn da?"

„Das weiß ich nicht", antwortet Kilian, und der Troggler fügt hinzu:

„Sie werden ja schon öfters so einen Fall g'habt haben?"

„In letzter Zeit eigentlich nicht mehr. Und wo ist die Büchse? Die muß ich natürlich beschlagnahmen. Waffenschein wirst ja auch keinen haben?"

„Nein!"

Dann stellt der Fragerl noch eine Menge Fragen, die Kilian grundsätzlich nur mehr mit ja oder nein beantwortet, bis der Gendarmeriemeister sein Bücherl schließt und in die Tasche steckt. Dann meint er:

„Sie werden verstehn, Troggler, ich muß halt meine Pflicht erfüllen."

„Aber selbstverständlich, Koppenhöfer."

„Nicht daß man mir was nachträgt."

„Aber woher denn! Sie gehn ja sowieso bald in Pension, hab ich g'hört."

„Am ersten April nächsten Jahres."

Der Troggler schenkt nun drei Glaserl Schnaps ein, und alle drei stoßen miteinander an. Dann begleitet ihn der Troggler hinaus. Unter der Tür stehend, plaudern sie noch ein Weile über Wetter, Saatenstand und was so Dienstliches im Stationsgebäude angefallen ist. Es ist nichts Schwerwiegendes. Ein paar leichtere Diebstähle, Ruhestörung und einmal eine saftige Rauferei. Im stillen Bergdorf Meiling hat es noch keine Menschenentführung und keine Banküberfälle gegeben. Und sie werden hoffentlich dahin auch nicht kommen.

Es wird ein trostloser Herbst in diesem Jahr. Bis Novemberende regnet es fast ununterbrochen. Dann springt der Wind nach Osten um, und eines Morgens glänzt Eis auf Äckern und Wiesen. Die Bauern haben Sorgenfalten auf der Stirn, denn es ist nicht gut, wenn die Saat so blank gefriert und kein Schnee drauf liegt. Erst in der ersten Adventswoche schneit es dann, nachdem der Troggler Urban am vierundzwanzigsten November die Risser Josefa als junge Bäuerin auf den Hof gebracht hat. Diese Hochzeit hat nicht ganz den großen Aufwand wie damals, als der Gsotlechner Martin die Marille geheiratet hat. Bei dieser Novemberhochzeit singt niemand das ‚Ave Maria' beim Hochzeitsamt, denn das Lercherl ist wieder einmal unterwegs. Aber man kann sie zuweilen im Fernsehen hören und sehen, und die Meilinger sind mächtig stolz darauf, daß die Agnes aus ihrem Dorf gekommen und aufgestiegen ist zu Triumph und Glanz, denn etwas von dem Glanz fällt auch auf ihr kleines Dorf zurück. Auf einmal will jeder gut Freund mit der Agnes gewesen sein.

Anfang Dezember beginnt es dann zu schneien. Zwei Tage und zwei Nächte fallen die Flocken aus hohem Himmel, ohne Wind. Lautlos wird die Erde zugedeckt.

Es ist Nacht, wenn die Trogglers in den Wald gehen, um Bäume zu fällen, und es ist Nacht, wenn sie heimkehren. Ein schmaler Pfad durch den Schnee, den ihre Füße getreten haben, führt zum Holzschlag hinauf, und sie haben eine gute Stunde zu gehen. Viel Holz schlägt der Troggler in diesem Jahr. Die Maschinen haben viel Geld gekostet, kürzlich hat man auch eine elektrische Melkmaschine angeschafft, und zu Weihnachten soll ein neuer Wagen auf den Hof kommen. Der Urban wie der Kilian machen ihren Führerschein.

Das Leben auf dem Hof ist anders geworden, als hätte sich etwas Graues fortgehoben, das immer dagewesen ist, ohne daß man es beim Namen hätte nennen können. Macht es vielleicht die junge Bäuerin? Sie ist ein gutmütiges Ding, kräftig gebaut und immer frohen Mutes, und eine Köchin, wie man sich's nicht besser wünschen könnte. Sie hat nicht viel Geld ins Haus gebracht, dafür aber eine große Liebe zum Bauerntum. Wenn sie am Herd steht, singt sie zuweilen vor sich hin. Ist es da ein Wunder, daß der vorher ewig verdrießliche Urban jetzt immer öfter lachen kann, wozu er früher am liebsten in den Keller gegangen wäre, damit ihn niemand dabei sieht.

Auch die Trogglerin selber ist umgewandelt. Sie hat eigentlich am Herd stehenbleiben wollen. Aber der Troggler hat es anders bestimmt.

„Du mußt die Junge ranlassen, Margret, sonst hätte sich ja durch die Einheirat nichts geändert. Außerdem bleibst du jetzt morgens länger liegen. Was tust denn um fünf Uhr schon auf? Ist ja die Junge im Haus."

An einem Morgen steht Kilian schon auf dem Vorplatz draußen, den Rucksack mit Proviant umgeschnallt, die Axt unter der Armbeuge, wartet er auf Vater und Bruder. Es ist bitter kalt, und er beginnt mit den Füßen zu stampfen, geht auf und ab und ärgert sich, weil die beiden so lange nicht kommen. Er hört den Urban in der Küche reden und tritt an das Fenster heran. Nur durch einen ganz kleinen Spalt kann er wegen der Eisblumen hindurchsehen. Und da sieht er den Urban am Herd stehen. Er hält seine Frau in den Armen und zärtelt mit ihr, als wären sie noch in den Flitterwochen, als müsse er nicht in den Wald gehen, sondern die Josefa noch mal in die Schlafkammer drängen, aus der sie doch erst vor einer halben Stunde gekommen sind. Soviel Verliebtheit hätte er dem Urban gar nicht zugetraut. Und sie erst! Sie hängt an seinem Hals und gurrt wie eine Taube.

Neid? Ja, ja. Sowas wie Neid will den Kilian erfassen, denn was hat denn er? Die Agnes reist durch die weite Welt, und wenn nicht jede Woche ein Brief von ihr käme, wüßte er überhaupt nicht, wo sie sich befindet. In ihren Briefen aber schreibt sie, daß sie wahnsinnige Sehnsucht nach ihm habe und daß sie es kaum mehr erwarten könne, bis Weihnachten sei. Dann aber bleibe sie mindestens vier Wochen zu Hause.

Das zweite Fenster neben der Küche ist das elterliche Schlafzimmer. Auch hier kann er nur durch einen Spalt schauen. Er sieht die Mutter noch im Bett liegen. Sie hat das Licht brennen, und soeben betritt der Vater noch mal die Kammer, die Pelzjoppe schon eingeknöpft, die wollene Kappe überm Haar. Die Mutter streckt die Hand nach ihm aus. Er nimmt diese Hand und setzt sich vorsichtig auf den Bettrand.

„Gib obacht, Pius", sagt die Mutter, „daß dir nichts passiert. Und kommt nicht gar zu spät heim. Die Josefa kocht dann saure Leber für euch."

Dabei streckt sie den Arm und knöpft ihm den oberen Knopf der Joppe noch ein. Bis zur Schulter sieht Kilian den Arm, schön und weiß ist er, wie der Arm eines Mädchens. Wie der seines Mädchens Agnes, das in zehn Tagen heimkommen wird.

Der Vater spricht nichts, streicht nur einmal behutsam mit seinen harten Fingern über ihre Stirn hin, über ihre Wangen und über ihre Lippen. Es sind scheue, fast knabenhafte Zärtlichkeiten, und Kilian kann sich nicht erinnern, daß der Vater jemals so etwas getan hätte, und er weiß auch nicht, warum er sich darüber freuen kann. Jedenfalls erscheint ihm das schwere Tagwerk nun leicht nach dem Anblick von soviel Schönheit und der scheuen Geste der Liebe zwischen den Eltern, von der er bisher nichts gewußt hat.

Dann kommen die beiden endlich heraus. Der Schnee unter ihren Füßen knirscht leise. Schweigend gehen sie hintereinander. Nur ihren Atem hört man. Als sie nach einer Stunde an den Holzschlag kommen, beginnen die Sterne zu erblassen.

*

Die Agnes muß ihre Tournee, in der auch noch ein Abend mit den Wiener Sängerknaben in Graz eingeplant war, drei Tage früher beenden, weil sie stark erkältet ist, und kehrt nun mit ihrer Mutter nach Meiling zurück. Der Impressario tobt und spricht von einer Konventionalstrafe, an der sich auch Agnes zu beteiligen habe, und sie solle sich nur nicht einbilden, daß sie schon Starallüren haben dürfe. Mit Spritzen müsse doch sowas wenigstens für ein paar Stunden zu beheben sein.

Die Agnes ist tiefunglücklich darüber und wäre noch unglücklicher, wenn ihre Mutter nicht dabei wäre. Die Klingerin weiß zwar nicht, was eine Konventionalstrafe ist, aber bei dieser Drohung läuft ihr Gesicht rot an vor Zorn; sie fuchtelt mit ihrem Regenschirm vor dem Gesicht dieses Ralf Boyer herum und wirft ihm ihren Bierbaß entgegen:

„Nichts wird gespritzt! Wir lassen unsern Körper nicht spritzen. Und überhaupt, dir gib ich gleich eine Kontinentalstrafe! Ihn schau nicht an! Hast du vielleicht noch nicht genug Geld verdient an uns? Und wenn du uns noch mal drohst, dann hau ich dir den Regenschirm auf dein Dach, daß d' die Engerl singen hörst. Und jetzt komm, Agnes, jetzt wird auf der Stell' heimgefahr'n."

Daheim angekommen, greift die Klingerin gleich zu ihren erprobten Hausmitteln. Tee aus verschiedenen Kräutern und Blättern, die schweißtreibend sind, dazu heiße Schweineschmalzwickel über die Brust, und so wird die Agnes tief ins Bett gesteckt. Zwei Tage später ist sie wieder vollständig gesund, auch wenn die Zeitung schreibt, die Folkloresängerin Agi Kling, ‚das Lercherl vom Walchensee' sei schwer erkrankt und habe sämtliche Termine absagen müssen. „Diese Schmierblätter!“ schimpft die Klingermutter. Aber sie weiß, daß Dementieren wenig Sinn hätte. O ja, sie hat auch einen Haufen dazulernen müssen.

Der Postbote Sebastian Beissl aber schimpft, daß er jetzt wohl oder übel noch einen Rucksack auf seinen Dienstgang mitnehmen müsse, weil die viele Verehrerpost in seinem Lederranzen keinen Platz mehr habe. Ja, Briefe und Blumen werden ins Haus geschickt, und die Klingermutter seufzt im Metzgerladen:

„Das hätt' ich nie geglaubt, daß es einmal so um uns zugeht.“

Kilian ist fast jeden Abend im Klingerhäusl, und die Agnes geht oft zum Trogglerhof, als gehöre sie schon zur Familie. Auch am Heiligabend ist sie mit ihrer Mutter nach dorthin eingeladen, und sie verzaubert alle Herzen, als sie unter dem brennenden Lichterbaum mit engelzarter Stimme singt:

„Als Maria über 's Gebirge ging . . .“

„Dieses Weihnachten wird uns in ewiger Erinnerung bleiben“, sagt der Troggler, und was die Trogglerin betrifft, so kann sie nicht begreifen, wieso sie jemals gegen die Agnes gewesen ist.

Du lieber Gott, daß einmal eine so schöne Zeit anbrechen könnte! Agnes und Kilian sind in der Woche zwischen Weihnachten und Neujahr ständig unterwegs mit ihren Skiern. Sie ziehen hoch in die Berge hinauf und fegen in sausender Schußfahrt zu Tal, oder sie ziehen im Langlauf durch die verschneiten Wälder. Einmal, als sie bei den sieben Eichen vorbeiziehn, da bleiben sie stehen und rufen die Erinnerungen wach an jenen Tag, an dem sie dort gesessen und sich zum erstenmal geküßt haben. Und sie wissen, daß sie seitdem gewachsen sind, reifer geworden an den Ereignissen und Erlebnissen, jedes auf seine Weise. Und was Kilian vergessen hat aus dieser Zeit, die Agnes hat es aufbewahrt. Sie erinnert sich, daß er damals gesagt hat, der Mann müsse auf einem Sockel stehn, und die Frau müsse zu ihm hinaufschauen.

„Ja, doch", lacht er. „Das weiß ich schon noch. Aber heut ist's umgekehrt. Heut' stehst du auf einem hohen Sockel, und ich muß in Bewunderung zu dir aufschaun."

„Nein, bloß das nicht, Kilian. Für dich bin ich immer noch das geblieb'n, was ich war."

Er lehnt die beiden Skistecken an eine der Eichen und schaut sie an, als wolle er prüfen, ob sie immer noch die Agnes sei, die mit ihm in die Gössnerwand hat einsteigen wollen, um den goldenen Schatz in der Höhle zu suchen, in der der Sage nach bereits fünf Totengerippe liegen.

Heute lachen sie darüber, und Kilian meint:

„Heute hast du dir vielleicht schon soviel verdient, daß du nach dem Goldschatz da droben gar nimmer suchen brauchst."

Die Agnes zieht ihre Stirn in nachdenkliche Falten und sieht ihrem Atem nach, der in der kalten Luft wie Rauch aussieht. Dann schaut sie ihn treuherzig an.

„Ob du es glaubst oder nicht, Kilian, ich weiß gar nicht, wieviel sich da schon angehäuft hat. Ich hab kein Verhältnis zum Geld. Das macht alles die Mutter. Aber kürzlich hat sie einmal gesagt, daß wir uns jetzt schon einen Hof kaufen könnten, so groß wie der Scheuerhof in Artelshofen. Es fragt sich bloß, ob du noch von einem Bauernhof träumst."

„Den gleichen Traum hast du auch geträumt, Agnes."

„Bin auch heut noch nicht davon loskommen, Kilian. Und wenn ich da draußen in der Welt singen muß, mach ich manchmal die Augen zu. Dann seh ich mich durch ein goldfarbiges Weizenfeld schreiten, meine Hände greifen in die Ähren, und es ist ein Gang wie zu einem Altar hin, wo seitlich des Tabernakels blaue Kornblumen blühn."

„Und ich hab oft so Angst gehabt, Agnes, du könntest in all dem Trubel einmal die Heimat vergessen."

„Das würd' dann heißen, auch dich zu vergessen. Das ist doch nicht möglich, Kilian. Wer die Heimat vergißt, der ist nicht wert, daß ihm noch die Sterne scheinen. Und – ich dich vergessen? Aber Kilian, von uns kann doch eins ohne das andere nimmer sein."

„So groß ist dein Vertrauen?"

„Grenzenlos."

Nach dieser Beteuerung fallen sie sich wieder einmal um den Hals und küssen sich. Ihre Wangen sind kalt vom Ostwind, aber ihre Küsse sind heiß, und die weiße Welt um sie her versinkt. Die Dämmerung schleicht schon heran, und im Dorf brennen die ersten Lichter auf.

Kilian greift nach seinen Skistecken. Da fällt ihm plötzlich die Frage noch ein:

„Hast du eigentlich nie Angst g'habt, Agnes, als du so weit weg warst, daß mich einmal eine andere anlacht?"

„Das kommt doch nicht auf die an, die dich anlacht, sondern ganz allein auf dich. Nein, Kilian, ich hab keine Angst, weil ich dich kenne bis auf den Grund deiner Seele. Ich darf und will auch keine Angst hab'n, denn wenn man Angst hat, ist man nimmer frei, und wenn man nicht frei ist, dann ist man arm und krank."

Sagt's und stemmt sich ab. In sausender Fahrt geht es hinunter über die Hangweide, auf der der Schnee so hoch liegt, daß man die Weidezäune nicht mehr sieht. Dann empfängt sie die warme Stube auf dem Trogglerhof. Es gibt heißen Tee mit viel Rum. Dazu noch Plätzchen von Weihnachten. Der Ofen strahlt behagliche Wärme aus, und es ist überhaupt so eine trauliche Familienatmosphäre geworden, als lache das Glück aus allen Winkeln.

Natürlich wird in diesem Kreis auch Kilians Fall besprochen und nach allen Richtungen hin ausgelegt. Als Agnes davon das erste Mal gehört hat, hat sie spontan einen der bekanntesten Rechtsanwälte beauftragt, den Fall zu übernehmen. Vielleicht hat der Staranwalt sogar gelächelt, als man ihn mit so einer Wilderergeschichte beauftragte. Allerdings beginnt für ihn die Sache dann doch interessant zu werden, denn die Gegenpartei klagt auf versuchten Mord.

Und so wartet man doch mit einigem Bangen auf die Verhandlung, die am 15. Februar vor dem Amtsgericht stattfinden soll.

Die Verhandlung gegen den Bauernsohn Kilian März beginnt um halb neun Uhr vor dem Schöffengericht der Kreisstadt. Oberamtsrichter Klinghofer bespricht sich noch im Beratungszimmer mit den zwei Schöffen, einem Milchgeschäftsinhaber aus der Kreisstadt und einer Brauereibesitzersgattin aus Feldafing, die auf den Namen Elisabeth Kufler hört.

Ja, die Sache sei nun doch etwas verzwickt, erklärt der Oberamtsrichter seinen beiden Schöffen. Der Gutsherr von Sallern bestätigte nämlich, daß er diesem Kilian März den Abschuß eines Bockes erlaubt habe. Folglich sei der Tatbestand des Wilderns hinfällig. Bliebe also noch zu klären, ob der Mordversuch gegeben sei. Notfalls käme noch verbotener Waffenbesitz in Frage. Nun ja, man werde ja sehen.

Der kleine Saal ist gefüllt. Links vorne sitzt der Troggler mit seiner Schwiegertochter Josefa. Etwas im Hintergrund steht Heinrich von Sallern, und kurz bevor die Verhandlung beginnt, erscheint auch Agnes noch mit ihrer Mutter. Letztere wieder mit ihrer großen Handtasche und dem Regenschirm, obwohl draußen eine wäßrige Sonne scheint, die den letzten Schnee von den Dächern schleckt.

Als der Vorsitzende mit den Schöffen den Saal betritt und sich hinter den langen Tisch setzt, sieht Kilian ihn lange an. Darauf flüstert ihm sein Verteidiger etwas zu, und Kilian nickt.

Dann werden die Zeugen aufgerufen, die Personalien aufgenommen. Der Kläger Volkmar von Sallern und sein Rechtsanwalt sitzen rechts drüben am Fenster, Volkmar ist an einem Stock hereingehumpelt, obwohl sein Knie längst verheilt ist. Er sieht blaß und kränklich aus, und in seinen Augen ist ein unstetes Flimmern.

„Ausschaun tut er wie 's Leiden Christi", wispert die Klingerin ihrer Tochter zu.

Nun wird die Verhandlung eröffnet. Kilian tritt in seinem sauberen Steireranzug vor und blickt den Richter ruhig an. Nie in seinem Leben habe er vorher gewildert, und der Bock an jenem Sonntagmorgen, der sei ihm erlaubt gewesen.

„Von wem?“
„Vom Gutsherr von Sallern.“
Der Richter nickt. So steht es in den Akten. Dann fragt er:
„Hat denn der junge Herr von Sallern von dieser Erlaubnis gewußt?“
„Das weiß ich nicht.“
„Sie wurden also dabei vom jungen Herrn von Sallern überrascht. Warum haben Sie denn sofort auf ihn geschossen?“
„Umgekehrt. Er hat zuerst geschossen, ohne Anruf. Bei mir war es mehr eine Reflexbewegung.“
„Ohne Anruf, sagen Sie?“
„Er hat bloß geschrien: ‚Hab ich dich jetzt endlich, du Lump!‘“
„In der Anzeige steht aber, sie hätten sofort geschossen.“
„Das ist nicht wahr.“
Der Vorsitzende versucht es noch mehrmals mit Fangfragen, aber Kilian hat sich seinen Plan genau zurechtgelegt. Seitdem er weiß, daß Herr von Sallern ihm eine Brücke gebaut hat, geht er ganz vorsichtig darauf, um nicht auszurutschen. Endlich darf er sich setzen.
Volkmar von Sallern tritt jetzt an den Tisch, stützt sich dabei auf seinen Stock und verzieht das Gesicht, als habe er Schmerzen. Auf die Frage: „Sind Sie mit dem Angeklagten verwandt oder verschwägert?“ antwortet er schnippisch:
„Um Gotteswillen, nein!“
„Auf derlei Fragen haben Sie nur mit ja oder nein zu antworten. Und nun schildern Sie uns den Hergang.“

Volkmar lügt, daß sich die Balken biegen. Er sei dem Angeklagten schon lange auf der Spur gewesen. Dann habe er einen Hinweis bekommen.

„Von wem?"

„Muß ich das sagen?"

„Natürlich. Für Sie gilt es genauso, die Wahrheit zu sagen, wie für den Angeklagten. Von wem also haben Sie den Hinweis bekommen?"

„Von einem Mädchen namens Annemarie Krügler."

Bei Nennung dieses Namens reißt es dem Lindenhofer Gidi den Kopf in die Höhe, und er hätte am liebsten durch die Zähne gepfiffen. So ein Luder, denkt er. Das wird er ihr aber heimzahlen.

„Hat denn dieses Mädchen gewußt, daß der Angeklagte an jenem Sonntagmorgen einen Rehbock schießen wird?"

„Ja, die hat es gewußt."

Der Richter wendet sich jetzt nochmals an Kilian.

„Angeklagter, kennen Sie dieses Fräulein Krügler?"

„Nein!"

„Nein? Das ist aber doch recht sonderbar."

Dann schildert Volkmar von Sallern es auf seine Art. Er habe den Angeklagten angerufen, und dann . . .

„Einen Moment", unterbricht ihn der Richter. „Anrufen, sagen Sie. Ist das nach Jagdbrauch nicht so, daß man den Wilderer anschreit: ‚Gewehr weg und Hände hoch!'"

„Das hab ich doch getan."

„Der Angeklagte behauptet aber, sie hätten nur gerufen: ‚Hab ich dich endlich, du Lump.'"

„Das ist doch ungefähr dasselbe."

„Nein, das ist nicht dasselbe. Sie haben ja dann auch sofort geschossen, ohne zu wissen, was der Angeklagte tun wird."

„Hätte ich warten sollen, bis er mir eins aufbrennt?"

Es ist noch ein endloses Hin und Her, bis dem Richter dann noch einfällt:

„Haben Sie denn nicht gewußt, daß Ihr Vater dem Angeklagten einen Rehbock zum Abschuß freigegeben hat?"

„Wie käme mein Vater dazu . . ."

„Ja oder nein?"

„Nein, das hab ich nicht gewußt."

„Sonst hätten Sie wahrscheinlich nicht auf den Angeklagten geschossen."

„Selbstverständlich nicht."

„Haben Sie übrigens noch Schmerzen? Sie hinken. Kommt das noch von der Schußverletzung?"

„Selbstverständlich."

Dann wird die Zeugin Agnes Klinger aufgerufen.

„Sie haben sich als Zeugin gemeldet. Was wissen Sie denn von der Sache?"

„Daß der Volkmar von Sallern den Kilian gehaßt hat."

„Sooo? Sie sind doch die bekannte Schlagersängerin Agi Kling."

„Ja."

„Auch für Sie gilt natürlich, daß Sie nichts als die reine Wahrheit sagen dürfen. Also?"

„Da muß ich allerdings weiter ausholen, Herr Richter. Bis zu einer Rauferei bei einer Hochzeit im Gamskoglsaal zu Meiling."

„Ach, da haben die beiden schon einmal gerauft. Wer hat denn da angefangen?"

„Der da", sagt Agnes und deutet mit dem Finger auf Volkmar.

„Schildern Sie das dem Gericht bitte etwas genauer."

Am Anfang hat Agnes ein paarmal gestockt, aber nun fließt es wie ein Quell aus ihrer Brust. Der Richter sagt dann:

„Demnach hätte Herr von Sallern damals eine Niederlage erlitten?"

„Ja. Da war dann aber noch was, Herr Richter."

„So? Was denn?"

Die Agnes schildert, was an jenem Nachmittag vorgefallen ist, in der Nähe der Moosbrunnalm. Daß Volkmar von Sallern sie überfallen und zur Liebe hat zwingen wollen. Bis dann plötzlich Kilian aufgetaucht sei. Und da habe der von Sallern sofort sein Gewehr auf Kilian gerichtet, obwohl Kilian waffenlos gewesen sei.

„Das ist ja sehr interessant. Allmählich entwirrt sich das Knäuel. Herr von Sallern, stimmt das, was die Zeugin hier vorbringt?"

„Zur Liebe zwingen", krächzt Volkmar heiser. Sein Mund ist trocken, sein Gesicht gelblich, die Augen treten unnatürlich weit hervor. „Als ob ich es nötig hätte, jemanden zur Liebe zu zwingen. Ich bin immerhin Volkmar von Sallern."

„Das sagt gar nichts, Herr von Sallern. Es ist auch keine Antwort auf meine Frage. Behalten Sie ruhig Platz, wenn Ihnen das Stehen Mühe macht."

„Jetzt auf einmal", sagt Agnes. „Der markiert ja bloß. Im Winter hat man ihn Skifahren sehn, über die steilsten Hänge ist er runter, und jetzt hinkt er auf einmal wieder."

„Stimmt das? Sie sagten doch vorhin, Herr von Sallern, daß Sie von der Schußverletzung her noch Schmerzen hätten."

„Hab ich auch", trotzt Volkmar auf und beruhigt sich erst, als ihn sein Rechtsanwalt am Ärmel zupft.

Dann tritt der Martinsberger in den Zeugenstand. Bei der Frage: „Verwandt oder verschwägert?" zuckt es über die linke Augenbraue des von Sallern flüchtig hin. Auch der Troggler hebt den Kopf und läßt ihn lächelnd wieder sinken.

„Stimmt es, Herr von Sallern, daß Sie dem Angeklagten einen Rehbock freigegeben haben?"

„Ja, das ist richtig."

„Warum eigentlich?"

„Ich war einmal auf der Alm bei ihm und hab ihm eine Plastik abgekauft."

„Welche Plastik denn?"

„Der Kili – ich meine, der junge Troggler schnitzte damals."

„Sooo? Als Hobby sozusagen?"

„Ja und nein. Ich fand jedenfalls, daß sie ein kleines Kunstwerk ist."

„Aber das ist doch noch kein Grund, daß Sie ihm erlauben, in Ihrem Revier einen Bock zu schießen."

„Ich fand den jungen Mann äußerst sympathisch, und er hat mir die Figur so billig verkauft, daß ich ihm eine Freude machen wollte."

„Wußten Sie denn überhaupt, ob er ein Gewehr hat?"

„Das wußte ich nicht, aber ich nahm es an."

Eine kleine Pause. Der Richter flüstert mit seinen beiden Schöffen. Die nicken. Die Brauereibesitzersgattin besonders heftig. Dann wird das Wort wieder an den Zeugen gerichtet:

„Herr von Sallern. Haben Sie Ihrem Sohn von dieser Abschußerlaubnis erzählt?"

„Ich glaube – nein. Möglicherweise habe ich darauf vergessen."

Ob er denn bedacht habe, daß durch seine Vergeßlichkeit das größte Unglück habe geschehen können?

Das habe er bedacht, jawohl. Aber er habe ein großes Gut zu verwalten, und da könne man so eine Kleinigkeit mal vergessen. Außerdem sei er mit seinem Sohn selten beisammen.

„Sie sehen aber, Herr von Sallern, daß Ihr Sohn offensichtlich noch unter der Schußverletzung leidet. Er muß am Stock gehn und hat Mühe zu stehen."

„Gestern ist er noch ohne Stock gegangen."

Da ruft aus den Zuschauern heraus der Gampinger Wastl:

„Vielleicht ist er heut nacht von der Leiter runterg'fall'n, beim Kammerfensterln."

Der ganze Saal lacht, und der Richter muß sich Ruhe erbitten, obwohl ihn selber das Schmunzeln ankommt. Nur Volkmar von Sallern dreht den Kopf nach dem Zwischenrufer zurück, der tatsächlich der Wahrheit sehr nahegekommen ist. In diesem Saukaff bleibt doch nichts verborgen, denkt er. Dann dreht er den Kopf wieder zurück, weil der Richter fragt:

„Sie stehn sich nicht besonders gut mit Ihrem Sohn, Herr Zeuge?"

Der von Sallern blickt kurz zu Boden, dann hebt er den Kopf wieder.

„Mein Sohn bemüht sich mit Erfolg, das Leben eines Snobs zu führen, auf meine Kosten. Und was seine Verletzung betrifft, Professor Kleinmann von der Chirurgischen hat meinen Sohn am fünfzehnten November als vollständig geheilt entlassen."

„Und wer ist für die Behandlungskosten aufgekommen?"

„Ich."

„Sehr sonderbar. Ich denke, daß man da den Angeklagten hätte haftbar machen können. Alle Ihre Aussagen sprechen überhaupt zu Gunsten des Angeklagten. Wirklich sehr sonderbar. Wie erklären Sie sich denn das?"

Nun wird sogar der Martinsberger einen Augenblick verlegen. Aber dann sagt er ziemlich barsch, daß dies doch seine Angelegenheit sei, über die er niemandem Rechenschaft zu geben habe. „Wenn ich schon den Fehler begangen habe, meinem Sohn nichts von der Abschußerlaubnis zu sagen und damit mitschuldig geworden bin an dem Zwischenfall, so muß ich das wenigstens auf einer Seite wiedergutmachen."

Danach denkt Volkmar von Sallern: Herrgott, was ist denn da überhaupt los? Der Staatsanwalt ist so milde und leise. Er spricht von der Verkettung unglückseliger Umstände, und eine vorsätzliche Tötungsabsicht sei dem Angeklagten nicht nachzuweisen. Auch die Brauereibesitzersgattin lächelt den Angeklagten immerzu an, gerade als ob sie ihn damit loben wolle, daß er so ein braver Bursch sei. Sein Rechtsanwalt versucht den Staatsanwalt zwar zu widerlegen, aber sein Plädoyer ist lahm gegen das Feuerwerk, das der Anwalt von Kilian vom Stapel läßt. Der wäscht den Kilian so rein, daß er dasteht wie frisch gebadet.

Das Gericht zieht sich dann zur Beratung zurück, und es kommt als Urteil nichts weiter heraus als eine Bestrafung wegen verbotenen Waffenbesitzes. Achthundert Mark Geldstrafe, schlägt der Richter vor, aber die Brauereibesitzerin meint, ob es nicht fünfhundert Mark auch täten. Und der Milchgeschäftsinhaber schlägt sechshundert Mark vor. Man einigt sich schließlich auf siebenhundert Mark. Im Namen des Volkes, jawohl. Siebenhundert Mark habe der Angeklagte an das Rote Kreuz zu bezahlen. Dann ist die Verhandlung geschlossen.

Auf dem Kirchturm der Liebfrauenkirche schlägt es gerade zwölf Uhr.

„In den Ratskeller?“ fragt der Troggler. „Da gibt es den besten Rinderbraten.“

Kilian hat gerade den Arm um seine Agnes gelegt. Da läßt er sie plötzlich los, geht auf Heinrich von Sallern zu und reicht ihm die Hand.

„Vergeltsgott“, sagt er.

„Schon gut, Kilian. Mach die Jagdprüfung, dann geb ich dir wirklich ein paar Böcke frei.“

In diesem Augenblick saust Volkmar von Sallern in seinem roten Porsche vorbei, in einem Tempo, daß die Reifen quietschen. Seine blonden Haare flattern im Wind, sein Gesicht ist eine gelbe Maske.

„Der, der rennt sich schon noch mal kaputt“, schimpft die Klingermutter hinter ihm her. Und flüsternd zu Agnes: „Ich freß einen Besen, wenn der nicht hascht.“ Dann spannt sie ihren Regenschirm auf. „Aber jetzt geht's weiter. Ich hab Hunger. Und zahl'n muß heut alles der Troggler.“

Zu viert verschwinden sie dann im Ratskeller. Als der Troggler unter der Tür noch mal zurückschaut, sieht er den von Sallern allein und verlassen auf den Steinstufen des Amtsgerichtsgebäudes stehen. Der Troggler ist beinahe versucht, ihm zu winken, daß er auch mitkomme in den Ratskeller. Aber in diesem Moment geht der Martinsberger auf die andere Seite und steigt in seinen Wagen.

Oberamtsrichter Klinghofer spannt auch seinen Schirm auf und geht langsam über den Stadtplatz. Er freut sich, heimzukommen zu seiner Frau, die ihm heute Gulasch mit Knödl vorsetzen wird. Und er macht sich so seine Gedanken über diese Verhandlung. Er wird nicht ganz klug aus dem Verhalten dieses Herrn von Sallern. Im Grunde genommen ist aber alles recht gut abgelaufen. Und was soll er der Sache nachgrübeln! Er ist im Dienst schon nahe ans Pensionsalter herangerückt und ist in seiner ganzen Laufbahn immer froh gewesen, wenn er nicht unnötig harte Urteile hat abgeben müssen.

*

Im Frühjahr wandert und bewegt sich alles. Die Quellen plätschern lauter, die Stare kommen wieder und flöten in den noch kahlen Obstbäumen, die Bienen beginnen zu fliegen, das Wild, das der strenge Winter bis ins Tal heruntergetrieben hat, wandert wieder hinauf in den Bergwald, und in der klaren Morgenfrühe hört man den Auerhahn bald da und bald dort balzen.

Auch die Menschen wandern in diesem Frühjahr, die einen aus Freude am Wandern, die andern, weil sie die Pflicht ruft. Agnes zum Beispiel. Ihr Manager hat eine Tournee durch Deutschland, die Schweiz und Österreich abgeschlossen, und die Verträge sind zu erfüllen. Noch hat sie kein eigenes Auto – bestellt ist es zwar schon – und so wird sie, wenn sie in Meiling ist, mit fünf Koffern und ihrer Mutter in einem großen Wagen abgeholt. Einmal sind sie noch keine fünf Kilometer gefahren, da mußte der Chauffeur wieder umkehren, weil die Klingermutter ihren Schirm vergessen hatte. Und ohne Schirm geht es nicht, denn es könnte ja in Aachen, in Wien oder Zürich regnen. Den Gedanken, daß man ja unterwegs einen Schirm kaufen könnte, den läßt sie gar nicht aufkommen. Ihr Schirm ist ein besonderer Schirm, mit weißen Tupfen in rotem Feld, so daß er wie ein wandernder Pilz aussieht. Aber er ist so groß, daß auch Agnes darunter noch Platz findet. Und das ist gut so, denn so ein Kind muß man in Körpernähe haben, auch wenn das Kind längst kein Kind mehr ist, sondern eine recht selbstbewußte Dame, die es manchmal mit schmerzlichem Lächeln erträgt, wenn die Leute hinter ihnen herschmunzeln und die Mutter als Unikum bezeichnen.

Auch Kilian muß wandern, denn auch ihn ruft die Pflicht. Er muß der Republik dienen, am Fuß des Wendelsteins, bei den Gebirgsjägern in Brannenburg. Dort rückt er am ersten April ein und hebt im Kasernenhof die Hand zum Eid, daß er dieser Republik treu dienen will, daß er weiterhin bereit ist, notfalls sein Leben einzusetzen.

Kilian ist nicht gerade glücklich im Dienst, er ist ihm

aber auch nicht unangenehm. Nur ein bißchen komisch fühlt er sich, als wäre er aus seiner alten Haut geschlüpft und in eine andere hinein. Aber nach ein paar Wochen bereits fühlt er sich in seiner neuen Haut pudelwohl. Es beruhigt ihn ungemein zu wissen, daß daheim alles in Ordnung ist. Eine junge Sennerin wird heuer die Alm bewirtschaften; und die Agnes schreibt ihm regelmäßig jede Woche einen Brief voll großer Liebe.

Nur einmal kommt er in eine recht merkwürdige Situation, als er an der Tür des Spinds eines Kameraden das Bild der Agnes mit Reißnägeln befestigt sieht. Es ist aus einer Illustrierten herausgeschnitten. Betroffen fragt Kilian:

„Kennst du die?“

„Persönlich leider nicht. Aber die bloß einmal im Arm haben und dann sterben.“

Ich werde sie dir einmal vorstellen, hätte Kilian sagen können. Aber er schweigt, wie er zu vielem schweigt. Samstags, wenn er nicht gerade zur Wache eingeteilt ist, fährt er nach Hause. Und da erfährt er dann alles, was sich in und um Meiling herum begeben hat. Die Hannederschwestern sind nun glücklich unter die Haube gekommen; und die Krügler Annemarie ist auf dem Gendarmerieposten erschienen und hat den Lindenhofer Gidi anzeigen wollen, weil er ihr zwei schallende Ohrfeigen versetzt habe, und sie wisse nicht warum.

Ja, der Neuigkeiten gibt es viele. Nur eines erfährt niemand, nämlich, was in der Nacht vom siebten auf den achten Mai auf dem Gut Martinsberg passiert ist.

Heinrich von Sallern sitzt in seinem kleinen Schreibzimmer über den Rechnungsbüchern. Draußen ist schon

Nacht, ein feiner Wind singt um das Haus, und zuweilen hört man durch die geöffnete Wohnungstür den melodischen Schlag der Standuhr. Auf einmal hebt Silla, die Jagdhündin, die zu seinen Füßen liegt, den Kopf und knurrt leise.

Draußen ist ein Wagen vorgefahren. Die Tür wird krachend zugeschlagen. Schritte hört man auf dem Kies, dann wird geläutet. ‚Wer kann das zu so später Stunde noch sein?' denkt der Martinsberger und geht öffnen.

An ihm vorbei drängt sich Volkmar in den Flur und lehnt sich wie erschöpft an die Mauer.

„Du?" fragt der Martinsberger und geht voraus ins Wohnzimmer.

„Wie schaust denn du aus? Warum kommst du mitten in der Nacht?"

Langsam ist Volkmar dem Vater ins Wohnzimmer gefolgt und läßt sich schwer in einen der Polsterstühle fallen. Eine Weile starrt er wie geistesabwesend die Statue in der Ecke an. Dann platzt er heraus:

„Du mußt mir helfen, Vater."

„Muß?" Der Martinsberger schüttelt den Kopf. „Daß man von dir immer nur muß hört! Um etwas bitten kannst du wohl nicht. Was hast du denn diesmal wieder ausgefressen? Wieder im Spielkasino gewesen und Schulden gemacht? Aber ich habe dir schon einmal gesagt, daß ich für nichts mehr aufkomme."

„Diesmal geht es um keine Spielschulden."

„Sondern?"

Volkmar ringt sichtlich mit sich und setzt ein paarmal zum Sprechen an, bis der Vater zum zweitenmal fordert:

„Ich warte immer noch auf deine Antwort."

Volkmar kann den forschenden Blick nicht mehr ertragen und spricht das Wort mehr in den Boden hinein.

„Haschisch", sagt er und fährt mit den Händen empor. „Ich bin da in etwas reingeschliddert, in einen Handel mit Haschisch und Heroin, von Holland rüber."

Der Martinsberger ist zusammengezuckt, als habe soeben eine Kugel seine Schläfe gestreift. Seine Hände umfassen die Lehne des Stuhles so fest, daß die Knöchel ganz weiß hervortreten. Dann zischt er verächtlich zwischen den Zähnen hervor:

„Dann schau nur zu, wie du da jetzt wieder herausschlidderst."

Volkmar schaut ihn hilflos an.

„Ich glaube, du verstehst mich nicht recht. Ich bin erledigt, Vater, wenn sie mich zu fassen kriegen. Spätestens morgen wird die Kripo hier sein, um mich zu verhaften. Und das dürfte dir doch auch ein bißchen an deine Ehre gehn, wenn sie mich einsperren."

„Mir schon, aber dir nicht, weil du schon lang keine Ehre mehr hast. Mit Drogen zu handeln, ist das schäbigste, was ich mir denken kann. Nicht nur, daß du selber süchtig bist, du zerrst auch noch andere mit ins Unglück hinein. Wenn das Band zwischen uns beiden schon seit Jahren locker gewesen ist, jetzt hast du es ganz zerschnitten. Sieh zu, wie du weiterkommst."

„Das will ich ja, und dazu sollst du mir verhelfen."

„Ich möchte wissen wie. Ein Süchtiger gehört in eine Entwöhnungsanstalt, ein Verbrecher ins Gefängnis."

„Ich bin nicht süchtig, aber ich bin halt abhängig."

„Lüg mich doch nicht an! Schau nur in den Spiegel. Eine

Haut, gelb wie gegerbtes Rehleder, die Augen quellen dir raus, und deine Hände flattern. Ich habe das damals bei der Verhandlung schon gemerkt."

„Als du den Brückenbauer für den andern spieltest."

„Wie meinst du das?"

„Du wolltest diesen Bauernkerl mit deiner Aussage heraushauen. Warum eigentlich?"

„Warum? Weil der in seinem kleinen Finger mehr Charakter hat als du in deinem ganzen Kopf. Darum! Und was dich betrifft, was willst du eigentlich hier? Glaubst du denn, man findet dich hier nicht?"

„Ich könnte mich in der Jagdhütte verstecken. Oder du gibst mir soviel Geld, daß ich heute nacht noch über die Grenze komme. Von Rom aus könnte ich dann ein Flugzeug nach Argentinien nehmen."

„Zu ihr?"

„Zu meiner Mutter, ja. Wenn du mir nicht hilfst, bleibt mir nur noch eine Kugel."

„Dazu bist du doch viel zu feige."

„Und wenn ich es doch tue! Fast reizt es mich, es doch zu tun, dann hättest du mich auf dem Gewissen."

Der Martinsberger hat den Stuhl jetzt losgelassen und geht im Raum auf und ab. Eine lange Weile. Bis er dann dicht vor Volkmar stehenbleibt.

„Angenommen, ich helfe dir, dann mußt du dir darüber klar sein, daß es das allerletzte ist, was ich für dich tue. Du hast dann keinen Pfennig mehr zu erwarten. Zweihunderttausend Mark hast du schon in den Wind geschlagen, hast es liederlich verschleudert, und mit dem, was ich dir jetzt eventuell noch gebe, wäre dein Erbteil erledigt."

Volkmar atmet hörbar auf.

„Du hilfst mir also?"

„Ja, zum letztenmal. Sieh zu, wie du damit durchkommst. Und gib dich keinen falschen Hoffnungen hin, du hast weiter nichts mehr zu erwarten. Ich enterbe dich nämlich. Bleib du ruhig drüben bei deiner – bei ihr. Dort paßt du vielleicht besser hin. In dieses Haus jedenfalls kommst du mir nicht mehr."

„Du kannst mich doch nicht so ohne weiteres enterben?"

„Hast du eine Ahnung, was ich alles kann! Bei deinem Lebenswandel? Ich kann das Gut verkaufen und das Geld nach meinem Tod für gemeinnützige Zwecke vermachen. Für ein Altersheim zum Beispiel oder für ein Waisenhaus. Dort ist es besser angebracht als bei dir."

Volkmar von Sallern will aufbrausen. Aber das Wasser steht ihm bis zum Hals. Der Schmugglerring ist aufgeflogen. Morgen schon werden die Häscher dasein; er wird auch in den Fahndungslisten stehn. Die Zeit drängt, und er sagt es auch.

„Ich muß weiter."

Der Martinsberger nestelt sein Hemd auf der Brust auf und nimmt ein dünnes Kettchen vom Hals, an dem ein Schlüssel hängt. Damit öffnet er den Wandtresor und nimmt Geld heraus, von einem größeren Verkauf. Morgen hätte er es zur Bank bringen wollen. Er wirft die Scheine auf den Tisch. Gierig greift Volkmar darnach, als hätte er Angst, der Vater könne ihm das Geld wieder streitig machen. Der Martinsberger aber greift noch mal in den Tressor und holt eine goldene Spange heraus, die er ebenfalls auf den Tisch wirft.

„Nimm das auch noch mit. Das hat sie damals bei ihrer eiligen Abreise vergessen. Und in diesem Haus soll nichts mehr sein, das an sie erinnert."

Volkmar interessiert die Brosche überhaupt nicht mehr. Er hat es eilig. Die Standuhr schlägt bereits die elfte Nachtstunde.

„Ja, dann muß ich fahren. Und wenn morgen die Kripo kommt, du hast mich nicht gesehn."

„Ich hab dich nicht gesehn und will dich nie wieder sehn."

„Die Hand willst du mir auch nicht geben?"

„Nein!"

„Dann mach's gut!"

Volkmar stürzt hinaus. Einen Augenblick besinnt sich der Martinsberger, dann geht er auch hinaus. Vielleicht könnte er diesem Sohn doch noch etwas sagen. Ihn mahnen, sein Leben endlich einmal in Ordnung zu bringen, denn mit schiefen Geschäften wird er auch drüben zugrundegehn.

Aber Volkmar hat den Wagen schon angelassen und braust davon. Man hört sein dumpfes Brummen noch lange, bis es in der Ferne erstirbt.

Müde lehnt sich Heinrich von Sallern gegen die Hauswand, an der der Efeu im Nachtwind leise raschelt. Er schließt die Augen und sieht in Gedanken Bilder der Vergangenheit. Auch dieser mißratene Sohn ist einmal ein Kind gewesen. Ein liebes Kind, das er an seine Brust genommen, und dessen blonden Lockenkopf er gestreichelt hat in der Meinung, er müsse ihm die Mutter ersetzen. Und alles ist vergebens gewesen. Aus jedem Internat hat man ihn nach kurzer Zeit wieder hinausgeworfen, Studium hat er Zeitverschwendung genannt, Weiber und Spielbanken sind ihm Lebensinhalt gewesen.

Als er die Augen wieder öffnet, merkt er, daß sie naß sind. Er aber hebt nicht die Hand, die Tränen fortzuwischen. Es sieht ihn ja niemand. Er ist allein mit seiner Heimsuchung, und es wird wahrscheinlich das letztemal sein, daß er um diesen Sohn weint.

Die Nacht ist so still. Leuchtend stehn die Sterne über den Bergen. Die Holunderbüsche duften, und vom fernen Moor her kommt der Geruch der jungen Birken. Lautlos und wie in stiller Zuversicht atmet die Erde.

Langsam dreht der Martinsberger sich um und geht ins Haus zurück. Aber im Wohnzimmer erlischt das Licht erst, als das Morgenrot schon um die Fenster schimmert.

*

Nach Meinung der Menschen geht die Zeit nicht mehr so langsam wie früher. Sie rast dahin, rast über so manches weg. Was gestern gewesen, dünkt ihnen, als sei es vor einem Jahr schon gewesen. In Wirklichkeit aber sind es die Menschen selber, die mit ihrer Hektik die Zeit gestalten. Die Uhr auf dem Kirchturm, die Uhren in den Stuben schlagen die Stunden genauso bestimmt und zuverlässig wie eh und je. Nur die Menschen rennen und hasten, weil sie nicht genug erhaschen und ergieren können. Sie haben einfach zu nichts mehr Zeit, sie lassen sich vom Wohlstand einlullen und merken nicht, wie ihnen die Zeit davonläuft.

Sie sind nicht mehr eingeschlossen in ihr und kennen nicht mehr die beschauliche Ruhe eines Feierabends, an dem man still wartet, bis der Abendstern aufgestiegen ist. Man hat immer Angst, etwas zu versäumen, denn um acht Uhr beginnt das Fernsehprogramm, und es könnte ja sein, daß man die Agi Kling, ‚das Lercherl', hört und sieht, weil man sie im Dorf kaum mehr sieht, wenn sie einmal für ein paar Tage daheim ist. Auch sie hat keine Zeit mehr, abends auf der Hausbank zu sitzen und auf den Abendstern oder den Mond zu warten, denn oft fährt sie am Nachmittag mit ihrem neuen großen Wagen schon weg, meistens in Richtung Brannenburg, wo unter der Laterne am Tor der Kaserne ein junger Gebirgsjäger auf sie wartet.

Die Klingermutter aber findet noch immer die Zeit zum Überlegen und zum Nachdenken. Mit einer fast unheimlichen Virtuosität beherrscht sie bereits das Showgeschäft, kennt alle Winkelzüge und alle Intrigen. Ihr macht so leicht keiner mehr was vor, und sie weiß auch, daß man die Zeit nicht laufen lassen darf, sondern sie nützen muß. Ihr ist bewußt, daß die Zeit auch gegen Agnes arbeitet. Noch ist sie zwar einsamer Stern am Schlagerhimmel, aber es drängen bereits andere, neue nach. In ein paar Jahren werden so manche der Agi Kling den Rang streitig machen. Und es darf nicht geschehen, daß die Agnes so tief absinkt wie andere vor ihr. Nie soll sie Werbungen im Fernsehen für Textilien oder für Haarshampoo machen. Nein, es darf keinen solchen Niedergang geben. Die Klingerin hat für die beiden Liebenden ein Ziel, und von dem weiß weder die Agnes noch der Kilian. Dafür hat sie in all den Jahren spartanisch gelebt, auch wenn sie darum oft belächelt worden ist. Sie ist keine bequeme Begleiterin für Agnes auf ihren Reisen. Vielleicht hat das auch Agnes manchmal so empfunden. Aber sie liebt ihre Mutter viel zu sehr, als daß sie ihr jemals wegen ihrer Schrullen und Kuriositäten hätte böse sein können.

*

Selbst der Winter, der wieder einmal über das Land gefallen ist, ist in dieser hektischen Zeit nicht mehr das, was er früher einmal war. Er ist nicht mehr die große Zeit der Einsamen, weil niemand mehr einsam sein will. Fast in jedem Haus ist nun schon ein Fernsehapparat, und wer keinen hat, der geht zum Nachbarn, und zusammen hocken sie vor der Scheibe und wissen sich nichts mehr zu sagen. Immer mehr verdrängt das Öl das knisternde Kaminfeuer. Man kann nicht mehr davorsitzen und in die züngelnden Flammen sehn,und es kann keinem der Alten mehr einfallen, was einmal in den Rauhnächten alles geschehen ist, oder von den Geistern, die in den Bergen leben. Die Zeit der Sagen und Märchen ist zu Ende.

Dafür gehen die jungen Leute, manchmal zu junge Leute, heute in das Café ‚Lauschiger Winkel', dem ein Beatschuppen angegliedert ist und tanzen dort, das heißt, sie verrenken die Glieder, wie es ihnen Spaß macht! Und man weiß oft nicht, wer Männlein und wer Weiblein ist.

Es sind zwar meistens Fremde, die sich da im ‚Lauschigen Winkel' tummeln. Die einheimischen Burschen und Mädchen finden sich noch immer beim Gamswirt zusammen und pflegen im Gebirgstrachtenerhaltungs-Verein getreulich das, was sie von den Vätern übernommen. Sie halten Sitte und Brauch hoch, und das Wort Heimat ist ihnen noch heilig.

Der Troggler Kilian ist auch einer von denen. Er hat nun seine achtzehn Montate bei den Gebirgsjägern abgedient und ist wieder daheim, soll aber diesen Winter auf die landwirtschaftliche Schule in Weihenstephan. Zuvor aber trifft er sich noch mit Agnes in Konstanz am Bodensee, wo sie in einer Sendung aufzutreten hat. Zum erstenmal erlebt er den Zauber ihrer Stimme, und als die tausend Menschen stürmisch eine Dreingabe verlangen, tritt sie nach vorne, so daß sie fast vor Kilian zu stehen kommt, nickt ihm lächelnd zu und singt einen ihrer neuesten Schlager, als sei er nur für Kilian allein bestimmt:

„Laß mich heimkehrn zu dir, mein Liebster,
denn bei dir ist mein Herz ganz zu Haus . . .“

Sie fahren dann noch zu dritt durch den herbstlichen Schwarzwald und kehren nach Meiling zurück. Agnes pausiert nun etwas länger und kuriert eine Stimmbandentzündung aus. Kilian aber geht nach Weihenstephan, kommt einmal übers Wochenende heim, das nächste Wochenende fährt Agnes zu ihm.

Weihnachten geht vorüber, die große Narrenzeit hebt an, die erst am Aschermittwoch endet. Um diese Zeit ist es, daß eines Abends, als die Dämmerung schon hereingebrochen ist, der Martinsberger, mühsam auf einen Stock gestützt, nach Meiling humpelt, um die Häuser und Höfe einen kleinen Bogen macht, und dann endlich vor dem Klingerhäusel steht. Die Vorhänge sind noch nicht zugezogen, und er sieht die Klingerin ganz allein am Tisch sitzen und in einem Ordner blättern.

Als er dann die kleine Stube betritt, erschrickt selbst die Klingerin vor seinem Aussehen. Sein Gesicht ist von Schmerzen gezeichnet, sein Haar bis weit über die Schläfen hinauf ganz grau geworden. Er sieht so erbarmungswürdig aus, daß selbst die Klingerin sein Altern nicht ganz so burschikos bezeichnet, sondern es ihm ein bißchen in poetischer Art zu wissen gibt.

„Der Zahn der Zeit nagt aber auch ganz schön an dir."

Der Martinsberger setzt sich sofort auf das Kanapee und lehnt den Stock neben sich.

„Es ist ja ein Wunder, daß man dich wieder einmal daheim antrifft. Bist du allein?"

„Ja, die Agnes ist nach Weihenstephan gefahren, soll aber heut noch zurückkommen. Warum, Martinsberger? Hättest du mich gebraucht?"

„Ja, notwendig." Er greift sich wieder an den linken Oberschenkel. „Hab wahnsinnige Schmerzen."

„Der Ischiasnerv ist halt wieder eingeklemmt. Ich hab dir aber vor Jahren schon g'sagt, du sollst dich an der Bandscheib'n operieren lassen."

„Wer läßt sich schon gern operieren! Ich hab g'hört, daß eine Bandscheibenoperation ganz schön schiefgehen kann. Und du hast mir doch schon ein paarmal die Schmerzen weggenommen."

„Ich hab dir aber auch g'sagt, du sollst nie mehr was Schweres heben, und du sollst vor allem auch nicht mehr reiten."

„Das sagt sich so leicht – bei einem Betrieb wie Martinsberg. Sei doch so gut und hilf mir noch mal."

Der Martinsberger muß sich auf einen Stuhl setzen und erzählt so nebenbei, was er in letzter Zeit alles versucht habe. Heiße Heublumenbäder, Moorbäder, heiße Essigumschläge und so weiter.

„Alles für die Katz“, sagt die Klingermutter. „Wenn ein Nerv eingeklemmt und entzündet ist, dann braucht er keine heißen, sondern eiskalte Umschläge.“ Sie geht zu den Fenstern hin und zieht die Vorhänge zu. Dann faßt sie den Martinsberger an beiden Schultern.

„Also, geschrien wird nicht, gell?“

Heinrich von Sallern kommt gar nicht zum Schreien. Die nervigen Hände der Klingerin haben zugepackt. Ein Ruck nach rechts an den Schultern, einer nach links. Ein Knaxen in den Rückenwirbeln, und der Schmerz an des Martinsbergers Oberschenkel ist wie weggeblasen. Kalter Schweiß steht ihm jetzt auf der Stirn. Er zieht sein Taschentuch und wischt ihn weg. Dann ein tiefes Atemholen, und um die Mundwinkel zieht ein Lächeln.

„Ist das jetzt gut.“ Er steht auf und streckt sich gerade. Nein, kein Schmerz mehr. „Was bin ich schuldig? Kannst verlangen, was du willst.“

„Schmarrn“, sagt die Klingerin. „Halt dich in Zukunft ein bißl zurück. Du mußt nimmer unbedingt reiten. Was mußt du überhaupt noch? In deinem Alter gehn andere in Pension.“

„Ich bin doch kein Beamter.“

„Nein, bloß einer, der sich nicht die Zeit nimmt, darüber nachzudenken, daß er auch alt wird. Für wen denkst du denn noch? Für wen rechnest du noch, nachdem dir dein Sohn übers große Wasser hin verschwunden ist?“

„Woher weißt du das?“ fragt der Martinsberger erschrocken.

„Die Klingerin hat allweil schon mehr g'wußt als andere. Ich weiß ja auch, daß du verkaufen willst.“

„Jetzt schlägt es aber dreizehn. Sag einmal, bist du eine Hellseherin?“

„Nein, aber ich weiß, was ich wissen will. Setz dich doch und trink ein Glaserl Wein mit mir.“ Sie nimmt eine Weinflasche aus dem Kühlschrank und reicht ihm einen Korkenzieher dazu. Danach schenkt sie zwei Gläser voll und setzt sich zu ihm auf das Kanapee. „Auf dein Wohlsein, Martinsberger, und daß dir der Ruhestand bald recht guttut.“

Heinrich von Sallern nippt an dem Glas, tut so, als beiße er das Schlückerl Wein und schluckt ihn hinunter.

„Der ist gut.“ Er betrachtet das Etikett der Flasche, betrachtet es auffallend lange und wendet dann mit einem Ruck sein Gesicht der Klingerin zu.

„Du weißt mehr, als du sagst.“

„Kann schon sein.“

Er nickt ein paarmal und gibt dann zu:

„Es stimmt, ich bin in Verhandlungen wegen eines Verkaufs. Aber ich verkaufe nicht alles. Das Herrenhaus behalte ich und soviel Wald, daß ich meine eigene Jagd betreiben kann.“

„Und die Fischweiher willst auch behalten.“

Der Martinsberger stellt sein Weinglas, in Ermangelung einer andern Möglichkeit, auf den Boden.

„Ja, Himmelkreuzteufel, woher weißt du denn das alles?“

Wie verschmitzt die Klingerin lachen kann. Alle Falten in ihrem Gesicht lachen mit. Aber dann wird sie plötzlich ernst.

„Du verhandelst wegen des Kaufs mit einem gewissen Dentauer?"

„Stimmt. Er ist zwar kein passionierter Landwirt, aber es gibt ja Spezialisten dafür, die man anstellen kann."

„Und der Gedanke, daß hinter diesem Dr. Dentauer jemand anderer stehen könnte, der ist dir nie gekommen?"

„Eigentlich nicht. Bekümmert mich auch nicht. Ich will bares Geld, und das ist mir zugesagt." Dann trinkt er mit einem Zug sein Glas leer, dreht es zwischen den Fingern und schaut dabei die Klingerin durchdringend an, bis er entschieden sagt:

„Nein!"

„Was nein?"

„Einen Augenblick hab ich jetzt gedacht, daß du dahinterstecken könntest."

„Und wenn es so wär?"

Wieder betrachtet er sie lange und nachdenklich. Aber bevor er weitere Fragen stellen kann, erklärt ihm die Klingerin ganz ehrlich:

„Jawohl, ich stecke dahinter. Schon lange. Für mein Kind, die Agnes, mußte ich es tun. Ihr Geld ist es, das sich angehäuft hat. Schau, Martinsberger, das Mädl hat sich jetzt jahrelang abgerackert und hat gesungen und gesungen. Jede Nacht in einem andern Hotel, keine richtige Heimat mehr. Nichts haben wir uns gegönnt, alles Geld, alle Honorare und alle Tantiemen hab ich für sie zinsgünstig angelegt, weil ich ihren tiefsten Herzenswunsch kenne. Sie möchte einmal einen Hof haben, wenn sie nimmer singt. Damit sie dann ihren Kilian heiraten kann. Und nun ist es soweit gewesen, daß ich hab sagen können: Was kostet dieses Martinsberg?"

„Einen schönen Batzen Geld."

„Ich kann ihn bezahlen."

Nach einer Weile fällt ihm jäh ein:

„Was für einen Kilian?"

„Den Troggler Kilian."

„Ah so?" Der Martinsberger hat jetzt seine Stirn in Falten gelegt, als habe er angestrengt über etwas nachzudenken. Dann glätten sich die Falten wieder, und ein Lächeln zuckt um seine Mundwinkel.

„Den Troggler Kilian", sagt er dann und hebt den Kopf.

„Ich denk, daß der einmal ein guter Bauer wird, obwohl auch ein guter Bildhauer in ihm steckt."

„Das kann er als Martinsberger nebenbei noch tun. Hoffentlich machst du jetzt nicht wieder alles rückgängig."

„Wieso denn? Ich finde die Lösung eigentlich ganz gut."

„Man könnte sich auch denken, daß ein echter Martinsberger auf den Hof kommt."

„Ja, ja. Geh, schenk mir noch mal ein. Auf die Überraschung hin muß ich trinken."

Als er ausgetrunken hat, steht er auf.

„Und jetzt geh ich heim. Dank dir halt auch recht schön, Klingerin. Die Schmerzen sind weg."

„Gute Nacht, Martinsberger. Und komm gut heim."

Er war schon eine Weile weggewesen, als er wiederkommt.

„Du, sag einmal, Klingerin, wie hast denn du das vorhin gemeint, es käm' ein echter Martinsberger auf den Hof?"

„Stimmt es vielleicht nicht?"

„Du weißt doch was, Klingerin."

„Seit einundzwanzig Jahr' weiß ich es."

„Und hast geschwiegen?"

Die Klingerin lächelt wieder so verschmitzt.

„Merk dir eines, Martinsberger. Um die Welt wär es viel besser bestellt, wenn die Menschen mehr schweigen könnten. Das fängt bei den Politikern an und hört beim Straßenkehrer auf. Wieviel Unglück brauchte nicht sein, wenn die Menschen verschwiegener wären und mehr vor ihrer eigenen Tür kehren würden."

„Da hast du aber recht", sagt der Martinsberger und zieht zum zweitenmal die Türe hinter sich zu. Seinen Stock, mit dem er hergehumpelt ist, hat er vergessen.

*

Eineinhalb Millionen kostet der Martinsberger Hof, und man legt zusammen, was zusammenzulegen ist. Einmal ist es Kilians Erbteil, dann verkauft die Klingerin ihr Häusel, und den Rest hat die Agnes sich ersungen. Aber selbst wenn es nicht ganz gereicht hätte, der Direktor der Bank bietet noch einen Kredit an, denn er weiß ja am besten, was da so eingeht an Auftrittshonoraren und Tantiemen für Schallplatten, die nach wie vor reißenden Absatz finden.

Du lieber Gott, was gibt es da in Meiling und weit darüber hinaus für ein Gerede, Geraune und Gewisper, für Spekulationen und Mutmaßungen! Es schlägt wie ein Blitz aus heiterm Himmel ein, als es heißt, die Klingerin habe das Gut Martinsberg gekauft.

Hier aber tritt die Klingermutter zum erstenmal in den Hintergrund und läßt bescheiden wissen, daß nicht sie den Hof gekauft habe, sondern die Agnes. Und man hätte ohne weiteres auch das ganze Gut kaufen können, wenn sich der Martinsberger nicht Herrenhaus und enormen Waldbesitz zurückbehalten hätte. Aber das sei vielleicht später auch noch zu erwerben, denn dieser Volkmar von Sallern sei verschollen, vom Erdboden verschwunden. Er solle da drüben in Argentinien unter die Räder gekommen sein.

Und so vergeht die Zeit, und Ende Juni kommt der Jakobitag heran. An diesem Tag findet alljährlich in Meiling der Jahrmarkt statt, mit Bierzelt, Karussells, Schiffsschaukeln und Schießständen. Da strömen die Menschen von weither. Weit mehr Menschen aber kommen zu der Hochzeit der Schlagersängerin Agnes Klinger mit dem Bauernsohn Kilian März, am fünfzehnten August. Was Rang und Namen hat, weit übers Land hinaus, ist an diesem Tag in Meiling vertreten. Der ziemlich große Dorfplatz, die Höfe ringsum und alle Gassen sind mit Autos vollgestopft. Selbstverständlich darf auch das Fernsehen dabei nicht fehlen. Und wer aus dem Showgeschäft nicht kommen kann, der schickt ein Telegramm.

Beim Hochamt spielt ein vierzig Mann starkes Orchester, und während der Trauungszeremonie singt ein Chor: „Wir wollen niemals auseinandergehn . . .“

Hier schluchzt die Klingermutter einmal laut auf, beherrscht sich aber gleich wieder und flüstert der Trogglerin zu:

„Warum hat mein Christian den Tag nicht erleben dürfen!"

An diesem Tag hat sie sich notgedrungen auch in Staat werfen müssen, der allerdings erst neu angeschafft wurde. Alles glänzt an ihr, der schwarze, seidene Schal, die breite Silberkette am Hals, die Goldquasten an ihrem Hut. Der Tag ist wolkenlos, und wenn das Orchester einmal schweigt, hört man durch das offene Kirchenfenster herein die Lerchen trillern. Trotzdem flüstert die Klingerin der Trogglerin zu:

„Wenn ich meinen Schirm nicht dabei hab, komm ich mir ganz hilflos vor. Ohne Schirm bin ich bloß ein halber Mensch."

Nach dem Hochamt tritt das Brautpaar an das Grab des Christian Klinger. Die Agnes nimmt aus ihrem Brautstrauß fünf weiße Lilien heraus und legt sie auf das Grab des Vaters. Ganz schwarz ist der Friedhof von Menschen, die zwischen den Grabsteinen stehen, um einen Blick auf diese schöne Braut zu erhaschen. Die Klingerin weint ein bißchen, bückt sich nieder und breitet die fünf Lilien fächerartig auf der schwarzen Erde auseinander. Als sie sich aufrichtet, sagt sie nochmals zur Trogglerin:

„Das hätt' der Vater erleben müssen."

Die Trogglerin lächelt ein bißchen. Sie ist schöner denn je. Hochgewachsen und schlank steht sie da, und ihre Augen blicken unverwandt auf ihren Sohn Kilian. Braun gebrannt ist sein Gesicht, die Sonne streichelt sein blondes

Haar. Einmal blickt sie über Menschentrauben und Grabsteine hinweg und sieht ganz drüben an der Friedhofsmauer im Schatten einer Trauerweide den Martinsberger stehen, im feierlichen Schwarz und barhäuptig. Sein weißes Haar leuchtet wie Silber in der Sonne. Ganz allein steht er dort, ganz verlassen. Und doch ist in seinen Augen ein glückliches Leuchten, als er Frau Margrets Blick begegnet. Er neigt das Haupt vor ihr und geht davon, den Kopf jetzt zu Boden gerichtet, als suche er etwas.

Gestern erst hat er von der Deutschen Botschaft in Argentinien die Nachricht erhalten, daß sein Sohn Volkmar an einer Überdosis Heroin gestorben sei. Die Frau, die einmal seine Frau und Mutter dieses Sohnes gewesen ist, hat es nicht der Mühe wert gefunden, ihn davon zu benachrichtigen.

Die Trogglerin aber hat, nachdem der Martinsberger davongegangen ist, den Arm ihres Mannes genommen und gemeint:

„Eine wunderschöne Braut, die Agnes."

Daraufhin drückt er ihre Hand und antwortet:

„Der Kilian ist aber auch ein schöner Bräutigam."

„Sie haben so blutjung zueinander gefunden."

„Ja, Margret, aber gehalten hat es. Und so, wie ich es sehe, wird ihre Liebe sie auch weiterhin tragen."

Dann gehn sie Hand in Hand hinauf in den Saal, wo die Hochzeitsfeier beginnt.

*

Im blanken Herbstgold leuchtet das Land. Die Klingermutter, nunmehr so etwas wie Austraglerin auf dem Martinsberger Hof, geht wieder mit dem Korb in den Wald, sammelt Wurzeln und Kräuter, braut Tees und Salben, und hilft um Gotteslohn den kranken Menschen wie dem Vieh. Vorbei sind die Tage ihrer großen Reisen, denn die Agnes muß nun eine Pause einlegen, seit sie um das Leben weiß, das unter ihrem Herzen schlägt. Und wenn sie später einmal irgendwohin gerufen wird, dann wird sie ganz sicher ihr Mann Kilian begleiten. Denn der alte Martinsberger hat versprochen, für kurze Zeit auch einmal das Gut zu verwalten. Sonst widmet Heinrich von Sallern sich jetzt mehr der Jagd, und oft sieht man ihn über die Hügel hingehn, langsamer jetzt im Schritt und die Schultern ein wenig nach vorne gebeugt. Treu zu seiner Seite wedelt sein Jagdhund, wenn er sich zuweilen auch niederlegt und auf seinen Herrn wartet. Auch er ist nicht mehr der Jüngste.

An keinem geht die Zeit spurlos vorüber, auch am Troggler nicht. Das Schicksal hat ihn, der doch ein Mann von sauberen Ansichten und rechter Gottesfurcht gewesen ist, nicht gefragt, wie er es ertragen hat, was ihm auferlegt worden ist. Kann er es denn selber beantworten? Außerdem ist er klug genug zu wissen, daß eine Verfluchung wenig Segen bringt und daß Güte und Verzeihung mehr wert sind als alle Gedanken der Rache oder Vergeltung. Was will er sich mehr wünschen? Frau Margret liest ihm jeden Wunsch von den Augen ab, und alles, was sie für ihn tut, ist eine Handreichung ihrer Liebe. Nun wird er bald wieder Großvater werden, und, so Gott will, noch mehrere Enkel bekommen. Was kann denn einen Menschen im Alter besser trösten als das Wissen, daß er weiterleben darf in den Enkeln?

So ähnlich denkt auch Heinrich von Sallern, wenn er vom Giebelturm des Herrenhauses hinüberschaut zum Hof. Dann sieht er in diesen späten Herbsttagen die Klingermutter auf der Hausbank sitzen und Kräuter sortieren. Manche davon hängt sie an eine dünne Schnur zwischen zwei Apfelbäume, damit Herbstsonne und Wind sie trocknen. Oder er sieht die blühjunge, bildschöne Agnes, die neue Martinsbergerin, über den Hof schreiten, mit jeder Woche langsamer und bedächtiger in ihrem gesegneten Zustand. Er kann es bloß nicht so frohen Herzens denken wie der Troggler, denn er darf ja seiner Freude nicht Ausdruck geben, weil die Menschen sonst munkeln könnten, wieso er zu dieser Freude komme. Aber er steht manchmal, wenn er ganz allein ist, mit gefalteten Händen vor der Statue jener Frau, die er einmal über alles geliebt hat und um deretwillen alles verschwiegen bleiben muß.

* *

*